Nuova Narrativa Newton
214

Titolo originale: *The Vampire Diaries: The Return. Shadow Souls*
(Chapters 1-21)

Traduzione dall'inglese di Marialuisa Amodio

Undicesima edizione: novembre 2011

Roma, Casella postale 6214

ISBN 978-88-541-1764-8

www.newtoncompton.com

Realizzazione a cura di Purple Press s.r.l., Roma
Stampato nel novembre 2011 presso Puntoweb s.r.l., Ariccia (Roma)
su carta prodotta con cellulose senza cloro gas provenienti da foreste
controllate e certificate, nel rispetto delle normative ecologiche vigenti

Lisa Jane Smith

Il diario del vampiro

L'anima nera

Newton Compton editori

Alla mia meravigliosa agente, Elizabeth Harding

1

«Caro diario», sussurrò Elena, «quanto è frustrante tutto questo? Ti ho lasciato nel bagagliaio della Jaguar e sono le due del mattino». Premette le dita sulla gamba, attraverso la camicia da notte, come se stesse impugnando una penna e scrivendo una frase. Sussurrò ancora più leggermente, poggiando la fronte sul finestrino: «E ho *paura* di uscire – nel buio – a prenderti. Ho paura!». Affondò di nuovo le dita e poi, sentendo le lacrime scivolarle sulle guance, accese a malincuore il cellulare per registrare. Era uno stupido spreco di batteria, ma non poteva farne a meno. Ne aveva *bisogno.*

«Eccomi qui», disse piano, «seduta sul sedile posteriore dell'auto. Questa è la mia nota di diario per oggi. Per strada, abbiamo stabilito una regola per questo viaggio. Io dormo sul sedile posteriore della Jaguar e Matt e Damon fanno una Grande Avventura all'Aperto. Adesso è così buio fuori che non riesco a vedere Matt da nessuna parte... Ma sto impazzendo, piango e mi sento persa, e così sola senza Stefan... Dobbiamo liberarci della Jaguar. È troppo grande, troppo rossa, troppo vistosa, e troppo indimenticabile quando noi stiamo cercando di *non* essere ricordati, mentre viaggiamo nella zona in cui possiamo liberare Stefan. Venduta la macchina, il ciondolo di lapislazzuli e diamanti che Stefan mi ha dato prima di scomparire sarà la cosa più preziosa che mi resterà. Il giorno prima, mentre se ne andava, era caduto in trappola, credendo di poter diventare un normale essere umano. E ora... Come faccio a smettere di pensare a quello che *Loro* potrebbero fargli, in questo stesso istante, chiunque "Loro" siano? Probabilmente i kitsune, i malvagi spiriti-volpe nella prigione chiamata Shi no Shi».

Elena si fermò per asciugarsi il naso sulla manica della camicia da notte.

«Come ho fatto a cacciarmi in questa situazione?». Scosse la testa e colpì il sedile col pugno chiuso.

«Forse, se riuscissi a capirlo, potrei uscirne con un Piano A. Ho sempre un Piano A. E le mie amiche hanno sempre un Piano B e C per aiutarmi». Elena sbatté forte le palpebre, pensando a Bonnie e Meredith. «Ma ora ho paura di non rivederle mai più. E sono spaventata per l'intera città di Fell's Church».

Per un momento sedette col pugno serrato sul ginocchio. Una vocina dentro di lei diceva: «Quindi smettila di frignare, Elena, e pensa. *Pensa.* Comincia dall'inizio».

L'inizio? Qual era l'inizio? Stefan?

No, aveva vissuto a Fell's Church a lungo prima dell'arrivo di Stefan.

Lentamente, quasi sognante, parlò nel cellulare. «Prima di tutto: chi sono io? Sono Elena Gilbert e ho diciotto anni». Ancora più lentamente disse: «Io... non *credo* sia superfluo affermare che sono bellissima. Se non lo sapessi, avrei bisogno di guardarmi allo specchio o ricevere un complimento. Non è qualcosa di cui andar fieri, è solo qualcosa che mi è stato trasmesso da mamma e papà.

Come sono? Ho lunghi capelli biondi che cadono sulle spalle come onde e occhi azzurri che alcuni hanno paragonato ai lapislazzuli: blu scuro con venature dorate». Emise un risolino strozzato. «Forse per questo piaccio ai vampiri».

Poi strinse le labbra e, fissando il buio totale che l'avvolgeva, parlò in tono più serio.

«Molti ragazzi mi hanno definita la donna più angelica del mondo. E io mi sono presa gioco di loro. Li ho solo usati, per la popolarità, per divertimento, per qualsiasi cosa. Devo essere sincera, giusto? Li ho considerati giocattoli o trofei».

Fece una pausa. «Ma c'era qualcos'altro. Qualcosa che sapevo stava arrivando nella mia vita, ma che ancora non conoscevo. Un qualcosa che non avrei mai trovato nei ragazzi. Nessuno dei miei intrighi e giochetti con loro ha mai toccato... la parte più profonda del mio cuore... finché non è arrivato un ragazzo davvero speciale». Si fermò, deglutì e ripeté: «Un ragazzo *davvero* speciale. Si chiamava Stefan. E si rivelò non essere quel che sembrava, il solito – anche se attraente

– liceale con i capelli neri spettinati e gli occhi verdi come smeraldi. Stefan Salvatore si rivelò essere un vampiro. Un vero vampiro».

Elena dovette fermarsi per prendere fiato prima di riuscire a pronunciare il resto.

«E lo stesso era il suo attraente fratello maggiore, Damon».

Si morse le labbra, e parve esitare a lungo prima di aggiungere: «Avrei amato Stefan se avessi saputo che era un vampiro fin dall'inizio? Sì! Sì! *Sì!* Mi sarei innamorata di lui, qualunque cosa fosse! Ma questo cambiò le cose. E cambiò me». Il dito di Elena tracciò un disegno sulla camicia da notte. «Vedi, i vampiri mostrano amore scambiandosi il sangue. Il problema era... che io stavo scambiando il sangue anche con Damon. Non per scelta, davvero, ma perché mi seguiva continuamente, giorno e notte».

Emise un sospiro. «Quello che Damon diceva era che voleva fare di me un vampiro, la sua Principessa delle Tenebre. Che tradotto era: mi voleva tutta per sé. Ma non mi sarei fidata mai di Damon, a meno che non mi avesse dato la sua parola. Per quanto sia un tipo bizzarro, ha sempre mantenuto la parola».

Elena sentì uno strano sorriso distenderle le labbra, ma stava parlando con calma, aveva quasi dimenticato il cellulare.

«Una ragazza che ha una relazione con due vampiri... be', era destino finire nei guai, vero? Forse mi sono meritata quello che mi è successo.

Sono morta.

Non solo "morta" come quando il tuo cuore si ferma e ti rianimano e torni indietro raccontando di aver quasi raggiunto la Luce. Io *raggiunsi* la Luce.

Morta sul serio.

E quando tornai indietro, sorpresa!, ero un vampiro.

Damon fu gentile con me, lo ammetto, quando mi risvegliai come vampiro. Forse è il motivo per cui provo ancora qualcosa per lui. Non si approfittò di me quando avrebbe potuto farlo senza troppo sforzo.

Ma ho avuto il tempo di fare poche cose nella mia nuova vita da vampiro. Ho avuto il tempo di ricordarmi di Stefan e di amarlo più che mai, poiché seppi, allora, quanto le cose fossero difficili per lui. Ho dovuto assistere alla mia cerimonia funebre. Ah! Tutti dovrebbero avere la possibilità di farlo. Ho imparato a indossare sempre, *sempre* lapislazzuli, se non volevo diventare una vampiro Cadavere Croccante. Ho dovuto dire addio alla mia sorellina di quattro anni, Margaret, e fare visita a Bonnie e Meredith...».

Elena continuava a piangere ma parlava con tranquillità.

«E poi, morii di nuovo. Morii nel modo in cui muoiono i vampiri, quando non portano lapislazzuli alla luce del sole. Non mi sgretolai in polvere; avevo solo diciassette anni. Ma il sole mi avvelenò comunque. Andarmene fu quasi... piacevole. Accadde quando promisi a Stefan di prendermi cura di Damon, sempre. E credo che Damon, dal canto suo, avesse giurato di prendersi cura di Stefan. Fu così che morii, con Stefan che mi teneva e Damon accanto a me, mentre semplicemente scivolavo via, come se mi stessi addormentando.

In seguito, ho fatto sogni che non ricordo, e poi, all'improvviso, un bel giorno, lasciai tutti a bocca aperta parlando attraverso Bonnie, che è una vera sensitiva, poverina. Presumo di essermi guadagnata il posto di spirito guardiano di Fell's Church. C'era un pericolo in città. Dovevano combatterlo e in qualche modo, quando erano sicuri di aver perso, fui rispedita nel mondo dei vivi per aiutarli. E... be', quando vincemmo la guerra, mi restarono questi strani poteri che ancora non capisco. Ma c'era anche Stefan! Ed eravamo di nuovo insieme!».

Elena si avvolse le braccia attorno al corpo, abbracciandosi forte, come se stesse stringendo a sé Stefan, immaginando le sue braccia calde che la proteggevano. Chiuse gli occhi, finché il respiro rallentò di nuovo.

«Riguardo ai miei poteri, vediamo. C'è la telepatia, ma funziona solo se anche l'altra persona è telepatica, tutti i vampiri lo sono, ma in gradi differenti e a meno che non stiano scambiando il sangue con te in quel momento. E poi ci sono le mie Ali.

È vero. Ho le Ali! E le Ali hanno poteri a cui non crederesti. L'unico problema è che non ho la più pallida idea di come si usino. C'è un potere che a volte posso sentire, come succede proprio *ora*, mentre cerca di uscire da me, di farmi muovere le labbra per pronunciare un nome, cerca di condurre il mio corpo nella posizione giusta. Sono le *Ali della Protezione* e sembra qualcosa di cui potremmo aver davvero bisogno in questo viaggio. Ma se non riesco a ricordare come funzionavano le vecchie Ali, figuriamoci se capisco come usare le nuove. Pronuncio la formula fino a sentirmi un'idiota, ma non succede niente.

Così sono di nuovo umana, umana quanto Bonnie. E, oh, Dio, se solo potessi *vedere* lei e Meredith adesso! Ma mi ripeto continuamente che mi sto avvicinando a Stefan ogni minuto che passa. Ed è così, se consideri che Damon sta correndo su e giù e in ogni dove per liberarsi di chiunque cerchi di seguirci.

Perché qualcuno dovrebbe farlo? Bene, vedi, quando sono tornata dall'oltretomba c'è stata una grandissima esplosione di Potere, che chiunque al mondo in grado di percepire il potere ha visto.

Ora, come faccio a spiegare il Potere? È qualcosa che hanno tutti, ma che gli umani, tranne i veri sensitivi come Bonnie, non riconoscono. I Vampiri di certo hanno il Potere, e lo usano per Influenzare gli umani, o per far credere loro che le cose siano diverse da quel che sono realmente... o, come Stefan, che ha Influenzato il personale del liceo perché credesse che i suoi documenti fossero tutti in ordine quando si è "trasferito" dalla Robert E. Lee High School. Oppure usano il Potere per colpire altri vampiri o creature delle tenebre o persino umani.

Ma stavo parlando dell'esplosione di Potere quando *io* sono caduta giù dal cielo. È stata così forte che ha attirato due orribili creature dall'altra parte del mondo. E hanno deciso di venire a vedere chi aveva provocato l'esplosione, e se c'era modo di approfittarne.

Non sto scherzando, davvero, sul fatto che venivano dall'altra parte del mondo. Erano kitsune, malvagi spiriti-volpe del Giappone. Assomigliano ai nostri licantropi occidentali, ma sono molto più potenti. Così potenti da usare i *malach*, che in realtà sono piante, ma sembrano insetti, e possono essere piccoli come una capocchia di spillo, o grandi abbastanza da ingoiarti un braccio. E i malach ti si attaccano ai nervi e penetrano nell'intero sistema nervoso e infine si impossessano di te».

Elena stava rabbrividendo e la sua voce era sommessa.

«Ed è quel che è successo a Damon. Un piccolo malach gli è entrato dentro e ne ha fatto il burattino di Shinichi. Ho dimenticato di dire che i kitsune si chiamano Shinichi e Misao. Misao è la ragazza. Entrambi hanno capelli neri, rossi sulle punte, ma quelli di Misao sono più lunghi. E si presume siano fratello e sorella, ma sicuramente non si comportano come tali.

E quando Damon fu completamente posseduto, Shinichi fece fare al suo corpo… cose orribili. Gli fece torturare Matt e me, e so che anche adesso Matt, a volte, vorrebbe uccidere Damon per questo. Ma se avesse visto quel che ho visto io – un secondo corpo sottilissimo, bagnato, bianco, che ho dovuto estrarre con le unghie dalla spina dorsale di Damon, con Damon che alla fine sveniva dal dolore – allora Matt capirebbe meglio. Non posso incolpare Damon per quello che lo Shinichi gli ha fatto fare. *Non posso.* Damon era… non puoi immaginare quanto era diverso. Era a pezzi. *Piangeva.* Era… Comunque, non mi aspetto di vederlo di nuovo così. Ma se riacquisto il potere delle mie Ali, Shinichi è in grossi guai. Vedi, credo sia stato questo il nostro errore l'ultima volta. Eravamo finalmente in grado di combattere Shinichi e Misao, *e non li abbiamo uccisi.* Siamo stati troppo corretti o gentili o qualcosa del genere.

È stato un grosso errore.

Perché Damon non è stato l'unico a essere posseduto dal malach di Shinichi. C'erano delle ragazze, quattordici, quindici anni e ancora più giovani. E alcuni ragazzi. Che si comportavano in maniera folle. Ferivano se stessi e le proprie famiglie.

Non ci eravamo accorti di quanto la situazione fosse grave se non dopo aver fatto un patto con Shinichi. Forse è stato troppo *immorale* fare un patto col diavolo. Ma avevano rapito Stefan, e Damon, che era già posseduto, li aveva aiutati. Non appena Damon diventò di nuovo se stesso, tutto quello che voleva era che Shinichi e Misao ci dicessero dov'era Stefan e poi lasciassero Fell's Church per sempre.

In cambio, Damon lasciò entrare Shinichi nella sua mente.

Se i vampiri sono ossessionati dal Potere, i kitsune sono ossessionati dai ricordi. E Shinichi voleva i ricordi degli ultimi giorni di

Damon, il periodo in cui era stato posseduto e ci aveva torturati… e il periodo in cui le mie Ali gli avevano fatto capire quel che aveva fatto. Penso che lo stesso Damon non volesse quei ricordi, né voleva rivivere le sue azioni o scoprire come era cambiato quando era stato costretto a fronteggiare i suoi gesti. Così aveva lasciato che Shinichi li prendesse e che in cambio mettesse la posizione di Stefan nella sua mente.

Il problema era che ci stavamo fidando di quella promessa, quando le promesse di Shinichi non significano nulla.

Per di più, da allora ha cominciato a usare il canale telepatico che aveva aperto fra la propria mente e quella di Damon per prendere ancora *più* ricordi, senza che Damon ne sapesse nulla.

È successo proprio la notte scorsa, quando un poliziotto ci ha fatto accostare perché voleva sapere che ci facevano tre adolescenti, a notte tarda, in una macchina costosa. Damon l'ha Influenzato ad andarsene. Ma appena poche ore dopo ha dimenticato completamente il poliziotto.

Questo l'ha spaventato, e tutto quel che spaventa Damon – non che sia mai disposto ad ammetterlo – terrorizza *a morte* me.

E, ti chiederai, che ci facevano tre adolescenti nel mezzo del nulla, a Union County, Tennessee, secondo quanto riferiva l'ultimo cartello che ho visto? Ci stavamo dirigendo verso certi Cancelli della Dimensione Oscura… dove Shinichi e Misao hanno lasciato Stefan, nella prigione chiamata Shi no Shi.

Shinichi ha solo messo l'informazione nella mente di Damon, e io non posso far sì che Damon dica di più su che tipo di posto sia. Ma Stefan si trova lì e io lo raggiungerò in qualche modo, anche a costo della mia vita. Anche se dovrò imparare a uccidere. Non sono più la dolce ragazzina della Virginia».

Elena si fermò e fece un respiro profondo. Poi proseguì.

«E perché Matt è con noi? Bene, a causa di Caroline Forbes, mia amica dai tempi dell'asilo. L'anno scorso… quando Stefan è arrivato a Fell's Church, piaceva a entrambe. Ma a Stefan non piaceva Caroline. E per questo è diventata la mia peggior nemica.

Caroline è stata anche la fortunata vincitrice della prima visita di

Shinichi a una ragazza di Fell's Church. Ma andiamo al punto: è stata la ragazza di Tyler Smallwood per un bel po' prima di diventarne la vittima. Mi chiedo quanto a lungo siano stati insieme e dove sia Tyler adesso. Tutto quel che so, alla fine, è che Caroline si è attaccata a Shinichi perché "aveva bisogno di un marito". Questo è quel che ha detto. Così presumo... bene, quel che presume Damon. Che stia per... avere dei bambini. Una cucciolata di licantropi, sai? Dato che Tyler è un licantropo.

Damon dice che fare un figlio licantropo ti trasforma più velocemente di quanto faccia un morso, e che a un certo punto della gravidanza acquisti il potere di essere completamente lupo o completamente umano, ma prima di quel punto sei solo un misto incasinato di entrambi.

La cosa triste è che quando lei ha spifferato tutto, Shinichi non l'ha degnata neppure di uno sguardo. E di fronte a questo che ha fatto Caroline? Ha accusato Matt di... di averla aggredita, a un appuntamento finito male. Deve aver saputo qualcosa di quel che Shinichi stava facendo, perché ha dichiarato di aver avuto il suo "appuntamento" con Matt nel periodo in cui era stato attaccato da uno di quei malach mangia-braccia, che gli aveva lasciato dei segni sul braccio molto simili ai graffi delle unghie di una ragazza.

Questo ha messo la polizia alle calcagna di Matt. Così, in pratica, io l'ho quasi *costretto* a venire con noi. Il padre di Caroline è un pezzo grosso di Fell's Church, ha amicizie in tutto il distretto legale di Ridgemont e conosce molto bene il capo di uno di quei circoli per soli uomini in cui si danno strette di mano segrete e altre robe che ti rendono, sai come, "un illustre membro della comunità".

Se non avessi convinto Matt a scappare invece di farsi carico di Caroline, i Forbes l'avrebbero *linciato*. E sento la rabbia come un fuoco dentro di me, non solo la rabbia e il dolore per Matt, ma la rabbia che viene dalla sensazione che Caroline abbia deluso tutto il genere femminile. Perché la maggior parte delle ragazze non è patologicamente bugiarda, e non mentirebbe mai in quel modo su un ragazzo. Caroline disonora tutte noi».

Elena si fermò, guardandosi le mani, e poi aggiunse:

«Qualche volta, quando mi arrabbio a causa di Caroline, le tazze tremano o le matite rotolano giù dal tavolo. Damon dice che tutto ciò è causato dalla mia aura, dalla mia forza vitale, che è cambiata da quando sono tornata dall'aldilà. Prima di tutto, chi beve il mio sangue diventa incredibilmente forte. Stefan era forte a tal punto che i demoni volpe non l'avrebbero mai spinto nella loro trappola se Damon non l'avesse ingannato fin dall'inizio. Hanno potuto occuparsi di lui solo quando è stato indebolito e circondato dal ferro. Il ferro è una brutta cosa per tutte le creature sovrannaturali, in più un vampiro ha bisogno di nutrirsi almeno una volta al giorno o si indebolisce, e scommetto che... no, sono *sicura* che l'hanno usato contro di lui.

Questo è il motivo per cui non posso evitare di pensare allo stato in cui potrebbe essere Stefan proprio in questo momento. Ma non posso abbandonarmi alla paura o alla rabbia o perderò il controllo della mia aura. Damon mi ha mostrato come trattenere l'aura all'interno, come una normale ragazza umana. È ancora d'oro pallido, graziosa, non più un faro per creature come i vampiri.

Perché c'è un'altra cosa che il mio sangue – e forse solo la mia aura – può fare. Può... oh, be', posso dire quello che voglio qui, giusto? Attualmente, la mia aura può indurre i vampiri a desiderarmi... alla maniera degli umani. Non solo per un morso, capito? Ma per baciarmi e per tutto il resto. E così, naturalmente, mi seguono se mi percepiscono. È come se il mondo fosse pieno di api e io fossi l'unico fiore.

Così mi devo esercitare a tenere nascosta la mia aura. Se si mostra solo leggermente, posso defilarmi sembrando un semplice essere umano, non qualcuno che è morto ed è tornato indietro. Ma è difficile ricordare continuamente di nasconderla, e fa *un male cane* rimetterla dentro quando lo dimentico!

E dopo sento... questo è assolutamente personale, intesi? Ti maledico, Damon, se lo rifai. Ma dopo sento il desiderio di essere morsa da Stefan. La pressione si abbassa, è piacevole. Essere morsi da un vampiro fa male solo se lo combatti, o se il vampiro vuole farti male. Altrimenti, ti fa solo sentire bene, e poi tocchi la mente del vampiro che l'ha fatto e... *oh, Stefan mi manca così tanto!*».

Elena tremava. Per quanto cercasse di placare la propria immaginazione, continuava a pensare alle cose che i carcerieri di Stefan potevano fargli. Riafferrò bruscamente il cellulare, lasciandovi cadere sopra le lacrime.

«Non *posso* permettermi di pensare a quello che potrebbero fargli perché, altrimenti, divento *davvero* pazza. Diventerò questa inutile, tremante, folle persona che vuole solo urlare e urlare, senza smettere mai. Devo lottare ogni istante per non pensarci. Perché soltanto una fredda, lucida Elena, con un piano A, B e C, potrà aiutarlo. Quando lo terrò al sicuro fra le mie braccia, permetterò a me stessa di tremare e piangere… anche di urlare».

Elena si fermò, con una mezza risata, la testa china contro il sedile posteriore, la voce roca per averla usata troppo.

«Sono stanca adesso. Ma almeno ho un Piano A. Ho bisogno di più informazioni da Damon sul posto in cui stiamo andando, la Dimensione Oscura, e su tutto quel che sa sui due indizi che Misao mi ha dato riguardo alla chiave che aprirà la cella di Stefan.

Credo… credo di non averne ancora parlato. La chiave – la chiave-volpe che ci serve per far uscire Stefan dalla sua cella – è spezzata in due parti nascoste in due posti diversi. E mentre Misao mi prendeva in giro su quanto poco sapessi di quei due luoghi, mi ha dato direttamente gli indizi per trovarli. Non si sognava neppure che sarei davvero andata nella Dimensione Oscura, si stava solo pavoneggiando. Ma ricordo ancora gli indizi e sono questi: la prima metà è "dentro allo strumento dell'usignolo d'argento". E la seconda metà è "sepolta nella sala da ballo di Bloddeuwedd".

Ho bisogno di vedere se Damon ne sa qualcosa. Perché pare che, una volta entrati nella Dimensione Oscura, dovremo infiltrarci nelle case di alcune persone e in altri posti. Il modo migliore per trovare una sala da ballo è che qualcuno ti inviti al ballo, giusto? Sembra una cosa del tipo "più facile a dirsi che a farsi", ma comunque sia, la farò».

Elena sollevò la testa con determinazione e tacque, poi disse in un sussurro: «Ci crederesti? Ho appena guardato in alto e riesco a vedere nel cielo le più pallide striature dell'alba: luci verdi e arancio vellutato e delle sfumature dell'acqua più pallida… Ho raccontato tutto attraverso le tenebre. C'è tanta pace adesso. Proprio ora il sole sta sbirciando e...

Che diavolo è stato? Qualcosa si è appena schiantato sul tetto della Jaguar. Un tonfo tremendo».

Elena spense il registratore del cellulare. Era spaventata, ma un rumore come quello... e poi sentì il suono di qualcosa che raspava sul tetto...

Doveva uscire dalla macchina il più in fretta possibile.

2

Elena schizzò fuori dal sedile della Jaguar e si allontanò dalla macchina, prima di voltarsi a guardare quello che ci era caduto sopra.

Quello che ci era caduto sopra era Matt. E si stava dimenando per mettersi a sedere.

«Matt! Oh, mio Dio! Stai bene? Hai qualcosa di rotto?», gridò Elena nello stesso istante in cui Matt strillava angosciato: «Elena! Oh, mio Dio! Sta bene la Jag? Ha qualcosa di rotto?»

«Matt, sei *pazzo*? Hai sbattuto la testa?»

«Ci sono graffi? Funziona ancora il lunarium».

«Niente graffi. Il lunarium è a posto». Elena non aveva idea di come funzionasse, ma si era resa conto che Matt stava delirando, era fuori di testa. Stava cercando di scendere senza sporcare di fango la Jag, ma era in difficoltà visto che gambe e piedi erano ricoperti di fango. Scendere dalla macchina senza usare i piedi si stava dimostrando molto più complicato del previsto.

Nel frattempo, Elena si guardava intorno. Lei stessa era caduta dal cielo una volta, sì, ma era stata morta nei sei mesi precedenti ed era arrivata nuda, e Matt non rispondeva a questi requisiti. Aveva in mente una spiegazione molto più semplice.

Ed era lì, appoggiata pigramente contro un albero di Cladrastide a guardare la scena con un vago, malizioso sorriso.

Damon.

Era massiccio, non alto quanto Stefan, ma con una indefinibile aura di minaccia che accresceva la sua statura. Come sempre, era vestito in modo impeccabile: jeans neri Armani, maglietta nera, giacca di pelle nera e stivali neri, il tutto in sintonia con i suoi trasandati capelli neri, mossi dal vento, e i suoi occhi neri.

Il suo sguardo rese Elena profondamente consapevole di indossare una lunga camicia da notte bianca, necessaria per coprirsi nel caso in cui si sarebbe dovuta cambiare d'abito mentre si accampavano... Il problema era che, di solito, lo faceva proprio all'alba, e quella notte l'aggiornamento del diario l'aveva distratta. E allo stesso tempo la camicia da notte non era l'abbigliamento appropriato per una lotta mattutina con Damon. Non era trasparente, più simile alla flanella che al nylon, ma era di *pizzo*, soprattutto intorno al collo. Del pizzo su un collo grazioso, come Damon le aveva detto, era per un vampiro simile a un rosso mantello ondeggiante di fronte a un toro infuriato.

Elena incrociò le braccia sul petto. Cercò anche di sincerarsi che la sua aura vi fosse decorosamente racchiusa dentro.

«Sembri Wendy», disse Damon, e il suo sorriso era malizioso, ammaliante e decisamente compiaciuto. Reclinò la testa su un lato in modo adulatorio.

Elena rifiutò di essere adulata. «Wendy chi?», disse, e proprio in quel momento ricordò il nome della ragazzina in *Peter Pan*, e dentro di sé sussultò. Elena era sempre stata brava in battute botta e risposta di quel tipo. Il problema era che Damon era più bravo.

«Perché, Wendy... *Diletta*», disse Damon, e la sua voce era una carezza.

Elena sentì un brivido dentro di sé. Damon aveva promesso di non Influenzarla, di non usare il suo potere telepatico per annebbiarle o manipolarle la mente. Ma talvolta sentiva che stava per oltrepassare il limite. Sì, era sicuramente colpa di Damon, pensò Elena. Non aveva altri sentimenti per lui che non fossero... bene, che non fossero quelli che può provare una sorella. Ma Damon non si arrendeva mai, non importava quante volte lo respingesse.

Dietro Elena ci furono un tonfo e uno *splash* che significavano, senza dubbio, che Matt era finalmente sceso dal tetto della Jag. Si mise subito a litigare.

«Non chiamare Elena *diletta*!» gridò, continuando, rivolto a Elena, «Probabilmente Wendy è il nome della sua ultima ragazza. E... e... e sai che cosa ha *fatto*? Come mi ha svegliato questa mattina?», Matt stava fremendo di rabbia.

«Ti ha preso e lanciato sul tetto della macchina?», azzardò Elena.

Parlava a Matt senza voltarsi perché c'era una lieve brezza mattutina che le faceva aderire al corpo la camicia da notte. Non voleva Damon dietro di sé in quel frangente.

«No! Volevo dire, sì! No *e* sì! Ma, quando l'ha fatto, non si è preoccupato di usare le mani! Ha solo fatto così». Matt fece ondeggiare un braccio.

«E per prima cosa sono caduto in una pozza di fango e l'altra cosa che so è che sono caduto sulla Jag. Avrei potuto rompere il lunarium... o *me stesso*! E ora sono tutto sporco di fango», aggiunse Matt, esaminandosi con disgusto, come fosse l'unica cosa che gli era capitata.

Damon parlò a voce alta. «E *perché* ti ho sollevato e messo di nuovo giù? Che cosa stavi *facendo* nel momento in cui ti ho scaraventato in quel modo?».

Matt arrossì fino alla radice dei suoi capelli biondi. I suoi occhi azzurri, normalmente tranquilli, mandavano scintille.

«Stringevo un bastone», disse con tono di sfida.

«Un bastone. Un bastone di quelli che si trovano sul ciglio della strada? Quel tipo di *bastone*?»

«Sì, l'avevo raccolto sul ciglio della strada!», disse ancora con lo stesso tono.

«Ma poi sembra che gli sia successo qualcosa di strano». Dal nulla, per quel che Elena poteva vedere, Damon tirò fuori un paletto molto lungo e dall'aspetto davvero robusto, con una punta estremamente aguzza. Era stata di sicuro intagliata in un legno duro, di quercia, probabilmente.

Mentre Damon esaminava il suo "bastone" da tutti i lati con uno sguardo perplesso, Elena si voltò verso un farfugliante Matt.

«Matt!», disse in tono di rimprovero. Questo era sicuramente un colpo basso nella guerra fredda fra i due ragazzi.

«Stavo solo pensando», riprese Matt prontamente, «che poteva essere una buona idea. Visto che dormo fuori di notte e... potrebbe arrivare *un altro* vampiro».

Elena si era già voltata e stava mormorando qualcosa a Damon in modo conciliante, quando Matt attaccò di nuovo.

«Ora dille come mi hai svegliato!», disse rabbioso. Poi, senza dare a Damon la possibilità di aprire bocca, continuò: «Stavo appena aprendo gli occhi quando mi ha buttato addosso questa *cosa*!». Matt quasi investì Elena, stringendo un oggetto. Elena, alquanto perplessa, lo prese in mano, rigirandolo. Sembrava un mozzicone di matita, ma era macchiato di un marrone rossastro scuro.

«Me l'ha buttato addosso e ha detto "segna due punti"», disse Matt. «Aveva ucciso due persone e se ne vantava!».

Elena improvvisamente desiderò mollare la matita. «Damon!», urlò angosciata, cercando di provocare una qualche reazione in lui. «Dimmi che non l'hai fatto davvero, dimmelo...».

«Non supplicarlo, Elena. Le cose che abbiamo dovuto affrontare...».

«Se qualcuno mi lasciasse dire la *mia*», disse Damon, con tono davvero esasperato, «potrei accennare al fatto che, prima di poter dare spiegazioni sulla matita, *qualcuno* ha cercato di impalarmi lì per lì, ancora prima di uscire dal suo sacco a pelo. E l'altra cosa che stavo per dire, era che quelle non erano persone. Erano vampiri, criminali, segugi prezzolati... in più erano posseduti dai malach di Shinichi. Ed erano sulle nostre tracce. Ci seguivano fin da Warren, nel Kentucky, probabilmente per aver fatto domande sulla macchina. Dobbiamo assolutamente sbarazzarcene».

«No!», gridò Matt sulla difensiva. «Questa macchina... questa macchina significa qualcosa per Stefan ed Elena».

«Questa macchina significa qualcosa per *te*», lo corresse Damon. «E potrei farti notare che ho dovuto lasciare la mia Ferrari in un torrente solo perché potessimo *prendere* te in questa piccola spedizione».

Elena alzò le mani. Non voleva più ascoltare. Era affezionata a quella macchina. Era grande, di un rosso brillante, vistosa ed esuberante... ed esprimeva come lei e Stefan si erano sentiti il giorno in cui lui l'aveva comprata per lei, per festeggiare l'inizio della loro nuova vita insieme. Solo guardarla le ricordava quel giorno, e il peso del braccio di Stefan sulle sue spalle e il modo in cui l'aveva guardata, mentre lei guardava lui... i suoi occhi verdi luccicanti di malizia e di felicità per averle dato qualcosa che desiderava davvero.

Imbarazzata e furiosa, Elena si ritrovò a tremare leggermente, con gli occhi pieni di lacrime.

«Lo vedi?», disse Matt furioso, rivolto a Damon. «L'hai fatta piangere».

«*Io*? Non sono io quello che ha menzionato il mio caro fratellino scomparso», disse Damon.

«*Adesso smettetela! Subito!* Tutti e due», urlò Elena, cercando di ritrovare la sua compostezza. «E non voglio questa *matita*, se non vi dispiace», aggiunse, tenendola col braccio teso.

Quando Damon la prese, Elena si pulì le mani sulla camicia da notte, sentendosi lievemente stordita. Rabbrividì, pensando ai vampiri sulle loro tracce.

E poi, improvvisamente, appena vacillò, ci fu un braccio caldo e forte a sorreggerla, e la voce di Damon dietro di lei che diceva: «Quello che le serve è un po' di aria fresca, e vado a procurargliela».

Inaspettatamente Elena si trovò senza peso fra le braccia di Damon e stavano salendo sempre più in alto.

«Damon, per favore, potresti mettermi giù?»

«Proprio adesso, mia diletta? Siamo piuttosto in alto...».

Elena continuò a protestare, ma sembrava proprio che Damon la stesse ignorando. E la fresca aria mattutina le stava schiarendo un po' le idee, benché la facesse anche rabbrividire.

Tentò di smettere di tremare, ma non ci riuscì. Damon le lanciò uno sguardo e, con sua sorpresa, con aria del tutto seria, cominciò a togliersi la giacca. Elena disse secca: «No, no, tu guida... vola, volevo dire, e io mi tengo stretta».

«E stai attento ai gabbiani che volano basso», aggiunse Damon con tono solenne, ma con uno strano guizzo a un lato della bocca. Elena dovette voltarsi dall'altra parte perché stava rischiando di scoppiare a ridere.

«E così, quando hai imparato a sollevare le persone e a lasciarle cadere sulle macchine?», indagò.

«Oh, solo di recente. È stato come volare: una sfida. E sai che amo le sfide».

La stava guardando con occhi maliziosi, quegli occhi d'un nero profondo con ciglia così lunghe che erano uno spreco su un ragazzo. Elena si sentiva leggera come un soffione, ma anche un po' stordita, quasi brilla.

Sentiva più caldo, perché, comprese, Damon l'aveva avvolta nella sua aura calda. Così quando lui l'avvolse, i suoi occhi e il suo viso e i suoi capelli fluttuarono senza peso in una nuvola dorata intorno alle sue spalle. Elena non poté fare a meno di arrossire, e sentì quel che lui stava pensando, che il rossore le si intonava molto bene, un rosa pallido sulla sua carnagione chiara.

E, esattamente come arrossire era stata una risposta fisica involontaria al suo calore e apprezzamento, Elena sentì una risposta emotiva involontaria, di gratitudine per quel che lui aveva fatto.

Le aveva salvato la vita quella notte, anche se non sapeva nulla dei vampiri posseduti dai malach di Shinichi, vampiri che erano criminali, tanto per cominciare. Non riusciva neanche a immaginare quello che tali creature le avrebbero fatto, e non lo voleva nemmeno. Riusciva solo a essere felice che Damon fosse stato abbastanza sveglio e, sì, abbastanza spietato da occuparsene prima che la prendessero.

E avrebbe dovuto essere cieca o palesemente stupida per non rendersi conto di quanto Damon fosse splendido. Dopo essere morta due volte, questo fatto non aveva su di lei l'effetto che aveva sulle altre ragazze, ma restava una certezza, sia che Damon fosse pensieroso o che offrisse uno di quei rari, schietti sorrisi che sembrava riservare solo a Elena.

Il problema in tutto ciò era che Damon era un vampiro e pertanto poteva leggerle la mente, soprattutto quando Elena era così vicina, con le auree che si fondevano. E a Damon piacque il pensiero di Elena, così che tutto divenne un piccolo ciclo di controreazioni indipendente dal loro volere. Prima che Elena potesse mettere abbastanza a fuoco quel che stava succedendo, cominciò a fondersi, il suo corpo senza peso divenne più pesante, mentre si modellava fra le braccia di Damon.

E l'altro problema era che Damon non la stava Influenzando; era preso in quel turbinio così come lo era Elena, forse di più, perché non vi metteva contro alcuna barriera. Elena le mise, ma erano deboli, si dissolvevano. Non riusciva a pensare con lucidità. Damon la fissava con meraviglia e con un'espressione che aveva visto tante volte… ma non riusciva a ricordare dove.

Elena aveva perso la facoltà di analizzare. Si stava crogiolando nella calda sensazione di essere teneramente curata, dell'essere tenuta e amata e desiderata con una intensità che la scuoteva fin nelle ossa. E quando Elena si dava di sua volontà, si dava senza riserve. Quasi senza accorgersene, gettò indietro la testa, per esporre la gola, e chiuse gli occhi.

Damon con dolcezza le girò la testa verso di sé e la baciò.

3

Il tempo si fermò. Elena si trovò istintivamente a cercare i ricordi di colui che la baciava in quel modo. Non aveva mai apprezzato davvero un bacio finché non era morta, diventando uno spirito, ed era tornata poi sulla terra con un'aura che rivelava i significati nascosti dei pensieri delle altre persone, delle parole, e persino dei loro ricordi e delle loro anime. Era come aver ricevuto un bellissimo, nuovo senso. Quando due auree si fondevano così profondamente, le anime giacevano nude l'una accanto all'altra.

Semicosciente, Elena lasciò espandere l'aura e trovò quasi subito un ricordo. Con sua sorpresa, si ritrasse da lei. Non era un bene.

Tentò di tirarlo a sé, come un filo, prima che potesse nascondersi dietro una pietra grande e dura come un macigno. Le uniche cose rimaste fuori dal macigno, che le ricordava la foto di un meteorite che aveva visto, con una superficie sfregiata e annerita, erano le rudimentali funzioni del cervello, e un ragazzino, incatenato alla roccia sia ai polsi che alle caviglie.

Elena ne fu colpita.

Qualunque cosa stesse vedendo, sapeva che era solo una metafora, e che non doveva giudicarne troppo velocemente il significato. L'immagine davanti a lei era davvero il simbolo dell'anima nuda di Damon, ma in una forma che lei avrebbe potuto comprendere e interpretare se solo l'avesse guardata dalla giusta prospettiva. Sapeva, comunque, che stava vedendo qualcosa di importante. Era passata attraverso la travolgente delizia e la vertiginosa dolcezza dell'unire la propria anima a quella di un altro. E in quel momento, il suo istintivo amore e la preoccupazione la guidavano nel tentativo di comunicare.

«Hai freddo?», chiese al bambino, le cui catene erano abbastanza lunghe da permettere alle sue braccia di avvolgere bene le gambe contratte. Era vestito di stracci neri.

Annuì in silenzio. I suoi enormi occhi neri sembravano inghiottirgli la faccia.

«Da dove vieni?», chiese Elena dubbiosa, pensando a come riscaldare il bambino. «Non da lì dentro?». Indicò il gigantesco macigno.

Il bambino annuì di nuovo. «Sì, ma lui non mi lascia più entrare».

«Lui?». Elena era sempre in guardia verso i segni di Shinichi, il malvagio spirito volpe. «Chi è "lui", tesoro?». Si era già inginocchiata e aveva preso il bambino fra le braccia, e lui era freddo, freddo come il ghiaccio, e il ferro delle catene era congelato.

«Damon», sussurrò il ragazzino. Per la prima volta gli occhi del ragazzo si distolsero da lei e guardarono intorno con ansia.

«*Damon* ha fatto questo?». La voce di Elena cominciò alta, abbassandosi in un tono lieve come il sussurro del ragazzo, appena lui diresse di nuovo gli occhi imploranti su di lei, dandole un buffetto sulle labbra, come un gattino dalle zampe di velluto.

Sono solo simboli, rammentò Elena. *Sono i pensieri di Damon – la sua anima – quelli che stai guardando.*

Ma sei tu?, chiese improvvisamente la parte di lei più analitica. *Non era lì, l'ultima volta che hai fatto questo con qualcuno, e hai visto un mondo dentro di loro, interi paesaggi pieni di amore e bellezza lunare, tutti simboli del normale, sano lavorio di una ordinaria, straordinaria mente.* Elena non riusciva a ricordare il nome della persona, ma ricordava la bellezza. Sapeva che la propria mente non avrebbe usato quei simboli per presentasi a un'altra persona.

No, comprese d'un tratto: non stava vedendo l'anima di Damon. L'anima di Damon era da qualche parte dentro l'enorme, pesante sfera di roccia. Viveva stipata dentro quella cosa orribile, e *voleva* stare lì. Tutto quel che era stato lasciato fuori erano alcuni vecchi ricordi d'infanzia, un bambino che era stato bandito dal resto della sua anima.

«Se Damon ti ha messo qui, chi sei tu?», chiese Elena con calma, per testare la sua teoria, mentre guardava quegli occhi neri, quei capelli corvini e quei lineamenti che le sembravano tanto familiari, anche se così giovani.

«Sono Damon», sussurrò il ragazzino, impallidendo.

Forse rivelando quanto fosse doloroso, pensò Elena. Non voleva ferire il simbolo dell'infanzia di Damon. Voleva fargli sentire la dolcezza e la sicurezza che provava lei. Se l'anima di Damon fosse stata una casa, avrebbe voluto metterla in ordine, e riempire ogni stanza con dei fiori e con la luce delle stelle. Se fosse stata un paesaggio, avrebbe messo un'aureola intorno alla bianca luna piena, o arcobaleni fra le nuvole. Invece si presentava come un bambino affamato e incatenato a una sfera che nessuno avrebbe potuto infrangere, e lei voleva confortare e consolare quel bambino.

Strinse il piccolo a sé, massaggiandogli forte le gambe e le braccia e lasciando che si accoccolasse contro il suo corpo.

All'inizio era teso e diffidente. Ma dopo un po', quando non accadde niente di terribile, si rilassò e lei sentì che il corpicino fra le sue braccia diventava caldo, sonnolento e pesante. Lei stessa provò un infinito senso di protezione nei confronti di quella piccola creatura.

Dopo qualche minuto, il bambino si addormentò fra le sue braccia, e a Elena parve di vedere sulle sue labbra il vago fantasma di un sorriso. Lo strinse più forte, cullandolo dolcemente, sorridendo fra sé. Le ricordava qualcuno che l'aveva tenuta in braccio mentre piangeva. Qualcuno che era... indimenticabile, non avrebbe mai potuto dimenticarlo, ma che le faceva dolere il petto per la tristezza. Qualcuno davvero importante... era disperatamente importante ricordare chi fosse, *adesso*... e lei doveva... *trovarlo*...

E all'improvviso la tranquilla notte della mente di Damon si lacerò, per il suono, la luce, l'energia che persino Elena, inesperta com'era nelle manifestazioni dei Poteri, sapeva essersi sprigionati dal ricordo di un singolo nome.

Stefan.

Oh, Dio, l'aveva *dimenticato*. Si era permessa, per pochi minuti, di essere coinvolta in qualcosa che l'aveva portata a dimenticarlo. L'angoscia di tutte quelle solitarie ore notturne, seduta a sfogare le sue paure e afflizioni sul suo diario, e poi la pace e la sicurezza che Damon le aveva offerto, le avevano fatto completamente *dimenticare Stefan*. Dimenticare quello che lui stava passando in quello stesso momento.

«No… no!». Elena lottava da sola nelle tenebre. «Forza!… devo trovarlo… non posso credere di averlo dimenticato».

«Elena». La voce di Damon era calma e gentile – o tutt'al più impassibile. «Se continui ad agitarti in quel modo finirai per cadere… e siamo molto lontani da terra».

Elena aprì gli occhi, mentre tutti i ricordi della roccia e del bambino volavano via, spargendosi in ogni direzione come bianchi soffici soffioni. Si rivolse a Damon con tono accusatorio.

«Tu… tu…».

«Sì», disse Damon con serenità. «Incolpa me. Perché no? Ma io *non* ti ho Influenzata, e *non* ti ho morsa. Ti ho solo baciata. I tuoi Poteri hanno fatto il resto. Possono essere incontrollabili ma sono, al tempo stesso, davvero irresistibili. In tutta sincerità, *io* non intendevo essere risucchiato così profondamente, se mi perdoni il gioco di parole».

Il suo tono era leggero, ma Elena ebbe una improvvisa visione interiore del bambino, e si chiese se lui fosse davvero così insensibile come sembrava.

Ma questa è la sua specialità, non è vero?, pensò con amarezza. *Lui ispira i sogni, le fantasie, il piacere presente nelle menti dei suoi… donatori.* Elena sapeva che le ragazze e le giovani donne che Damon… lo imploravano… lo adoravano, il loro unico rimpianto era che lui non le visitava abbastanza spesso.

«Capisco», gli disse Elena quando fluttuarono vicino a terra. «Ma non succederà di nuovo. C'è solo una persona che posso baciare ed è Stefan».

Damon fece per rispondere, ma fu subito interrotto da una voce furiosa e accusatrice quanto era stata quella di Elena, a cui non importavano le conseguenze. Elena si ricordò dell'altra persona che aveva dimenticato.

«DAMON BRUTTO BASTARDO RIPORTALA GIÙ!».

Matt.

Con un elegante volteggio, Elena e Damon atterrarono accanto alla Jaguar. Matt corse immediatamente verso Elena e l'afferrò, esaminandola come se avesse avuto un incidente, ponendo particolare attenzione al suo collo. Elena si sentì di nuovo a disagio, consapevole di indossare solo una camicia da notte bianca di pizzo alla presenza di due ragazzi.

«Sto bene, sul serio», disse a Matt. «Sono solo un bel po' stordita. Starò meglio fra qualche minuto».

Matt emise un sospiro di sollievo. Non era più innamorato di lei come un tempo, ma Elena sapeva che le voleva bene e che gliene avrebbe sempre voluto. Le voleva bene in quanto ragazza del suo amico Stefan, e anche per meriti che erano solo suoi. Sapeva che lui non avrebbe mai dimenticato il periodo in cui erano stati insieme.

In più, si fidava di lei. Così, quando lei giurò che andava tutto bene, lui le credette. Era persino disposto a dare a Damon un'occhiata che non fosse completamente ostile.

E infine, entrambi i ragazzi si diressero al posto di guida della Jaguar.

«Oh, no», disse Matt. «Tu hai guidato ieri, e guarda cosa è successo! L'hai detto tu stesso: c'erano dei vampiri sulle nostre tracce!».

«Stai dicendo che è colpa mia? I vampiri stavano seguendo questo gigantesco affare dipinto di rosso fiammante, e in che modo dovrei averci a che fare?».

Matt appariva davvero risoluto: serrò le mascelle e arrossì. «Sto solo dicendo che dovremmo stabilire dei turni. Tu hai avuto il tuo».

«Non ricordo che sia mai stato detto qualcosa riguardo allo "stabilire dei turni"». Damon riuscì a dare a quelle parole una sfumatura che le fece suonare piuttosto sinistre. «E se io entro in macchina, io *guido* la macchina».

Elena si schiarì la gola. Nessuno di loro la notò.

«Non ho intenzione di salire in macchina se sei tu a guidare!», disse Matt furioso.

«*Io* non ho intenzione di salire in macchina se sei *tu* a guidare!», continuò Damon con fare laconico.

Elena si schiarì la gola più forte, e Matt si ricordò della sua esistenza.

«Bene, non possiamo aspettarci che Elena guidi per tutto il tempo senza avere una meta certa», disse, prima che lei potesse solo suggerirne la possibilità. «A meno che non abbiamo intenzione di andar lì proprio oggi», aggiunse, fissando Damon.

Damon scosse la sua testa bruna. «No, prenderò la strada panoramica. E meno persone sanno dove stiamo andando, più sicuro sarà andarci. Non puoi raccontarlo se non lo sai».

Elena si sentì come se qualcuno le avesse appena sfiorato la nuca con un cubetto di ghiaccio. Il modo in cui Damon aveva pronunciato quelle parole…

«Ma loro sanno già dove stiamo andando, giusto?», gli chiese, scrollandosi di dosso quella sensazione per tornare alla realtà. «Sanno che vogliamo salvare Stefan, e sanno dov'è».

«Oh, sì. Sapranno che stiamo cercando di entrare nella Dimensione Oscura. Ma da quale cancello? E quando? Se vogliamo confonderli, le uniche cose di cui dobbiamo preoccuparci sono Stefan e le guardie della prigione».

Matt si guardò intorno. «Quanti cancelli ci sono?»

«Migliaia. Dovunque si incrocino tre linee energetiche c'è il potenziale per un cancello. Ma da quando gli Europei hanno cacciato i Nativi Americani dalle loro terre, la maggior parte dei cancelli sono in disuso o non sono conservati come ai vecchi tempi». Damon si strinse nelle spalle.

Invece Elena fremeva di eccitazione e d'impazienza. «Perché non troviamo il cancello più vicino e non entriamo e basta?»

«Facendo tutto il tragitto per la prigione di nascosto? Guarda, non avete proprio capito. Prima di tutto, avete bisogno che ci sia *io* con voi per attraversare il cancello, e, anche in questo modo, non sarà piacevole».

«Non sarà piacevole per chi? Per noi o per te?», chiese Matt torvo.

Damon gli lanciò una lunga occhiata inespressiva. «Se ci provi da solo, potrebbe rivelarsi un'esperienza breve e decisamente spiacevole. Con me, potrebbe essere sgradevole, ma è questione di abitudine. E cosa si prova a viaggiare anche per solo pochi giorni laggiù… be', lo scoprirete da soli, prima o poi», disse Damon, con un sorriso sinistro. «E ci vorrebbe molto, molto più tempo che entrando dal cancello principale».

«Perché?», domandò Matt, sempre pronto a fare domande di cui Elena preferiva non conoscere la risposta.

«Perché è peggio di una giungla, dove sanguisughe a cinque zampe che saltano giù dagli alberi sono l'ultima delle tue preoccupazioni, dove ogni tuo nemico può trovarti, e lì *chiunque* è tuo nemico».

Elena si fermò a riflettere. Damon sembrava serio. Era palese che non voleva farlo davvero... e non erano molte le cose che preoccupavano Damon. Gli *piaceva* lottare. Inoltre, se fosse stata solo una perdita di tempo...

«D'accordo», disse Elena. «Seguiremo il tuo piano».

Senza perdere tempo, entrambi i ragazzi raggiunsero di nuovo il posto di guida.

«*Ascoltate*», disse Elena senza guardarli. «Ho intenzione di guidare la *mia* Jaguar fino alla prossima città. Ma prima voglio entrarci e mettermi dei veri vestiti e forse anche concedermi qualche minuto di sonno. Matt vorrà trovare un ruscello o qualcosa dove possa lavarsi. E poi ho intenzione di andare nella città più vicina, qualunque essa sia, per fare colazione. E dopo...».

«...il litigio potrà ricominciare», concluse Damon per lei. «Fai pure, tesoro. Ci rivediamo in qualsiasi squallido bar tu scelga».

Elena annuì.

«Sei sicuro di riuscire a trovarci? Sto cercando di tenere bassa la mia aura, davvero».

«Ascolta, una Jaguar rosso fiammante parcheggiata in strada, in qualunque punto della città si trovi, è evidente come un UFO», disse Damon.

«Perché non viene con noi e basta...», la voce di Matt si affievolì. In qualche modo, nonostante il suo profondissimo rancore nei confronti di Damon, spesso riusciva a dimenticare che era un vampiro.

«Così hai intenzione di andare laggiù per primo e trovare qualche ragazzina di ritorno dalla scuola estiva», disse Matt, i suoi occhi azzurri che si rabbuiavano.

«E piomberai su di lei per trascinarla via, dove nessuno potrà udire le sue urla e poi le spingerai la testa indietro e affonderai i tuoi denti nella sua gola».

Ci fu una pausa piuttosto lunga. Poi Damon, in tono leggermente offeso, disse: «Non io».

«Questo è quello che voi – gente – fate. È quello che tu hai fatto a *me*».

Elena capì che era il momento di un intervento drastico: la verità. «Matt, Matt, non è stato Damon a farlo. È stato Shinichi. Lo *sai* questo». Girò dolcemente Matt verso di lei.

Per un lungo istante Matt non volle guardarla, ed Elena cominciò a temere di non riuscire a recuperare la situazione. Ma poi, infine, lui sollevò la testa e lei poté guardarlo negli occhi.

«Va bene», disse a bassa voce. «Sono d'accordo. Ma tu sai che sta uscendo per bere sangue umano».

«Da un donatore consenziente!», gridò Damon, che aveva un udito molto fine.

Matt esplose di nuovo. «Perché *tu* li rendi consenzienti! Li ipnotizzi...».

«No, non faccio così».

«...o li influenzi, o qualunque cosa sia. Come preferisci...».

Dietro le spalle di Matt, Elena stava furiosamente facendo segno a Damon di andarsene, e sembrava che stesse scacciando delle galline. In un primo momento, Damon la guardò accigliato, ma poi alzò le spalle e obbedì; la sua forma che si offuscava mentre prendeva le sembianze di un corvo e rapidamente diventava un puntino nel sole nascente.

«Non credi», disse Elena con tono pacato, «che dovresti sbarazzarti di quel paletto? Fa solo diventare Damon completamente paranoico».

Matt guardò dappertutto tranne che nella sua direzione e poi annuì. «Me ne libero quando scendo a lavarmi», disse, fissandosi torvo le gambe fangose.

«Comunque», aggiunse, «torna in macchina e cerca di dormire. Sembra che tu ne abbia bisogno».

«Svegliami fra un paio d'ore», disse Elena – senza la minima idea che due ore dopo avrebbe rimpianto amaramente di averlo detto.

4

«Stai tremando. Lasciamelo fare da sola», disse Meredith, posando una mano sulla spalla di Bonnie, quando arrivarono insieme di fronte alla casa di Caroline Forbes.

Bonnie cominciò a cedere alla pressione, poi si impose di fermarsi. Era umiliante tremare in quel modo in una mattinata di fine luglio in Virginia. Era anche umiliante essere trattata come una bambina. Ma Meredith, che aveva solo sei mesi in più di lei, sembrava più adulta del solito oggi. I suoi capelli neri erano tirati indietro, così che i suoi occhi sembravano molto grandi e la sua faccia olivastra con gli zigomi alti mostrava il suo aspetto migliore. Potrebbe essere la mia babysitter, pensò Bonnie demoralizzata. Meredith portava anche i tacchi alti, invece delle solite scarpe basse. Bonnie si sentì più piccola e più giovane che mai a confronto. Fece scorrere una mano fra i suoi riccioli biondo-fragola, cercando di arruffarli per guadagnare un prezioso centimetro.

«Non ho paura. Ho *f-freddo*», disse Bonnie con tutta la dignità che riuscì a raccogliere.

«Lo so. Senti che da lì proviene qualcosa, vero?», Meredith fece un cenno verso la casa davanti a loro.

Bonnie la guardò di sbieco e poi tornò su Meredith.

Improvvisamente la maturità di Meredith le sembrò confortante. Ma, prima di guardare di nuovo la casa di Caroline, sbottò: «Come mai questi tacchi a spillo?»

«Oh», disse Meredith, dandoci un'occhiata. «Solo una precauzione. Se qualcuno cerca di afferrarmi le caviglie stavolta farò *così*». Pestò il piede e ci fu un rumoroso schiocco sul marciapiede.

Bonnie fece un mezzo sorriso. «Hai portato anche il tuo tirapugni?»

«Non mi serve, metterò Caroline fuori combattimento a mani nude se solo prova a fare una mossa. Ma cambiamo argomento. Posso farcela da sola».

Bonnie infilò la sua mano minuta in quella sottile e affusolata di Meredith. La strinse. «So che ce la puoi fare. Ma sono io che *dovrei* farlo. Sono io quella che lei ha invitato».

«Sì», disse Meredith, con un lieve, elegante movimento delle labbra. «Lei sa sempre come tenere il coltello dalla parte del manico. Bene, qualunque cosa accada, Caroline si è rovinata da sola. Per prima cosa cerchiamo di aiutarla, per il suo e il nostro interesse. E poi la obblighiamo a *farsi* aiutare. Dopo...».

«Dopo», disse tristemente Bonnie, «non c'è altro da dire». Guardò di nuovo la casa di Caroline. Sembrava... sghemba... come se la stesse guardando attraverso uno specchio distorto. Inoltre, aveva un'aura maligna: squarci neri attraverso una brutta nube grigioverde. Bonnie non aveva mai visto prima una casa così piena di energia. Ed era una energia fredda, come l'evaporazione di una cella frigorifera. Bonnie sentiva che le avrebbe risucchiato e congelato la forza vitale, se le avesse dato la possibilità.

Lasciò che Meredith suonasse il campanello. Ci fu un'eco leggera, e quando la signora Forbes rispose, la sua voce parve riecheggiare allo stesso modo. Anche l'interno della casa aveva un aspetto da stanza degli specchi, pensò Bonnie, ma la sensazione era ancora più strana. Se chiudeva gli occhi, riusciva a immaginarsi in uno spazio molto più ampio, dove il pavimento si inclinava di colpo verso il basso.

«Siete venute a trovare Caroline», disse la signora Forbes. Il suo aspetto sconvolse Bonnie. La madre di Caroline sembrava una vecchia, con i capelli grigi e una faccia pallida ed emaciata.

«È di sopra, in camera sua. Vi accompagno», disse la madre di Caroline.

«Ma, signora Forbes, sappiamo dove...». Meredith si interruppe quando Bonnie le mise una mano sul braccio. La donna, invecchiata e avvizzita, faceva strada. Non aveva quasi più un'aura, comprese Bonnie, e le si strinse il cuore. Conosceva Caroline e i suoi genitori da così tanto tempo... come avevano fatto a ridursi così i loro rapporti? Non insulterò Caroline, non importa quello che ha fatto, promise Bonnie in silenzio. Non importa. Anche... sì, anche dopo quello che ha fatto a Matt.

Cercherò di ricordare quanto di buono c'era in lei. Ma se era difficile pensare in quella casa, ancor più lo era pensare a qualcosa di buono. Bonnie sapeva che stava salendo, riusciva a vedere ogni scalino sotto di sé. Ma tutti gli altri sensi le dicevano che stava *scendendo*.

Era un'orribile sensazione che le dava le vertigini: una netta inclinazione verso il basso mentre vedeva i proprio piedi salire. C'era anche un odore, strano e pungente, di uova marce. Era un disgustoso, putrido odore che si poteva *assaggiare* nell'aria.

La porta di Caroline era chiusa, e di fronte, abbandonato sul pavimento, c'era un piatto di cibo con sopra una forchetta e un coltello affilato.

La signora Forbes si affrettò dinanzi a Bonnie e Meredith e raccolse il piatto, aprì la porta della stanza di fronte a quella di Caroline, e lo mise lì, chiudendo la porta dietro di sé.

Ma prima che scomparisse, a Bonnie parve di vedere un movimento nel mucchietto di cibo sul piatto di fine porcellana.

«A stento mi parla», disse la signora Forbes con la stessa voce vuota che aveva usato prima. «Ma ha detto che vi stava aspettando».

Si allontanò in fretta, lasciandole sole nel corridoio. L'odore di uova marce, anzi, di *zolfo*, intuì Bonnie, era molto forte.

Zolfo: riconosceva l'odore dalle lezioni di chimica dello scorso anno. Ma come era finito quel terribile odore nell'elegante casa dei Forbes? Bonnie si voltò verso Meredith per chiederlo, ma lei stava già scuotendo la testa. Bonnie conosceva quel gesto.

Non dire *niente*.

Bonnie deglutì, si asciugò le lacrime dagli occhi e osservò Meredith che girava la maniglia della porta di Caroline.

La stanza era buia. Dall'ingresso veniva abbastanza luce da mostrare che le tende di Caroline erano state rinforzate da coperte opache inchiodate sopra. Non c'erano coperte sul letto.

«Entrate! E chiudete subito la porta!».

Era la voce di Caroline, col suo solito tono stizzito. Bonnie si lasciò sommergere da un'ondata di sollievo. Non era una baritonale voce maschile che scuoteva la stanza, o un ululato, era Caroline-di-cattivo-umore. Si immerse nell'oscurità davanti a sé.

5

Elena entrò nella Jaguar e si infilò una maglietta acquamarina e un paio di jeans sotto la camicia da notte, nel caso che un ufficiale di polizia o chiunque altro, nell'intento di aiutare i proprietari di una macchina apparentemente bloccata sull'autostrada deserta, si fosse fermato lì. E poi si distese sul sedile della Jaguar.

Ma, nonostante fosse comoda e al caldo, il sonno non arrivava.

Cosa voglio? Cosa voglio davvero adesso?, si chiese. E la risposta non si fece attendere.

Voglio vedere Stefan. Voglio sentire le sue braccia su di me. Voglio solo guardarlo in viso... guardare i suoi occhi verdi con quella espressione speciale che mostra solo a me. Voglio che mi perdoni e mi dica di sapere che lo amerò sempre.

E voglio... Elena arrossì, mentre una sensazione di calore le attraversava tutto il corpo, *voglio che* Stefan *mi baci. Voglio i baci di Stefan... caldi e dolci e confortanti...*

Elena stava pensando questo mentre, per la seconda o la terza volta, chiudeva gli occhi e cambiava posizione, le lacrime di nuovo sul punto di scendere. Se solo avesse potuto piangere, piangere davvero, per Stefan. Ma qualcosa la bloccava. Trovava difficile versare anche una sola lacrima.

Dio, era esausta...

Ci riprovò. Tenne gli occhi chiusi e si girò avanti e indietro, tentando di non pensare a Stefan per almeno qualche minuto. *Doveva* dormire. Disperata, emise un forte sospiro cercando di trovare una posizione migliore, quando tutto, all'improvviso, cambiò.

Stava comoda. Troppo comoda. Non sentiva per niente il sedile. Stava rigida e dritta come un fuso, seduta nell'aria. Aveva quasi battuto la testa contro il tettuccio della Jaguar.

Ho di nuovo perso la gravità!, pensò con orrore. Ma, no, era diverso da quello che era accaduto quando era tornata dall'aldilà e aveva fluttuato come un pallone. Non riusciva a spiegarsi il motivo, ma era sicura.

Aveva paura di muoversi in qualsiasi direzione. Non era certa del motivo della sua angoscia, ma non osava muoversi.

E poi vide...

Vide *se stessa*, con la testa voltata e gli occhi chiusi sul sedile dalla macchina. Poteva distinguere ogni minimo dettaglio, dalle pieghe della sua maglietta acquamarina alle trecce che aveva fatto coi pallidi capelli dorati, che, per la mancanza di un fermaglio, si stavano già sciogliendo. Sembrava dormire serena.

Dunque era così che finiva. Questo era quel che avrebbero detto, che Elena Gilbert, un giorno d'estate, era morta nel sonno. Senza alcun motivo...

Perché nessuno avrebbe capito che era tutta colpa del suo cuore infranto, pensò Elena, e in un gesto ancor più melodrammatico dei suoi soliti gesti melodrammatici, tentò di lanciarsi verso il proprio corpo coprendosi il volto col braccio.

Non funzionò. In un attimo, si ritrovò fuori dalla Jaguar.

Aveva attraversato il tetto senza sentire nulla. *Suppongo che sia quel che succede quando sei un fantasma*, pensò. *Ma non è per niente come l'ultima volta. Allora avevo visto un tunnel, ero andata verso la Luce.*

Forse non sono un fantasma.

D'un tratto Elena si sentì felice. *So che cos'è*, pensò trionfante. *Questa è un'esperienza extracorporea!*

Lanciò uno sguardo alla ragazza che dormiva, cercando con attenzione. Sì! Sì! C'era una corda che collegava il suo corpo addormentato – il suo vero corpo – al suo io spirituale. Era legata! Dovunque andasse, avrebbe ritrovato la strada di casa.

C'erano solo due destinazioni possibili. Una era tornare a Fell's Church. Si sarebbe orientata con la posizione del sole, ed era certa che chiunque avesse esperienze extracorporee (come Bonnie, che una volta aveva avuto la fissa dello spiritualismo, e aveva letto un sacco di libri sull'argomento, imparando a richiamarle quando voleva) fosse in grado di riconoscere l'incrociarsi di tutte quelle linee energetiche.

L'altra destinazione, naturalmente, era Stefan.

Damon poteva credere che lei non sapesse dove andare, ed era vero che aveva solo la vaga sensazione dal sorgere del sole che Stefan era dall'altra parte, a Ovest. Ma aveva sempre sentito dire che le anime di due veri amanti erano legate in qualche modo... da un filo d'argento da cuore a cuore o da una cordicella rossa da dito a dito.

Rallegrandosi, la trovò quasi subito.

Una corda sottile del colore del chiaro di luna, che sembrava ben tesa fra il cuore dell'Elena addormentata e... *sì*. Quando toccò la corda, la sentì così chiaramente risuonare di Stefan che fu certa l'avrebbe condotta a lui.

Non aveva più alcun dubbio sulla direzione da prendere. Era stata a Fell's Church. Bonnie era una sensitiva dal potere impressionante, e altrettanto era la vecchia padrona di casa di Stefan, la signora Theophilia Flowers. Erano lì, insieme a Meredith e alla sua brillante intelligenza, a proteggere la città.

E avrebbero capito tutto, si disse disperata. Non avrebbe avuto di nuovo questa opportunità.

Senza un altro momento di esitazione, Elena si voltò in direzione di Stefan e si lasciò andare.

Si trovò a sfrecciare nell'aria, troppo velocemente per distinguere ciò che la circondava. Tutto quel che oltrepassava era confuso, si distingueva solo per il colore e la consistenza, come notò Elena quando comprese, con un groppo in gola, che stava passando *attraverso* gli oggetti.

E così, in pochi istanti, si trovò di fronte a una scena straziante: Stefan su un logoro, cencioso giaciglio, con il viso magro e ingrigito. Stefan nella sua odiosa cella, sporca e infestata dai pidocchi, con quelle *dannate* sbarre di ferro dalle quali nessun vampiro può scappare.

Elena si allontanò per un attimo, così che, mentre lo svegliava, lui non vedesse la sua angoscia e le sue lacrime. Si stava appena ricomponendo, quando la voce di Stefan la fece sobbalzare. Era già sveglio.

«Continui a provarci, non è vero?», disse, con la voce piena di sarcasmo. «Immagino che questo ti faccia acquistare parecchi punti. Ma fai sempre *qualcosa* di sbagliato. L'altra volta erano le piccole orecchie appuntite. Stavolta i vestiti. Elena non indosserebbe una maglia così sgualcita e non avrebbe i piedi nudi e sporchi a costo della vita. Vattene!». Scrollando le spalle sotto la logora coperta, si voltò dall'altra parte.

Elena sgranò gli occhi. Ne aveva passate troppe per scegliere le parole giuste: fuoriuscirono da lei come il getto di un geyser. «Oh, Stefan! Stavo solo cercando di addormentarmi vestita così com'ero nel caso un poliziotto si fosse avvicinato: io ero sul sedile posteriore della Jag. La Jag che *tu* mi hai comprato. Ma non penso che te ne importi! I miei vestiti sono sgualciti perché sto vivendo all'aperto con un equipaggiamento da campo e i miei piedi si sono sporcati quando Damon… insomma… diciamo… non importa. Ho una vera camicia da notte, ma non la indossavo quando sono venuta fuori dal mio corpo e immagino che quando vieni fuori continui ad apparire come sei *nel* tuo corpo…».

Alzò le braccia allarmata, appena Stefan si girò. Ma – meraviglia delle meraviglie – le sue guance avevano cominciato a prendere colore. Inoltre, non la guardava più con sdegno.

Aveva uno sguardo funesto, i suoi occhi verdi lampeggiavano minacciosi.

«I tuoi piedi si sono sporcati, quando Damon ha fatto *cosa*?», domandò, scandendo le parole.

«Non ha importanza…».

«Ha dannatamente importanza…». Stefan fece una breve pausa. «Elena», sussurrò, fissandola come se fosse apparsa solo in quel momento.

«Stefan!». Non poteva fare a meno di tendere le mani verso di lui. Non poteva controllare nulla. «Stefan, non so come, ma *io sono qui*. Sono proprio io! Non sono un sogno o un fantasma. Stavo pensando a te e mi sono addormentata – *ed eccomi qui!*». Cercò di toccarlo con le sue mani spettrali. «Mi credi?»

«Ti credo… perché anch'io stavo pensando a *te*. In qualche maniera… questo ti ha portato qui. A causa del nostro amore. *Perché noi ci amiamo*!». E pronunciò quelle parole come se fossero una rivelazione.

Elena chiuse gli occhi. Se solo fosse stata lì con il proprio corpo, avrebbe mostrato a Stefan quanto lo amava. Invece dovevano usare parole goffe, clichè che si rivelavano incredibilmente veri.

«Ti amerò sempre, Elena», disse Stefan, sussurrando di nuovo. «Ma non voglio che tu stia vicino a Damon. Troverà il modo di farti del male…».

«Non posso farne a meno», lo interruppe Elena.

«Devi invece!».

«…perché lui è la mia unica speranza, Stefan! Non mi farà del male. Ha già ucciso per proteggermi. Oh, Dio, sono successe così tante cose! Noi siamo in cammino per…». Elena esitò, scrutando attorno guardinga.

Stefan spalancò gli occhi per un istante. Ma quando parlò, la sua faccia era impassibile. «Per un posto dove tu sia al sicuro».

«Sì», disse lei, come se fosse vero, consapevole che lacrime scendevano sulle sue guance incorporee. «E… oh, Stefan, ci sono tante cose che non sai. Caroline ha accusato Matt di averla aggredita durante un appuntamento perché era incinta. Ma non è stato Matt!».

«Certo che no!», disse Stefan indignato, e avrebbe voluto aggiungere altro, ma Elena parlava a tutta velocità.

«E io credo che la… la cucciolata sia proprio di Tyler Smallwood, a causa del tempismo, e del cambiamento di Caroline. Damon ha detto che…».

«Un figlio licantropo trasforma sempre la madre in una licantropa…».

«Sì! Ma la parte animale dovrà combattere il malach che era già dentro di lei. Bonnie e Meredith mi hanno raccontato certe cose su Caroline – ad esempio il modo in cui sgattaiolava sul pavimento, come una lucertola – che mi hanno terrorizzata. Ma ho dovuto lasciarle ad affrontare tutto ciò per poter… per poter raggiungere quel posto sicuro».

«Uomini lupo e uomini volpe», disse Stefan, scuotendo la testa.

«Ovviamente, i kitsune, le volpi, hanno un potere magico più forte, ma i lupi tendono a uccidere prima di pensare». Si colpì il ginocchio con un pugno. «Avrei voluto essere *lì*!».

Elena sbottò con un misto di meraviglia e disperazione: «E invece io sono *qui* – con te! Non sapevo di poterlo fare. Ma non ho potuto portati nulla in questo modo, non ti ho portato me stessa. Il mio sangue». Fece un gesto di impotenza ma scorse la sazietà negli occhi di Stefan.

Aveva ancora il vino Clarion Loess Black Magic che gli aveva portato di nascosto! Lo sapeva! Era l'unico liquido che poteva, in un solo sorso, tenere in vita un vampiro quando non era disponibile del sangue.

Il "vino" Black Magic, analcolico e non adatto agli esseri umani, era l'unica bevanda che piaceva davvero ai vampiri, oltre al sangue. Damon aveva raccontato a Elena che era magicamente ricavato da una varietà speciale di uva che cresceva ai bordi dei ghiacciai, sul loess, e che veniva coltivata nella più completa oscurità. Questo le dava il suo tipico sapore scuro e vellutato, aveva detto.

«Non importa», disse Stefan, a beneficio di chiunque avrebbe potuto spiarli. «Esattamente come è successo?», chiese dopo. «Questa cosa di uscire fuori dal corpo? Perché non vieni quaggiù a parlarmene?». Si sdraiò sul suo giaciglio, rivolgendole uno sguardo sofferente. «Mi dispiace di non avere un letto migliore da offrirti». Per un istante l'umiliazione si mostrò chiaramente sul suo viso. Per tutto il tempo aveva tentato di nasconderle la vergogna che provava nell'apparirle in quel modo, vestito di stracci, in una cella sudicia e infestata da Dio sa cosa. Lui, Stefan Salvatore, che un tempo era stato… era stato…

Il cuore di Elena, infine, si spezzò davvero. Sapeva che stava accadendo, riusciva a sentirne i frammenti che infilzavano, come aghi, la carne dentro il suo petto. Le sue lacrime gocciavano sul volto di Stefan come sangue, incolori mentre cadevano, si trasformavano in gocce rosso scuro quando toccavano la faccia del vampiro.

Sangue? Naturalmente, non era sangue, pensò. Non sarebbero servite a niente in quella forma.

Stava davvero singhiozzando; le sue spalle sussultavano mentre le lacrime continuavano a cadere su Stefan, che tentava di prenderne una…

«Elena…». C'era meraviglia nella sua voce.

«Co… cosa?», chiese con ansia.

«Le tue lacrime. Le tue lacrime mi fanno sentire…». La stava fissando con un certo sgomento.

Elena non riusciva a smettere, benché sapesse di aver calmato il suo cuore orgoglioso… e non solo.

«Io n-non capisco».

Lui prese una delle sue lacrime e la baciò. Poi la guardò con un bagliore negli occhi. «È difficile da spiegare, mio adorato piccolo amore…».

Allora perché usi le parole?, pensò lei, ancora in lacrime, ma sempre più vicino a lui.

È solo… loro non sono particolarmente liberi con il freddo qua intorno, le disse. *Come puoi immaginare. Se tu non mi avessi… aiutato… sarei morto a quest'ora. Loro non riescono a capire come mai non lo sia. Così loro… ecco, loro si consumano prima di raggiungermi, a volte, vedi…*

Elena sollevò la testa, e questa volta lacrime di pura rabbia le rigarono il volto. *Dove sono? Li ucciderò. Non dirmi che non posso perché* troverò un modo. *Troverò il modo di ucciderli anche se sono in questo stato…*

Lui scosse la testa. *Angelo, angelo mio, non lo vedi? Non devi ucciderli. Perché le tue lacrime, le lacrime fantasma di una pura vergine…*

Lei scosse la testa. *Stefan, se qualcuno sa che non sono una pura vergine, sei proprio tu…*

…di una pura vergine, continuò Stefan, senza lasciarsi distrarre dalla sua interruzione, *possono curare tutte le malattie. E io ero malato stanotte, Elena, anche se cercavo di nasconderlo. Ma sono guarito adesso! Sono come nuovo! Non capiranno mai come sia successo.*

Sei sicuro?

Guardami!

Elena lo guardò. Il viso di Stefan, che le era apparso grigio e teso, era cambiato. Mostrava il solito pallore, ma i bei lineamenti apparivano arrossati, come se fosse stato di fronte a un falò e la luce si stesse ancora riflettendo sulle linee pure ed eleganti del suo amato viso.

Io... l'ho fatto? Ricordò come le prime lacrime, cadute come goccioline, le fossero sembrate simili al sangue sul suo viso. Non era sangue, comprese, ma colore, che era penetrato dentro di lui e l'aveva rinfrescato.

Non poté far altro che affondare di nuovo il viso nel collo di lui, mentre pensava, *sono felice. Oh, sono così felice. Ma vorrei che ci potessimo* toccare. *Voglio sentire le tue braccia intorno a me.*

«Almeno posso guardarti», sussurrò Stefan, ed Elena sapeva che questo era acqua nel deserto per lui. «E se *potessimo* toccarci, ti metterei il braccio intorno alla vita, così, e ti bacerei qui e qui...».

E per un po' si scambiarono frasi d'amore senza senso, sostenuti ognuno dalla vista e dal suono della voce dell'altro. E infine, dolcemente, ma con fermezza, Stefan le chiese di raccontargli di Damon... tutto dall'inizio. Ormai Elena era lucida abbastanza da raccontargli l'incidente di Matt senza dipingere Damon come un mostro.

«E Stefan, Damon sta facendo davvero del suo meglio per proteggerci». Gli disse dei due vampiri posseduti che li avevano inseguiti e di quel che aveva fatto lui.

Stefan scrollò semplicemente le spalle e disse in tono ironico: «La maggior parte delle persone usa le matite per scrivere; Damon le usa per cancellare le persone». E aggiunse: «E come si sono sporcati i tuoi vestiti?»

«C'è stato un grande schianto, era Matt che cadeva sul tetto della macchina», disse. «Ma, a esser sinceri, lui stava cercando di infilzare Damon con un paletto al momento. Ho fatto sì che se ne liberasse». Aggiunse, nel più puro dei sussurri: «Stefan, *ti prego*, non pensare a tutto il tempo che io e Damon stiamo passando assieme. Non cambia nulla fra noi».

«Lo so».

E la cosa straordinaria era che lo sapeva davvero. Elena fu colpita dal profondo ardore della sua fiducia.

Infine si "abbracciarono", Elena rannicchiata tra le braccia di Stefan... e fu un momento di pura felicità.

E poi, d'un tratto, il mondo – l'intero universo – vibrò al rumore tremendo di violenti colpi. Elena sobbalzò. Improvvisamente quel momento di fiducia e amore e dolcezza che stava condividendo con Stefan si era interrotto.

Ricominciò, un mostruoso boato che terrificò Elena. Si aggrappò inutilmente a Stefan, che la stava guardando con preoccupazione. Non aveva sentito il fragore che stava assordando lei, comprese.

E poi accadde qualcosa di peggio. Fu strappata di peso dalle braccia di Stefan, e fu risucchiata indietro, attraverso gli oggetti, indietro, sempre più velocemente, finché con un urto atterrò nel proprio corpo.

Con gran riluttanza, atterrò nel solido corpo che fino a quel momento era stato l'unico che avesse mai conosciuto. Vi atterrò, fondendosi, poi si mise a sedere e capì che il suono era il bussare di Matt al finestrino.

«Sono passate più di due ore da quando ti sei addormentata», disse quando lei gli aprì lo sportello. «Ma immagino che ne avessi bisogno. Stai bene?»

«Oh, Matt», disse Elena. Per un istante le parve impossibile evitare di mettersi a piangere. Ma si ricordò del sorriso di Stefan.

Batté gli occhi, sforzandosi di affrontare la nuova situazione. Aveva visto Stefan solo per un attimo. Ma i ricordi di quei dolci, brevi momenti passati assieme, erano avvolti in giunchiglie e fiori di lavanda e niente avrebbe potuto portarglieli via.

Damon era irritato. Mentre volava più in alto sulle sue ampie e nere ali di corvo, il paesaggio sotto di lui si distendeva come un magnifico tappeto e la luce mattutina faceva brillare come smeraldi i prati e le colline ondulate.

Damon li ignorava. Li aveva visti così tante volte. Quello che stava cercando era *una donna splendida*[1].

Ma la sua mente divagava. Mutt e il suo paletto... Damon ancora

[1] In italiano nel testo (*n.d.t.*).

non capiva perché Elena avesse voluto prendere con loro un latitante… Elena… Damon tentò di evocare su di lei gli stessi sentimenti astiosi che provava per Mutt, ma non ci riuscì.

Sorvolò la città a caccia di auree, puntando sul quartiere residenziale. Voleva un'aura forte, più che una graziosa. Era stato in America abbastanza a lungo da sapere che in giro a quell'ora del mattino puoi trovare tre tipi di persone. Gli studenti, ma era estate e ce n'erano pochi in giro. A dispetto delle illazioni di Mutt, Damon di rado succhiava le liceali. Quelli che facevano jogging. E quelli che, immersi in bellissimi pensieri, proprio come… *quella* laggiù… si prendevano cura del giardino.

La giovane donna con le cesoie da potatura osservò Damon girare l'angolo e avvicinarsi alla sua casa, deliberatamente affrettando e poi rallentando il passo. Il suo incedere mostrava che era deliziato nell'entrare nella fantastica composizione floreale dell'affascinante villa Vittoriana. Per un istante la ragazza apparve sbigottita, quasi spaventata. Era normale. Damon indossava stivali neri, jeans neri, maglietta nera e giacca nera di pelle, in più portava i Ray-Bans. Ma poi sorrise e nello stesso momento iniziò il primo, delicato infiltramento nella mente della *bella donna*[2].

Una cosa fu subito chiara. Lei amava le rose.

«Tessitrici di Sogni in piena fioritura», disse, scuotendo la testa in segno di ammirazione mentre osservava i cespugli ricoperti di meravigliosi fiori rosa. «E queste rose bianche Iceberg che si arrampicano sui graticci… Ah, ma le tue Pietre di Luna!». Sfiorò una rosa aperta, i cui petali avevano il colore del chiaro di luna, ombreggiati da un rosa pallido sulle punte.

La giovane donna, Krysta, non poté evitare di sorridere. Damon sentiva le informazioni fluire senza sforzo dalla sua alla propria mente. Aveva appena ventidue anni, non era sposata, viveva ancora con i suoi. Aveva esattamente il tipo di aura che stava cercando, e solo un padre addormentato in casa.

«Non sembri il tipo che sa così tanto di rose», disse Krysta, poi

[2] In italiano nel testo (*n.d.t.*).

fece una risata imbarazzata. «Scusa. Ne ho incontrati di tutti i tipi alla Fiera delle Rose di Creekville».

«Mia madre ha uno spiccato pollice verde», mentì Damon senza mostrare alcuna traccia di esitazione. «Immagino di aver preso da lei la mia passione. Ora non sto in un posto abbastanza a lungo da poterle coltivare, ma posso ancora sognarlo. Vuoi sapere qual è il mio più grande sogno?».

Da quel momento, Krysta si sentì come se stesse fluttuando su una nuvola dal delizioso profumo di rose. Damon sentì insieme a lei ogni delicata sfumatura, godendo nel vederla arrossire, godendo per il leggero tremore che scuoteva il suo corpo.

«Sì», rispose Krysta semplicemente. «Mi piacerebbe molto sapere il tuo sogno». Damon si sporse in avanti, abbassando la voce. «Voglio coltivare un vera rosa nera».

Krysta parve sbigottita e qualcosa attraversò come un lampo la sua mente, troppo velocemente perché Damon potesse coglierla. Ma poi lei disse con voce altrettanto bassa: «Allora c'è qualcosa che vorrei mostrarti. Se… se hai il tempo di venire con me».

Il cortile sul retro era ancora più lussureggiante di quello davanti e c'era un'amaca che oscillava dolcemente, notò Damon soddisfatto. D'altronde, avrebbe avuto presto bisogno di un posto su cui far distendere Krysta… a smaltire l'effetto.

Ma sul retro del pergolato c'era qualcosa che gli fece affrettare involontariamente il passo.

«Rose Black Magic!», esclamò, adocchiando i fiori del colore del vino di Borgogna.

«Sì», disse Krysta sottovoce. «Black Magic. La varietà più vicina a una rosa nera che sia mai stata coltivata. Ottengo tre fioriture all'anno», disse in un sussurro tremolante, non chiedendosi più chi fosse quel giovane, travolta da sentimenti che quasi trascinarono Damon con lei.

«Sono magnifiche», disse. «Il rosso più scuro che io abbia mai visto. Le più vicine al nero mai coltivate».

Krysta stava ancora tremando di felicità. «Puoi prenderne una, se vuoi. Le porterò alla fiera di Creekville la prossima settimana, ma posso dartene una adesso, in piena fioritura. Forse potrai sentirne l'odore».

«Mi… piacerebbe», disse Damon.

«Potrai darla alla tua ragazza».

«Nessuna ragazza», disse Damon, felice di tornare a mentire. La mano di Krysta tremò leggermente quando ne tagliò una delle più lunghe e dallo stelo più dritto.

Damon si protese per prenderla e le loro dita si toccarono.

Le sorrise.

Quando le ginocchia di Krysta si piegarono per il piacere, Damon la prese con facilità e continuò con quello che stava facendo.

Meredith era proprio dietro Bonnie quando entrò nella stanza di Caroline.

«Chiudete quella dannata porta!», disse Caroline… anzi, ringhiò.

Era naturale cercare di vedere da dove provenisse la voce. Appena prima che Meredith tagliasse fuori l'unica scheggia di luce, Bonnie intravide l'angolo scrivania di Caroline. La sedia su cui si sedeva di solito non c'era più.

Caroline stava sotto la scrivania.

Poteva essere un buon nascondiglio per una bambina, ma la diciottenne Caroline ci stava a malapena. Era seduta su un cumulo di quelli che sembravano brandelli di vestiti. I suoi vestiti *migliori*, pensò Bonnie improvvisamente, quando un guizzo di lamè dorato scintillò e si spense appena la porta si richiuse.

Si ritrovarono tutte e tre al buio. Non entrava un filo di luce.

È perché l'ingresso è in un altro mondo, intuì Bonnie.

«Che problema ti dà un po' di luce, Caroline?», chiese Meredith con tranquillità. La sua voce era posata, confortante. «Ci hai chiesto di venire a vedere come stavi, ma noi non possiamo vederti».

«Ho detto di venire a parlare con me», corresse Caroline all'istante, proprio come faceva ai vecchi tempi. Ed era anche confortante. Eccetto… eccetto che Bonnie, riuscendo a sentire la sua voce in una sorta di riverbero sotto la scrivania, poteva dire che aveva un nuova qualità. Non tanto rauca, quanto…

Non vuoi pensarlo davvero. Non nella tenebra notturna di questa stanza, le disse una voce interiore.

Non tanto rauca, quanto *ringhiante*, pensò Bonnie quasi senza accorgersene. Si sarebbe potuto dire che Caroline ringhiasse le sue risposte.

Dei lievi rumori informarono Bonnie che la ragazza sotto il tavolo si stava muovendo e il suo respiro accelerò.

«Ma *noi* vogliamo *vederti*», disse Meredith con calma. «E tu sai che Bonnie ha paura del buio. Puoi accendere almeno la lampada di fianco al letto?».

Bonnie sentì che stava tremando. Non era un bene. Non era intelligente mostrare a Caroline che aveva paura di lei. Ma quel buio denso la terrorizzava. Riusciva a percepire che la stanza aveva qualcosa di sbagliato… o forse era solo la sua immaginazione. Poteva anche udire cose che la facevano sobbalzare, come quel rumoroso doppio scatto direttamente dietro di lei. Cosa l'aveva provocato?

«E d'accorrrdo! Accendetene una vicino al letto». Caroline stava proprio ringhiando. E si muoveva verso di loro; Bonnie sentiva avvicinarsi il fruscio e il suo respiro.

Non lasciare che mi prenda nel buio!

Fu un pensiero irrazionale, scaturito dal panico, ma Bonnie brancolando nel buio, non poté scacciarlo, così come non poté evitare di inciampare in qualcosa di…

Qualcosa di alto… e caldo.

Non era Meredith. Da quel che sapeva, Meredith non puzzava di dolci rancidi e uova marce. Ma la cosa calda si aggrappò alle mani alzate di Bonnie, che avvertì uno strano rumore.

Le mani non erano solo calde; erano bollenti e secche. E le estremità penetravano la pelle di Bonnie.

Poi, quando si accese la luce accanto al letto, non c'erano più. La lampada che Meredith aveva trovato emetteva una debole luce rossa, e fu semplice capire perché. Intorno al paralume erano annodati un negligée vermiglio e una vestaglia.

«Questo è a rischio di incendio», disse Meredith, ma anche la sua voce suonava scossa.

Caroline stava in piedi davanti a loro. A Bonnie sembrava più alta che mai, alta e nerboruta, eccetto che per il leggero rigonfiamento della pancia. Indossava dei jeans e una maglietta attillata. Teneva le mani nascoste dietro la schiena, e mostrava il suo vecchio insolente, scaltro sorriso.

Voglio andare a casa, pensò Bonnie.

Meredith disse: «E dunque?».

Caroline continuò a sorridere. «Dunque, cosa?».

Meredith perse la pazienza. «Cosa vuoi?».

Caroline aveva uno sguardo decisamente malizioso. «Avete fatto visita alla vostra amica Isobel oggi? Avete fatto una chiacchierata?».

Bonnie ebbe l'irresistibile impulso di colpire il compiaciuto sorriso sulla faccia di Caroline. Non lo fece. Era solo un effetto della luce della lampada – doveva essere così! – ma sembrava quasi che un puntino rosso brillasse negli occhi di Caroline.

«Siamo andate a trovare Isobel in ospedale, sì», disse Meredith senza alcuna inflessione nella voce. Poi, con tono rabbioso, aggiunse: «E tu sai molto bene che lei non può ancora parlare. Ma...», con un trionfante, piccolo balzo nella voce, «il dottore dice che potrà farlo presto. La sua lingua guarirà, Caroline. Potranno restarle delle cicatrici in tutti i punti in cui l'ha ferita, ma sarà in grado di parlare di nuovo molto bene».

Il sorriso di Caroline si spense, lasciando trasparire tutta la sua rabbia sorda e selvaggia. *Verso cosa?*, si chiese Bonnie.

«Ti farebbe bene uscire da questa casa», disse Meredith alla ragazza dai capelli ramati. «Non puoi vivere al buio...».

«Non sarà per sempre», disse Caroline bruscamente. «Solo fino alla nascita dei gemelli». Rimase immobile, le mani ancora dietro di sè, e inarcò la schiena così che lo stomaco venisse fuori più che mai.

«I... gemelli?», chiese Bonnie sbigottita.

«Matt Junior e Mattie. Li chiamerò così».

Il sorriso gongolante e gli occhi sfrontati di Caroline furono davvero troppo perché Bonnie si trattenesse. «Non puoi farlo!», si udì urlare.

«O forse chiamerò la bambina Honey. Matthew e Honey, per il loro papà, Matthew Honeycutt».

«Non puoi *farlo*», urlò Bonnie, con voce più stridula. «Soprattutto perché lui non è qui a difendersi...».

«Sì, è scappato via davvero in fretta, non trovate? La polizia si sta chiedendo perché sia dovuto scappare. Naturalmente...». Caroline abbassò la voce in un sussurro significativo, «non era solo. C'era Elena con lui. Mi chiedo cosa facciano quei due nel loro tempo libero?», emise un'alta, fatua risatina.

«Con Matt non c'è solo Elena», disse Meredith, e la sua voce era bassa e minacciosa. «C'è qualcun altro, anche. Ricordi il patto che hai firmato? Non raccontare a nessuno di Elena e non suscitare voci su di lei?».

Caroline sbatté le palpebre lentamente, come una lucertola. «Tanto tempo fa. In una vita diversa, per me».

«Caroline, non ce l'*avrai* più una vita se rompi il giuramento! Damon ti *ucciderà*. Oppure... l'hai già fatto...?». Meredith si fermò.

Caroline stava ancora ridendo, in quel modo infantile, come se fosse una ragazzina e qualcuno le avesse appena raccontato una marachella.

Bonnie sentì un sudore freddo diffondersi su tutto il corpo. Le venne la pelle d'oca.

«Cosa stai ascoltando, Caroline?». Meredith si bagnò le labbra. Bonnie vide che stava cercando di guardare Caroline negli occhi, ma la ragazza dai capelli ramati si voltava dall'altra parte. «È... Shinichi?». Improvvisamente Meredith si mosse in avanti e afferrò le braccia di Caroline. «Continui a vederlo e ascoltarlo quando ti guardi allo specchio. Hai ascoltato lui per tutto il tempo adesso, Caroline?».

Bonnie voleva aiutare Meredith. Ma non si poteva muovere né parlare.

C'erano... fili grigi, fra i capelli di Caroline. Capelli grigi, pensò Bonnie. Rilucevano debolmente, erano molto più spenti del rame fiammante di cui Caroline andava fiera. E c'erano... altri capelli che non brillavano per niente. Bonnie aveva visto questa colorazione striata sui cani; sapeva vagamente che alcuni lupi avevano lo stesso aspetto. Ma era proprio un'altra cosa vederli nei capelli di un'amica.

Soprattutto quando sembravano rizzarsi e fremere, dritti come i peli di un cane...

Era pazza. Non pazza furiosa; pazza perché malata, realizzò Bonnie.

Caroline alzò lo sguardo, non verso Meredith, ma dritto negli occhi di Bonnie. Bonnie si ritrasse. Caroline la stava fissando come per decidere se Bonnie fosse buona per la cena o solo spazzatura.

Meredith si mosse per mettersi accanto a Bonnie. I suoi pugni erano serrati.

«Non guarrrdarmi fisso», disse Caroline bruscamente, e girò la testa. Sì, questo era stato sicuramente un ringhio.

«Volevi davvero che venissimo a trovarti, no?», disse Meredith con dolcezza. «Ti stai... pavoneggiando di fronte a noi. Ma io credo che, forse, questo sia il tuo modo di chiedere aiuto...».

«Non crrredo proprrrio!».

«Caroline», disse Bonnie all'improvviso, stupita dall'ondata di pietà che la sommergeva, «ti prego, cerca di *riflettere*. Ricordi quando hai detto che ti serviva un marito? Io...». Si interruppe e deglutì. Chi avrebbe mai sposato questo mostro, che fino a poche settimane prima era stata una normale adolescente?

«Capisco la tua reazione, sai», finì Bonnie in tono lamentoso. «Ma, onestamente, non porterà a nulla di buono continuare a dire che Matt ti ha aggredita! Nessuno...». Non riuscì a dire ciò che le sembrava più ovvio.

Nessuno crederà a una cosa come te.

«Oh, mi farrrò davverrro carrrina», ringhiò Caroline e poi rise scioccamente. «Ne sarrrai sorprrresa».

Con il suo occhio interiore, Bonnie vide il lampeggiare insolente dello sguardo color smeraldo di Caroline, la scaltra, riservata espressione della sua faccia, e il luccichio dei suoi capelli ramati.

«Perché te la prendi con Matt?», chiese Meredith. «Come fai a sapere che è stato attaccato da un malach quella notte? Shinichi l'ha mandato sulle sue tracce proprio per *te*?»

«O è stata Misao?», disse Bonnie, ricordando che era stata la femmina dei gemelli kitsune, gli spiriti volpe, a parlare di più con Caroline.

«Sono andata a un appuntamento con Matt quella notte». Improvvisamente la voce di Caroline sembrò una cantilena, pareva stesse recitando una poesia... e male. «Non mi importava di baciarlo... è così carino. Credo che sia stato quando ha ricevuto quel succhiotto sul collo. Credo di avergli morso le labbra un pochino».

Bonnie aprì la bocca, sentì sulla spalla la mano di Meredith che la tratteneva, e la chiuse di nuovo.

«Ma dopo è semplicemente impazzito», Caroline parlava con una cadenza ritmata. «Mi ha aggredita! L'ho graffiato con le unghie, su e giù lungo il braccio. Ma Matt era troppo forte. Davvero troppo forte. E ora...».

E ora stai per avere dei bambini, voleva dire Bonnie, ma Meredith le strinse la spalla e si fermò di nuovo. Inoltre, pensò Bonnie allarmandosi, i bambini potevano apparire umani, ed erano solo due gemelli, come la stessa Caroline aveva detto. Quindi cosa avrebbero potuto fare?

Bonnie sapeva come funzionava la mente degli adulti. Anche se Caroline non si fosse tinta i capelli per farli tornare ramati, avrebbero detto, guarda come l'ha ridotta lo stress: le stanno venendo prematuramente i capelli bianchi!

E anche se gli adulti avessero visto l'aspetto bizzarro di Caroline e il suo strano comportamento, che Bonnie e Meredith vedevano in quel momento, avrebbero archiviato tutto come dovuto allo shock. Oh, povera Caroline, la sua intera personalità è cambiata da quel giorno. È talmente spaventata da Matt che si nasconde sotto la scrivania. Non vuole lavarsi, forse è una reazione normale dopo quello che ha passato.

Inoltre, chi sapeva quanto ci sarebbe voluto perché *quei* bambini licantropi nascessero? Forse il malach dentro Caroline poteva controllarla, farla sembrare una normale gravidanza.

E poi, d'improvviso, Bonnie fu strappata dai suoi pensieri per sintonizzarsi con le parole di Caroline. Caroline stava solo ringhiando per il momento. Sembrava quasi la vecchia Caroline, offesa e antipatica, quando disse: «Io proprio non capisco perché dovreste preferire la sua parola alla mia».

«Perché», disse Meredith con tono piatto, «noi vi *conosciamo* entrambi. L'avremmo saputo se Matt ti avesse dato un appuntamento – e non l'ha fatto. Non è proprio il tipo che si presenta alla porta d'ingresso, specialmente se consideri come si sentiva nei tuoi riguardi».

«Ma avete già detto che questo mostro che l'ha attaccato...».

«Malach, Caroline. Impara la parola. Ne hai uno dentro di te!».

Caroline sorrise con aria compiaciuta e agitò una mano, accantonando l'argomento. «Avete detto che queste cose possono possederti e farti fare cose che tu non faresti mai, giusto?».

Ci fu un momento di silenzio. Bonnie pensò, *se l'abbiamo detto, non l'abbiamo mai detto di fronte* a te.

«Dunque, e se ammettessi che Matt e io *non avevamo* un appuntamento? E se dicessi che l'ho trovato mentre guidava intorno al nostro quartiere a circa otto chilometri all'ora? Sembrava si fosse perso. La sua manica era stracciata e il suo braccio era pieno di morsi. Così l'ho portato dentro casa *mia* e ho provato a bendargli il braccio, ma improvvisamente è impazzito. E io ho provato a graffiarlo, ma le bende me lo impedivano. Le ho strappate via. Ce le ho ancora, tutte coperte di sangue. Se vi dicessi questo, cosa direste voi?»

Direi che ci stai usando come prova generale prima di raccontarlo allo sceriffo Mossberg, pensò Bonnie, raggelata. *E direi che vai bene, che probabilmente potrai ripulirti fino a sembrare abbastanza normale, se fai uno sforzo. Se solo la smettessi con quei risolini infantili e ti liberassi dell'aspetto sornione, saresti ancora più convincente.*

Ma fu Meredith a parlare. «Caroline... fanno il test del DNA per il sangue».

«Ovviamente lo so!». Caroline sembrò così indignata che per un momento dimenticò di apparire scaltra.

Meredith la stava fissando. «Questo significa che possono dire se le bende che hai sono impregnate del sangue di Matt o no», disse. «E se l'interpretazione della posizione delle macchie di sangue risulterà congruente con la tua versione dei fatti».

«Non ci sono solo "macchie". Le bende sono completamente imbevute».

Bruscamente, Caroline si diresse a grandi passi verso il comò e lo aprì, strappando un pezzo di quello che in origine doveva essere stata una fasciatura da atleta. Riluceva rossastra nella luce fioca.

Osservando il tessuto rigido nella luce purpurea, Bonnie capì due cose. Non c'era nessun residuo dell'impacco che la signora Flowers aveva messo sul braccio di Matt la mattina dopo che era stato attaccato. Ed era imbevuto di vero sangue, fino alle punte irrigidite del tessuto.

Il mondo sembrò girarle attorno. Perché anche se Bonnie aveva fiducia in Matt, questa nuova storia la spaventava. Questa nuova storia poteva anche *funzionare*... a condizione che nessuno riuscisse a trovare Matt e testare il suo sangue.

Anche Matt aveva ammesso che c'era un vuoto in quella notte... Un vuoto che non riusciva a colmare.

Ma questo non significava che Caroline stava dicendo la verità!

Perché avrebbe dovuto cominciare con una bugia, e cambiarla solo quando i fatti erano d'ostacolo?

Gli occhi di Caroline erano del colore di quelli di un gatto. *I gatti giocano coi topi, solo per divertimento. Solo per vederli scappare.*

Matt era scappato...

Bonnie scosse la testa. Tutto a un tratto non poteva stare in quella casa un minuto di più. Si era in qualche modo impossessata della sua mente, facendole accettare tutti gli angoli impossibili di quei muri distorti. Si era anche abituata al terribile odore e alla luce rossa. Ma allora, con Caroline che porgeva una fasciatura imbevuta di sangue e le diceva che era stato Matt a sanguinarvi sopra...

«Vado a casa», annunciò Bonnie improvvisamente. «E Matt non ha fatto questo, e... e io non tornerò mai più qui!».

Accompagnata dal suono della risatina sciocca di Caroline, si girò rapidamente, cercando di non guardare il nido che Caroline aveva fatto sotto la sua scrivania ad angolo. C'erano bottiglie vuote e piatti di cibo semivuoti, impilati lì con i vestiti. Poteva esserci qualsiasi cosa lì sotto... anche un malach.

Ma, appena Bonnie si mosse, la stanza sembrò muoversi con lei, accelerando la sua rotazione, finché lei roteò due volte prima di poter puntare un piede per fermarsi.

«Aspetta, Bonnie... aspetta, *Caroline*», disse Meredith, con un tono quasi frenetico. Caroline stava piegando il suo corpo come una contorsionista, tornando sotto la scrivania. «Caroline, e Tyler Smallwood? Non ti interessa che sia il vero padre dei tuoi... dei tuoi bambini? Quante volte sei uscita con lui prima che si riunisse a Klaus? Dov'è adesso?»

«Perrr quel che ne so, è morto. Voi e i vostrrri amici l'avete ucciso». Il ringhio era tornato ma non era cattivo. Somigliava piuttosto alle fusa di un gatto. «Ma non sento la sua mancanza, così spero che resti morto», aggiunse Caroline, con una risatina smorzata. «*Lui* non ha voluto sposarrrmi».

Bonnie dovette andarsene. Brancolò alla ricerca della maniglia della porta, la trovò, e fu accecata. Era stata così a lungo in quella oscurità scarlatta che la luce dell'ingresso era come il sole di mezzogiorno nel deserto.

«Spegnete la luce!», disse brusca Caroline da sotto la scrivania. Ma, quando Meredith si mosse per farlo, Bonnie udì un'esplosione sorprendentemente forte e vide il paralume fasciato di rosso scurirsi da solo.

E anche un'altra cosa.

La luce d'ingresso attraversò la stanza di Caroline, appena la porta si chiuse alle sue spalle. Caroline stava già strappando qualcosa coi denti. Qualcosa che poteva sembrare carne, ma non lo era.

Bonnie scattò indietro per correre e quasi investì la signora Forbes.

La donna stava ancora in piedi nell'ingresso, dove era stata fin da quando erano entrate nella stanza di Caroline. Non sembrava nemmeno che avesse origliato. Stava solo in piedi, a fissare il vuoto.

«Devo accompagnarvi fuori», disse con la sua voce piatta. Non alzò la testa per incrociare lo sguardo di Bonnie e Meredith. «Venite. Altrimenti potreste perdervi».

C'erano una discesa diritta fino in fondo alle scale e quattro passi fino alla porta d'ingresso. Ma, mentre camminavano, Meredith non disse niente, e Bonnie neanche.

Appena fuori, Meredith si voltò a guardare Bonnie.

«Quindi? È posseduta più dal malach o dalla sua parte animale? O puoi ricavare qualcosa dall'aura?».

Bonnie si sorprese a ridere, un suono che somigliava al pianto.

«Meredith, la sua aura non è umana... e io non so cosa ricavarne. E sua madre non sembra proprio avere un'aura. Loro sono solo... quella casa è solo...».

«Non importa, Bonnie. Non devi andarci di nuovo».

«È come...». Ma Bonnie non sapeva come spiegare l'aspetto da "luna park" dei muri o il modo in cui le scale andavano giù anziché su.

«Credo», disse infine, «che faresti meglio a fare qualche altra ricerca. Su cose come... come la possessione dei nativi Americani».

«Intendi come la possessione dei demoni?». Meredith le lanciò uno sguardo fulmineo.

«Sì, presumo. Soltanto non so da dove iniziare ad ascoltare cosa ci sia di sbagliato in lei».

«Io mi sono fatta qualche idea per conto mio», disse Meredith con tranquillità. «Come... hai notato che non ci ha mai mostrato le mani? Questo è davvero strano, credo».

«Io so perché», sussurrò Bonnie, cercando di trattenere una risata. «È perché... non ha più le unghie».

«Cosa vuoi dire?»

«Mi ha messo le mani intorno ai polsi. Ho potuto *sentirlo*».

«Bonnie, questo non ha alcun senso».

Bonnie si costrinse a parlare. «Caroline ha gli artigli adesso, Meredith. Veri artigli. Come un lupo».

«O forse», disse Meredith in un sussurro, «come una volpe».

6

Elena stava usando tutto il suo considerevole talento di negoziatrice per calmare Matt, incoraggiandolo a ordinare una seconda e una terza cialda belga; sorridendogli dall'altra parte del tavolo. Ma non andava molto bene. Matt si muoveva come se fosse sul punto di scattare, ma, allo stesso tempo, non riusciva a staccare gli occhi da lei.

Continua a immaginare Damon che piomba giù e terrorizza qualche ragazzina, pensò Elena con una sensazione di impotenza.

Damon non era ancora arrivato quando uscirono dal caffé. Elena vide Matt aggrottare le sopracciglia ed ebbe un lampo di genio.

«Perché non portiamo la Jag a un concessionario di auto usate? Se dobbiamo rinunciare alla Jaguar, voglio che sia tu a consigliarmi cosa prendere in cambio».

«Oh sì, il mio parere su un macinino sfasciato... Un mucchio di ferraglia sarà il meglio che riusciremo a ottenere», disse Matt, con un sorriso sardonico che diceva di sapere che Elena lo stava manipolando, ma che non gli importava.

L'unica concessionaria in città non sembrava molto promettente. Ma il suo aspetto non era deprimente quanto quello del proprietario del lotto. Elena e Matt lo trovarono addormentato in un piccolo ufficio con le finestre sporche. Matt bussò piano sulle finestre piene di macchie e l'uomo sussultò, scattò sulla sedia e gli fece cenno di andar via.

Ma Matt bussò di nuovo alla finestra non appena l'uomo accennò a rimettere giù la testa, e questa volta l'uomo si alzò molto lentamente, gli diede un'occhiata di amara disperazione, e andò alla porta.

«Cosa volete?», domandò.

«Uno scambio», disse Matt ad alta voce, prima che Elena potesse sussurrarglielo.

«Voi ragazzi avete una macchina da scambiare?», disse l'ometto con sguardo torvo. «Sono proprietario di questo posto da vent'anni e non…».

«Guarda». Matt fece un passo indietro per mostrare la Jag rosso fuoco che brillava al sole. «Una Jaguar XZR nuova di zecca. Da zero a sessanta in 3.7 secondi! Una 550 cavalli sovralimentata con energia AJ-V8 GEN III R con 6 velocità ZF a trasmissione automatica! Dinamiche Adattive e Differenziale Attivo per una eccezionale aderenza e manovrabilità! Non *esiste* un'altra macchina come la XZR!». Matt finì faccia a faccia con l'ometto, la cui bocca si era aperta lentamente mentre gli occhi oscillavano fra la macchina e il ragazzo.

«E voi vorreste scambiare *quella* con una delle mie?», disse, scioccato per l' incredulità. «Come se avessi il contante per… aspettateunminuto!», si interruppe. I suoi occhi smisero di muoversi e divennero gli occhi di un giocatore di poker. Le sue spalle si sollevarono, ma la sua testa restò china, dandogli l'aspetto di un avvoltoio.

«Non la voglio», disse asciutto, e fece per tornare in ufficio.

«Che significa che non la vuoi? Ci stavi sbavando sopra solo un minuto fa!», urlò Matt, ma l'uomo aveva smesso di fremere. La sua espressione non cambiò.

Avrei dovuto portare avanti io la trattativa, pensò Elena. Non mi sarei lasciata coinvolgere in un litigio, ma ormai è tardi. Cercò di scacciare le voci dei due uomini e osservò le macchine sconquassate nel lotto, ognuna con il suo piccolo cartello polveroso infilato nel parabrezza: 10 PERCENTO IN MENO PER NATALE! CREDITO FACILE! PULITO! SCONTI SPECIALI PER CHI PORTA I NONNI! NIENTE ANTICIPI IN CONTANTI! DATECI UN'OCCHIATA! Temeva di poter scoppiare in lacrime da un momento all'altro.

«Qui non c'è richiesta per una macchina come quella», stava dicendo il proprietario con tono inespressivo. «Perché dovrei comprarla?»

«Tu sei pazzo! Questa macchina ti porterà clienti a frotte. È... è una pubblicità! Meglio di quell'ippopotamo rosso lassù».

«Non è un ippopotamo. È un elefante».

«Chi può dirlo, mezzo sgonfio com'è?».

Gonfio d'orgoglio, l'uomo avanzò impettito per osservare la Jaguar. «Non è nuova di zecca. Ci sono parecchi chilometri qua dentro».

«È stata comprata solo due settimane fa».

«Quindi? Fra qualche settimana la Jaguar comincerà a pubblicizzare le macchine dell'anno prossimo». Il proprietario agitò la mano verso il veicolo di Elena. «Obsoleta».

«Obsoleta!».

«Oh sì. Macchinone come questa si ingozzano di benzina...».

«Ha un consumo ottimale di energia, superiore a quello di un ibrido...!».

«Credi che la gente lo sappia? Loro la vedono...».

«Guarda, potrei portare quest'auto da qualunque altra parte...».

«Allora portacela. Nel mio lotto, qui e ora, quella macchina vale a malapena un'auto in cambio!».

«Due auto».

La nuova voce proveniva direttamente da dietro Matt ed Elena, ma gli occhi del venditore di auto si spalancarono come se avesse appena visto un fantasma.

Elena si voltò e incontrò lo sguardo fisso, nero e impenetrabile di Damon. Aveva i Ray-Bans agganciati alla maglietta e stava dritto con le mani dietro la schiena. Guardava con severità il venditore di auto.

Passarono alcuni istanti, e poi...

«Le... Prius argentate nell'angolo a destra sul retro. Sotto... sotto la tenda da sole», disse lentamente il venditore d'auto, con una espressione stordita, come se stesse rispondendo a una domanda che non era stata posta. «Io... ve la porto qui», aggiunse con voce altrettanto confusa.

«Prendi le chiavi. Fai fare al ragazzo un test di guida», ordinò Damon, e il proprietario cercò le chiavi nel mazzo, e poi si allontanò lentamente, fissando il vuoto.

Elena si voltò verso Damon. «Tiro a indovinare. Gli hai chiesto qual era la macchina migliore del lotto».

«Sostituisci con "meno disgustosa" e ci sarai vicina», disse Damon. La guardò con un sorriso luminoso per una decina di secondi, e poi si voltò dall'altra parte.

«Ma, Damon, perché due macchine? So che è più giusto, ma che ce ne facciamo della seconda macchina?»

«Una carovana di auto», disse Damon.

«*Oh*, no». Ma anche Elena vedeva i vantaggi della cosa, perlomeno dopo aver deciso insieme come utilizzare le diverse macchine. Sospirò. «Bene... se Matt è d'accordo...».

«Matt sarà d'accordo», disse Damon, e per un attimo, per un breve attimo, sembrò innocente come un angelo.

«Cos'hai dietro la schiena?», disse Elena, decidendo di non voler sapere cosa Damon intendesse fare a Matt.

Damon sorrise di nuovo, ma questa volta fu uno strano sorriso, solo una strana incurvatura all'angolo della bocca. I suoi occhi dicevano che non era niente di importante. Ma quando tirò fuori la mano destra, vi teneva la rosa più bella che Elena avesse mai visto in vita sua.

Era la rosa rossa più scura che avesse mai visto, benché non vi fosse traccia di porpora... era precisamente di un color vino di Borgogna vellutato, e aperta in piena fioritura. Sembrava quasi di peluche al tatto, e il suo stelo verde brillante, con qualche foglia delicata qua e là, era lungo almeno quarantacinque centimetri e diritto come un righello.

Con fare risoluto, Elena mise a sua volta le mani dietro la schiena. Damon non era un tipo sentimentale, anche quando si rivolgeva a lei come alla sua "Principessa della Notte". La rosa, probabilmente, aveva qualcosa a che fare con il loro viaggio.

«Non ti piace?», disse Damon.

«Certo che mi piace. A che serve?».

Damon si sciolse un po'. «È per te, Principessa», disse, con aria ferita. «Non preoccuparti. Non l'ho rubata».

No, lui non avrebbe avuto bisogno di rubarla. Elena sapeva esattamente come aveva ottenuto la rosa... ma era così *carina*....

Poiché lei ancora non aveva fatto nessun gesto per prendere la rosa, Damon la sollevò e lasciò che i freschi, serici petali le carezzassero le guance.

Questo la fece rabbrividire. «Fermati, Damon», mormorò, ma non sembrava in grado di fare un solo passo indietro.

Lui non si fermò. Usò i freschi petali fruscianti per disegnare l'altro lato del suo viso. Elena fece un respiro profondo, ma quello che annusò non pareva affatto il profumo di un fiore. Era l'odore di un qualche vino molto scuro, qualcosa di antico e fragrante che una volta l'aveva resa immediatamente ubriaca. Ubriaca di Black Magic e della stessa inebriante eccitazione... di essere insieme a Damon.

Ma non era la vera me stessa, protestò una vocina nella sua testa. Io amo *Stefan*. Damon... io voglio... voglio...

«Vuoi sapere perché ho proprio questa rosa?», stava dicendo Damon dolcemente, con la voce che si mescolava coi ricordi. «Ce l'ho per il suo nome. È una rosa Black Magic».

«Sì», disse semplicemente Elena. Lo sapeva ancor prima che lui lo dicesse. Era l'unico nome che le si addiceva.

Ora Damon le stava dando un bacio con la rosa, disegnando dei cerchi sulle sue guance. I petali centrali, più rigidi, premevano sulla sua pelle, mentre quelli esterni la sfioravano soltanto.

Elena si sentiva stordita. La giornata era già calda e umida; come poteva sentire sulla pelle una tale freschezza? Ora i petali più esterni si muovevano a definire i contorni delle sue labbra, e lei voleva dirgli di fermarsi, ma qualcosa impediva alle parole di uscire.

Fu come essere trasportata indietro nel tempo, ai giorni in cui Damon le era apparso per la prima volta, e per primo l'aveva voluta. Quando aveva quasi lasciato che la baciasse prima ancora di sapere il suo nome...

Lui non era cambiato da allora. Elena ricordò vagamente di aver già pensato qualcosa del genere. Damon cambiava le altre persone, mentre lui restava uguale.

Ma io *sono* cambiata, pensò Elena, e improvvisamente sentì le sabbie mobili sotto i piedi. Sono cambiata così tanto da allora. Abbastanza da vedere in Damon cose che non avrei mai immaginato. Non solo la parte oscura, selvaggia e collerica, ma anche la parte nobile. Il senso dell'onore e della decenza, intrappolati come vene d'oro dentro quel masso roccioso della sua mente.

Devo aiutarlo, pensò Elena. In qualche maniera, devo aiutare lui… e il ragazzino incatenato fuori dal macigno.

Questi pensieri fluivano lenti nella sua mente, che sembrava separata dal corpo. Infatti, era così concentrata su di loro, che aveva, in qualche modo, perso le tracce del proprio corpo, e solo allora si accorse di quanto fosse vicino a quello di Damon. La sua schiena era appoggiata contro una di quelle macchine tristi e deprimenti. E Damon stava parlando con leggerezza, ma si capiva che era serio.

«Una rosa per un bacio, dunque?», chiese. «Si chiama Black Magic, e ne sono entrato in possesso onestamente. Il nome della ragazza era… era…».

Damon si interruppe, e per un istante gli balenò sul viso un'espressione di profondo sconcerto. Poi sorrise, ma era un sorriso da guerriero, uno di quei sorrisi che si spegnevano un istante prima che si potesse essere sicuri di averli visti. Elena percepì il conflitto. Di certo, Damon non ricordava ancora il nome di Matt correttamente, ma, da quel che sapeva, lui non dimenticava mai il nome di una ragazza quando cercava davvero di ricordarlo. Specialmente pochi minuti dopo essersi nutrito di lei.

Di nuovo Shinichi?, si chiese Elena. Stava ancora prendendo i ricordi di Damon, solo i più importanti, naturalmente? Le emozioni, buone o cattive? Elena sapeva che Damon stava pensando la stessa cosa. I suoi occhi neri mandavano scintille. Damon era furioso, ma c'era una certa vulnerabilità nella sua furia.

Senza pensare, Elena mise la mano sull'avambraccio di Damon. Ignorò la rosa, nonostante lui ci stesse disegnando le curve dei suoi zigomi. Tentò di parlare con calma. «Damon, cosa hai intenzione di fare?».

Questa era la scena che Matt si trovò davanti. Quasi ci si scontrò, in realtà. Arrivò muovendosi a zig zag in un dedalo di macchine, evitando con un balzo un SUV bianco con un pneumatico sgonfio, e urlando, «Ehi, ragazzi, quella Prius è…».

E poi si fermò di colpo.

Elena sapeva cosa stava vedendo: Damon che la accarezzava con una rosa, mentre lei lo stava praticamente abbracciando. Lasciò andare le braccia di Damon, ma non poteva allontanarsi da lui per via della macchina alle sue spalle.

«Matt...», cominciò Elena, poi la sua voce si spense. Era stata sul punto di dire: «*Non è come sembra. Non siamo nel mezzo di un* flirt. *Non lo sto neanche toccando*». Ma questo *era* quello che sembrava. Voleva bene a Damon; aveva cercato di raggiungerlo...

Con una piccola scossa, quel pensiero riverberò nella sua mente con la forza di un raggio di sole che colpisce il corpo di un vampiro privo di difese.

Voleva bene a Damon.

Gliene voleva davvero. Era difficile stare con lui perché erano così simili. Ostinati, volevano fare sempre le cose a modo loro, passionali, impazienti...

Lei e Damon si somigliavano.

Elena si sentì attraversare da piccole scosse, e sentì il suo corpo leggero. Si scoprì felice di essere appoggiata alla macchina dietro di lei, benché i suoi vestiti si stessero sporcando di polvere.

Io amo Stefan, pensò quasi istericamente. Lui è il mio unico amore. Ma ho bisogno di Damon per raggiungerlo. E Damon può andare in pezzi davanti a me.

Intanto guardava Matt, con gli occhi pieni di lacrime che non volevano cadere. Sbatté le palpebre, ma le lacrime restarono ostinatamente fra le ciglia.

«Matt...», sussurrò.

Lui non disse nulla. Non ne aveva bisogno. Era tutto nella sua espressione: stupore che si trasformava in qualcosa che Elena non aveva mai visto prima, non quando lui stava guardando *lei.*

Era una specie di alienazione che la tagliava fuori completamente, che spezzava ogni legame fra di loro.

«Matt, no...», ma venne fuori in un sussurro.

E poi, con sua sorpresa, Damon parlò.

«Sai che sono stato io, vero? Non puoi incolpare una ragazza che cerca di difendersi». Elena guardò le proprie mani, tremanti. Damon continuò: «Tu *sai* che è tutta colpa mia. Elena non farebbe mai...».

Questo fu quello che Elena comprese. Damon stava Influenzando Matt.

«No!», mise in guardia Damon, afferrandolo di nuovo, scuotendolo. «Non farlo! Non a Matt!».

Gli occhi neri che si voltarono verso i suoi non erano sicuramente quelli di un corteggiatore. Damon aveva smesso di usare il Potere. Se l'avesse fatto chiunque altro, sarebbe finito come una macchiolina di grasso sul terreno.

«Ti sto salvando», disse Damon freddamente. «E tu mi rifiuti?».

Elena si accorse che stava tremando. Forse, se era solo per una volta, e per il bene di Matt...

Qualcosa montò dentro di lei. Era tutto quel che poteva fare per non lasciar sfuggire completamente la sua aura.

«Non provarci di nuovo con me», disse Elena. La sua voce era calma, ma gelida. «Non *osare* mai cercare di Influenzarmi! E lascia stare Matt!».

Qualcosa di simile all'approvazione lampeggiò nell'oscurità senza fine dello sguardo fisso di Damon. Scomparve prima che fosse sicura di averla vista. Ma quando lui parlò, sembrò meno distante.

«Va bene», disse a Matt. «Quali sono i piani adesso? Stavi dicendo...».

Matt rispose lentamente, senza guardare nessuno di loro. Stava arrossendo, ma era immobile, di una calma mortale. «Stavo dicendo, che la Prius non è malaccio. E il proprietario ne ha un'altra. È in buone condizioni. Potremmo avere due macchine esattamente uguali».

«E poi potremmo andare insieme e dividerci se qualcuno ci segue! Non sapranno chi seguire».

Normalmente Elena, a questo punto, gli avrebbe gettato le braccia al collo. Ma Matt si stava fissando le scarpe, imbarazzato, dal momento che Damon aveva gli occhi chiusi e scuoteva leggermente la testa come se non potesse credere a qualcosa di così stupido.

Esatto, pensò Elena. È alla mia aura, o a quella di Damon, che stanno puntando. Non possiamo confonderli con macchine identiche, a meno che non abbiamo anche auree identiche.

Che, in pratica, significava che avrebbe dovuto fare con Matt il resto del viaggio. Ma Damon non l'avrebbe mai accettato. E aveva bisogno di Damon per raggiungere il suo adorato, il suo unico e solo amore, il suo vero compagno: Stefan.

«Prenderò quella sgangherata», stava dicendo Matt, rivolgendosi a Damon e ignorandola. «Sono abituato alle macchine sgangherate. Mi sono già messo d'accordo col tipo. Dovremmo andare».

Rivolgendosi ancora solo a Damon, disse: «*Dovrai* dirmi dove stiamo andando davvero. Potrebbe essere necessario separarci».

Damon restò in silenzio per un lungo momento. Poi, bruscamente, disse, «Sedona, Arizona, per cominciare».

Matt sembrò disgustato. «Quel posto pieno di lunatici New Age? Stai scherzando?»

«Ho detto che cominceremo da Sedona. È completamente selvaggia, nient'altro che rocce, dappertutto. Potresti perderti... molto facilmente». Damon accese il suo luminoso sorriso e immediatamente lo spense.

«Saremo al Juniper Resort, sulla North Highway 89A», aggiunse con tono mellifluo.

«Ho capito», disse Matt. Elena non riusciva a vedere nessuna emozione sulla sua faccia o nella sua espressione, ma la sua aura ribolliva tutta rossa.

«Ora, Matt», esordì Elena, «dovremmo veramente incontrarci ogni notte, così se solo ci segui...». Si interruppe e sospirò.

Matt si era già girato. Non si voltò mentre lei parlava. Continuò solo a camminare, senza dire altro.

Senza voltarsi indietro.

7

Elena si svegliò al bussare impaziente di Damon sul finestrino della Prius. Era completamente vestita e si stringeva il diario al petto. Era passato un giorno da quando Matt li aveva lasciati.

«Hai dormito così tutta la notte?», chiese Damon, osservandola da capo a piedi mentre lei si stropicciava gli occhi. Come al solito, era vestito in modo immacolato: nero integrale, naturalmente. Il caldo e l'umidità non avevano effetto su di lui.

«Ho fatto colazione», disse seccamente, entrando al posto di guida. «E ti ho comprato *questo*».

Questo era una tazza in polistirene di caffé fumante, che Elena strinse con gratitudine, come fosse vino Black Magic, e una scatola di cartoncino marrone che si rivelò piena di frittelle dolci. Non esattamente la più sostanziosa delle colazioni, ma Elena desiderava intensamente caffeina e zuccheri.

«Ho bisogno di una stazione di servizio», avvertì Elena, appena Damon si sedette al volante e avviò la macchina. «Per cambiarmi i vestiti, lavarmi la faccia e fare altre cose».

Si diressero direttamente a ovest, seguendo la mappa che Elena aveva trovato su Internet la notte precedente. La piccola immagine sul suo cellulare combaciava con i dati del navigatore della Prius. Mostravano entrambe che Sedona, Arizona, si trovava su una linea orizzontale che procedeva quasi perfettamente dritta dalla stradina rurale in Arkansas in cui Damon aveva parcheggiato durante la notte. Ma presto Damon svoltò a sud, prendendo di sua iniziativa una rotatoria che poteva o non poteva confondere qualsiasi inseguitore. Quando finalmente trovarono una stazione di servizio, la vescica di Elena stava per scoppiare. Passò una spudorata mezz'ora nel bagno delle donne, facendo del suo meglio per lavarsi con asciugamani di carta e acqua fredda, spazzolandosi i capelli, e cambiandosi indossando dei jeans nuovi e un top bianco pulito, che si allacciava sul davanti come un corsetto. Dopotutto, uno di quei giorni avrebbe potuto fare un'altra esperienza extracorporea, mentre faceva un pisolino, e andare a trovare di nuovo Stefan.

Quello a cui non voleva pensare era che, con la partenza di Matt, era rimasta sola con Damon, un indomito vampiro, in viaggio nel mezzo degli Stati Uniti per una destinazione che era letteralmente fuori da questo mondo.

Quando finalmente Elena emerse dalla toilette, Damon era freddo e inespressivo, anche se, notò Elena, si era preso il tempo di ispezionarla lo stesso.

Oh, *dannazione*, pensò Elena. Ho lasciato il diario in macchina.

Era sicura che l'aveva letto, come se gliel'avesse visto fare con i propri occhi, ed era felice che non ci fosse scritto nulla su come aveva lasciato il suo corpo e trovato Stefan. Pur credendo che anche Damon volesse liberare Stefan – e non sarebbe stata nella stessa macchina con lui altrimenti –, sentiva che era meglio che lui non sapesse che era già stata lì. A Damon piaceva comandare molto più che a lei. Gli piaceva anche Influenzare ogni ufficiale di polizia che lo faceva accostare per aver superato i limiti di velocità.

Ma quel giorno era irascibile, anche più dei suoi standard. Elena sapeva, per esperienza diretta, che Damon poteva rivelarsi di notevole buona compagnia, quando voleva, raccontando storielle e barzellette scandalose tanto che anche il più prevenuto e taciturno dei passeggeri scoppiava a ridere, suo malgrado.

Ma quel giorno non rispondeva neanche alle domande di Elena, figurarsi se rideva alle sue battute. L'unica volta che lei aveva cercato un contatto fisico, sfiorandogli il braccio, si era ritratto bruscamente, come se il suo tocco potesse rovinargli la giacca di pelle nera.

Grande, fantastico, pensò Elena, sempre più depressa. Appoggiò la testa al finestrino e osservò il paesaggio, che sembrava sempre uguale. La sua mente vagava.

Dov'era Matt adesso? Davanti a loro o dietro? Aveva riposato la scorsa notte? Stava viaggiando per il Texas? Mangiava bene? Elena ricacciò indietro le lacrime, che risalivano ogni volta che ricordava il modo in cui lui si era allontanato, senza voltarsi.

Elena era una manager nata. Riusciva a volgere al meglio ogni situazione, finché le persone che la circondavano erano sensate e ragionevoli. E gestire i ragazzi era la sua specialità. Sapeva come prenderli, come manovrarli, fin dalle scuole medie. Ma ora, circa due settimane e mezzo dopo essere tornata dalla morte, da una qualche dimensione ultraterrena che non ricordava, non *voleva* manovrare più nessuno.

Quello era ciò che amava di Stefan. Una volta che lei aveva vinto il suo inconsapevole istinto a stare lontano da tutto ciò che gli era caro, non aveva più sentito alcun bisogno di gestirlo. Lui non doveva essere gestito, eccetto che per certi lievissimi accorgimenti che l'avevano trasformata in una esperta di vampiri. Non per cacciarli o ucciderli, ma per amarli in modo sicuro. Elena sapeva quando era il momento di mordere o di essere morsa, e quando fermarsi, e come restare umana.

Ma, oltre a quei lievi accorgimenti, non aveva mai *voluto* gestire Stefan. Voleva semplicemente *stare* con lui. Dopo di ciò, ogni cosa si sistemava da sé.

Elena avrebbe potuto vivere senza Stefan, *pensò*. Ma proprio come stare lontana da Meredith e Bonnie sarebbe stato come vivere senza le sue due mani, vivere senza Stefan sarebbe stato come cercare di vivere senza il suo cuore. Era il suo compagno nella Grande Danza; il suo uguale e il suo opposto; il suo amato e il suo amante nel senso più puro che si possa immaginare. Era l'altra metà del Sacro Mistero della Vita.

E dopo averlo visto la notte scorsa, anche se era stato solo un sogno che lei non era disposta ad accettare, Elena sentiva così tanto la sua mancanza, che covava dentro un dolore lancinante. Un dolore così forte da non poter sopportare di stare semplicemente seduta e rimuginarci sopra. Se l'avesse fatto, sarebbe impazzita e avrebbe incitato Damon a guidare più veloce... ed Elena poteva essere ferita dentro, ma non era una suicida.

Si fermarono in qualche anonimo paesino per il pranzo. Elena non aveva appetito, ma Damon passò l'intera sosta in forma di uccello, cosa che per qualche motivo la fece infuriare.

Quando furono di nuovo in viaggio, la tensione era cresciuta al punto che era impossibile evitare un vecchio clichè: potevi tagliarla con un coltello, pensò Elena.

Così stavano le cose quando capì esattamente che tipo di tensione fosse.

L'unica cosa che tratteneva Damon era l'orgoglio.

Sapeva che Elena aveva capito delle cose. Aveva smesso di cercare di toccarlo o anche solo di parlargli. E questo era un *bene*.

Non pensava di potersi sentire così. I vampiri desiderano le ragazze per i loro graziosi colli bianchi, e il senso estetico di Damon richiedeva che i donatori fossero almeno sopra i suoi standard. Ma ora, persino l'aura umanizzata di Elena riusciva ad avvertire l'eccezionale forza vitale nel proprio sangue. E la reazione di Damon fu involontaria. Non aveva mai pensato a una ragazza in *quel* modo da circa cinquecento anni. I vampiri non ne erano capaci.

Ma Damon era… ne era davvero capace in quel momento. E più si avvicinava a Elena, più forte lo avvolgeva la sua aura, e più debole era il suo autocontrollo.

Ringraziando tutti i demonietti dell'inferno, il suo orgoglio era più forte del desiderio che provava. Damon non aveva mai *chiesto* niente a nessuno nella sua vita. Pagava il sangue che prendeva dagli umani con la sua particolare moneta: piacere, illusioni e sogni. Ma Elena non aveva bisogno di illusioni; non voleva sogni.

Non voleva *lui*.

Voleva Stefan. E l'orgoglio di Damon non gli avrebbe mai permesso di chiedere a Elena qualcosa che lui solo desiderava, e, allo stesso modo, non gli avrebbe mai permesso di prenderla senza il suo consenso… almeno sperava.

Solo pochi giorni prima, era stato un guscio vuoto, il suo corpo una marionetta dei gemelli kitsune, che gli avevano fatto ferire Elena in un modo che ancora adesso lo faceva rabbrividire. *Damon* non era esistito, il suo corpo era appartenuto a Shinichi perché ci giocasse. E benché riuscisse a stento a crederci, il controllo era stato così completo che il suo guscio aveva obbedito a ogni comando di Shinichi: aveva torturato Elena; avrebbe potuto anche ucciderla.

Non c'era nessun *motivo* per non crederci; o per dire che non poteva essere successo davvero. *Era* vero. Era successo. Shinichi era quello più forte quando era arrivato a controllargli la mente, e i kitsune non avevano nessuna delle resistenze dei vampiri nei riguardi delle ragazze carine... al di sotto del collo. Oltre a ciò, si era trovato a essere un sadico. Gli piaceva il dolore... quello delle altre persone, appunto.

Damon non poteva negare il passato, non poteva sorprendersi di non essersi "svegliato" per impedire a Shinichi di far del male a Elena. Non c'era *niente* in lui da svegliare. E se una sola parte della sua mente ancora piangeva a causa del male che aveva fatto, be', Damon era bravo a soffocarla. Non avrebbe perso tempo coi rimpianti, ma aveva intenzione di controllare il futuro. Non sarebbe successo di nuovo... non senza passare sul suo cadavere.

Quello che Damon proprio non capiva, era perché Elena lo stesse incoraggiando. Comportandosi come se si *fidasse* di lui. Fra tutte le persone al mondo, lei era quella con il maggior diritto di odiarlo, di puntargli contro un dito accusatore. Ma non l'aveva mai fatto. Nemmeno l'aveva mai guardato con rabbia nei suoi occhi azzurri, striati d'oro. Era l'unica che sembrava capire che, se qualcuno veniva completamente posseduto dal padrone dei malach, Shinichi, come era stato Damon, semplicemente non aveva scelta... non era *presente* per avere voce in capitolo in quello che faceva.

Forse perché aveva estratto la cosa che il malach aveva creato. Il pulsante secondo corpo albino che era dentro di lui. Damon si costrinse a soffocare un fremito. Lo sapeva perché Shinichi l'aveva allegramente menzionato, mentre rubava tutti i suoi ricordi del periodo in cui tutti loro, kitsune e vampiri, si erano incontrati nell'Old Wood.

Damon era *felice* di aver lasciato andar via quei ricordi. Dal momento in cui aveva incrociato lo sguardo con i ridenti occhi dorati dello spirito volpe, la sua vita era stata avvelenata.

E in quel momento… era solo con Elena, nel mezzo del deserto, con poche città e lontane fra loro. Erano completamente soli, con Damon che voleva da Elena, in modo incontrollato, quello che ogni ragazzo umano da lei incontrato aveva sempre voluto.

Il peggio era che affascinare le ragazze, illuderle, era praticamente la *raison d'être* di Damon. Era certamente l'unica che era *riuscito* a tenere in vita nell'ultimo mezzo millennio. Eppure sapeva che non doveva, *non doveva* iniziare il procedimento con questa ragazza in particolare, che, per lui, era il gioiello giacente sul mucchio di sterco dell'umanità.

All'apparenza, era perfettamente in sé, gelido e preciso, distaccato e disinteressato.

La verità era che stava andando completamente fuori di testa.

Quella notte, dopo essersi accertato che Elena avesse cibo e acqua e fosse chiusa al sicuro dentro la Prius, Damon evocò una nebbia umida e iniziò a tessere le sue tenebrose difese.

Annunciava a ogni sorella o fratello della notte che avrebbe potuto imbattersi in quella macchina, che la ragazza all'interno era sotto la sua protezione; e che avrebbe inseguito e scuoiato vivo chiunque avesse disturbato il riposo della ragazza… e poi avrebbe trovato il tempo per punire *davvero* il colpevole. Poi Damon volò qualche chilometro a sud in forma di corvo, trovò una bettola con un branco di licantropi a sbevazzare e qualche affascinante cameriera a servirli, si azzuffò e perse sangue per tutta la notte.

Ma non fu sufficiente a distrarlo, neanche lontanamente. Al mattino, tornando in anticipo, vide le difese da lui innalzate intorno alla macchina a brandelli. Prima di farsi prendere dal panico, capì che le aveva rotte Elena dall'interno.

E poi apparve Elena in persona, emergendo sulla sponda di un ruscello, pulita e rinfrescata. Damon rimase senza parole, colpito dall'incantevole visione. Dalla sua grazia, dalla sua bellezza, dalla sua insostenibile vicinanza. Poteva sentire l'odore della sua pelle appena lavata, e non riusciva a evitare di respirare ancora e ancora la sua fragranza unica.

E non capiva come sarebbe riuscito a sopportare un altro giorno di tutto questo.

E poi Damon, improvvisamente, ebbe un'*idea*.

«Ti piacerebbe imparare qualcosa che ti aiuti a controllare quella tua aura?», chiese appena lei gli passò davanti, diretta alla macchina.

Elena lo guardò di sguincio. «Così hai deciso di rivolgermi di nuovo la parola. Dovrei svenire per la gioia?»

«Be'... sarebbe sempre gradito...».

«Lo sarebbe?», disse lei bruscamente, e Damon capì di aver sottovalutato la tempesta che aveva provocato in quella formidabile ragazza.

«No. Adesso sono serio», disse, tenendo fisso il suo sguardo scuro su di lei.

«Lo so. Stai per dirmi che diventare un vampiro mi aiuterà a controllare il mio Potere».

«No, no, *no*. Questo non ha niente a che fare con l'essere un vampiro». Damon rifiutò di essere trascinato in una discussione e ciò doveva aver impressionato Elena, perché finalmente disse: «Quindi, di che si tratta?»

«Di imparare a far circolare il tuo Potere. Il sangue circola, no? Anche il Potere può circolare. Perfino gli umani l'hanno saputo per secoli, benché loro la chiamino forza vitale o *chi* o *ki*. Ora come ora, stai semplicemente dissipando il tuo Potere nell'aria. Ovvero la tua aura. Ma, se impari a farlo circolare, puoi accumularlo in vista di un rilascio davvero potente, e puoi essere meno appariscente che mai».

Elena era evidentemente affascinata. «Perché non me l'hai detto prima?».

Perché sono uno stupido, pensò Damon. *Perché per noi vampiri è istintivo come respirare*. Mentì sfrontatamente. «Richiede un certo livello di competenza per essere messo in pratica».

«E posso farlo adesso?»

«Penso di sì». Damon mise una lieve incertezza nella voce.

Naturalmente, questo rese Elena ancora più determinata. «Mostramelo!», disse.

«Intendi proprio adesso?». Si guardò attorno. «Potrebbe arrivare qualcuno…».

«Siamo fuori dalla strada. Oh, per favore, Damon… per favore!». Elena guardò Damon con i suoi grandi occhi azzurri che, nel complesso, troppi uomini avevano trovato irresistibili. Gli toccò il braccio, tentando ancora una volta di stabilire un qualche tipo di contatto, ma quando lui automaticamente si ritrasse, continuò: «Voglio davvero imparare. Puoi insegnarmi. Mostramelo solo una volta, e io mi eserciterò».

Damon abbassò lo sguardo sul braccio, sentì vacillare il suo buon senso e la sua forza di volontà. *Come ci riesce?*

«D'accordo». Sospirò. C'erano almeno tre o quattro miliardi di persone su questo minuscolo pulviscolo di un pianeta che avrebbero dato qualsiasi cosa per essere con quella ardente, zelante, bramosa Elena Gilbert. Il problema era che si trovava a essere uno di loro… e che a lei, chiaramente, non importava un accidente di lui.

Certo che no… Aveva il suo caro Stefan. Bene, voleva proprio vedere se la sua principessa era ancora la stessa quando… *se* riusciva a liberare Stefan e a uscire viva dalla loro destinazione.

Intanto, Damon si concentrava nel mantenere impassibili voce, faccia e aura. Si era allenato abbastanza. Gli ci erano voluti ben cinque secoli, ma ne era valsa la pena.

«Prima devo trovare il punto», le disse, sentendo la mancanza di calore nella propria voce, con un tono che non era semplicemente impassibile, ma sorprendentemente freddo.

L'espressione di Elena non vacillò. Sapeva essere impassibile anche lei. Perfino i suoi profondi occhi azzurri sembravano assumere un gelido bagliore. «D'accordo. Dov'è?»

«Vicino al cuore, ma più a sinistra». Toccò lo sterno di Elena, e poi mosse le dita a sinistra.

Elena frenò sia la tensione che un brivido, come lui poté notare. Damon stava sondando il punto in cui la carne diventa soffice sopra le ossa, il punto in cui la maggior parte dell'umanità suppone risieda il cuore, perché è lì che si possono sentire i battiti. *Dovrebbe essere proprio… qui….*

«Adesso farò scorrere il tuo Potere attraverso una o due vie di circolazione, e quando potrai farlo da sola... allora sarai pronta a nascondere davvero la tua aura».

«Ma come lo saprò?»

«Lo saprai, credimi».

Non voleva che lei facesse domande, così, semplicemente, tenne ferma una mano davanti a lei, senza toccarle la pelle e nemmeno i vestiti, e sincronizzò la sua forza vitale con la propria. *Ecco. Ora, avviare il processo.* Sapeva come doveva sentirsi Elena: una scossa elettrica, che cominciava nel punto in cui l'aveva toccata e una sensazione di calore che si diffondeva velocemente in tutto il corpo.

Poi, una rapida sequenza di sensazioni mentre lui procedeva con un paio di esercizi con lei. In alto, verso di lui, fino agli occhi e alle orecchie di lei, dove scoprì che poteva vedere e sentire molto meglio, poi giù lungo la spina dorsale e fuori fino alla punta delle dita, mentre i battiti del suo cuore diventavano più veloci e sentiva qualcosa di simile all'elettricità nei palmi delle mani. Tornò su lungo le braccia e giù lungo i fianchi, e al quel punto si manifestò un tremito. Finalmente, l'energia fluì attraverso le sue magnifiche gambe fino in fondo, dove poté sentirla scendere nelle piante dei piedi, e arricciarle le dita, prima di tornare indietro verso il punto da cui era partita, vicino al cuore.

Damon udì Elena ansimare leggermente quando la scossa la colpì la prima volta, e poi sentì accelerare i suoi battiti e le ciglia tremolare, come se il mondo fosse diventato improvvisamente più leggero; le sue pupille si dilatarono come se fosse innamorata, il corpo si irrigidì al suono di piccoli rumori di qualche roditore nell'erba... un suono che lei non avrebbe mai udito senza il Potere affluito nelle sue orecchie. E così, tutto intorno al corpo, una volta, e poi ancora, così che riuscì ad abituarsi al procedimento. Infine, lui la lasciò andare.

Elena ansimava, era esausta; e *lui* era stato quello che aveva speso le energie. «Non... ce la farò... mai da sola», disse.

«Sì, ce la farai, col tempo e con la pratica. E quando ci riuscirai, sarai in grado di controllare tutto il tuo Potere».

«Se... se lo dici tu». Gli occhi di Elena erano chiusi, le ciglia nere simili a mezzelune.

Damon sentì la tentazione di trarla a sé, ma la soppresse. Elena aveva messo in chiaro che non voleva che lui l'abbracciasse.

Mi chiedo solo quanti ragazzi non abbia respinto, pensò Damon d'un tratto, con amarezza. Lo sorprese un poco, l'amarezza. Perché doveva preoccuparsi di quanti ragazzi aveva avuto Elena? Quando l'aveva resa la sua Principessa delle Tenebre, andavano entrambi a caccia di prede umane, a volte insieme, a volte ognuno per conto proprio. Non era stato geloso di lei, *allora*. Perché preoccuparsi di quanti appuntamenti romantici aveva avuto?

Ma scoprì di *essere* amareggiato, amareggiato e abbastanza arrabbiato da risponderle senza calore, «Ti dico che puoi farlo. Devi solo fare pratica da sola».

In macchina, Damon riuscì a tenere il broncio con Elena. Non era facile, dato che lei era una perfetta compagna di viaggio. Non chiacchierava, né cercava di canticchiare o – per fortuna – di cantare insieme alla radio, non masticava gomme e non fumava, non si stendeva sul sedile posteriore, non aveva bisogno di troppe fermate alle aree di servizio, e non chiedeva *mai* "Siamo già arrivati?".

Infatti, non era facile per nessuno, maschio o femmina, tenere il broncio con Elena Gilbert per qualsiasi periodo di tempo. Non si poteva dire che fosse troppo esuberante, come Bonnie, o troppo calma, come Meredith. Elena era solo abbastanza dolce da bilanciare la sua intelligenza brillante, attiva, costantemente sveglia. Era solo abbastanza compassionevole da compensare il suo dichiarato egotismo, e solo strana quanto bastava perché nessuno potesse mai definirla banale. Era profondamente leale con gli amici e solo abbastanza indulgente da non considerare nessuno come nemico, eccetto i kitsune e gli Antichi dei vampiri. Era onesta, schietta, affettuosa e, naturalmente, aveva una vena oscura che i suoi amici definivano semplicemente selvaggia, ma che Damon riconosceva per quel che era realmente. Era compensata dal lato gentile, ingenuo, naif della sua natura. Damon era davvero sicuro di non aver bisogno di nessuna di quelle sue qualità, soprattutto in quel momento.

Oh, sì... ed Elena Gilbert era solo abbastanza attraente da rendere tutte le sue caratteristiche negative completamente irrilevanti.

Ma Damon era determinato a tenere il broncio, e *lui* era abbastanza caparbio da poter scegliere abitualmente il suo umore e mantenerlo, che fosse o no appropriato. Ignorò tutti i tentativi di conversazione di Elena, e alla fine lei rinunciò del tutto. Tenne la mente concentrata sulle dozzine di ragazzi e uomini che la splendida ragazza al suo fianco doveva aver portato a letto. Sapeva che Elena, Caroline e Meredith erano i membri "anziani" del quartetto quando erano amiche, mentre la piccola Bonnie era la più giovane ed era considerata un po' troppo ingenua per venire completamente iniziata.

Quindi perché stava con Elena?, si trovò a chiedersi acidamente, domandandosi per una frazione di secondo se Shinichi lo stesse manipolando oltre a prendergli i ricordi.

Stefan si preoccupava forse del passato, specialmente del suo ex ragazzo, Matt, che ancora la frequentava, disposto a dare la vita per lei? No, Stefan non lo faceva, o vi avrebbe posto fine... no, come poteva Stefan mettere fine a *qualunque* cosa Elena volesse fare? Damon aveva visto lo scontro della loro forza di volontà, perfino quando Elena era stata mentalmente una bambina appena dopo il ritorno dall'aldilà. Quando era ricominciata la relazione fra Elena e Stefan, lei ne aveva completamente il controllo. Come dicevano gli umani: *era quella che portava i pantaloni in famiglia*.

Be', abbastanza presto avrebbe visto se le piaceva indossare pantaloni da harem, pensò Damon, ridendo fra sé, benché il suo umore fosse più nero che mai. Il cielo sopra la macchina diventò ulteriormente nero in risposta, e il vento strappò le foglie estive dai rami prima del tempo. La pioggia punteggiò il parabrezza, e poi arrivarono il bagliore di un lampo e il suono echeggiante del tuono.

Elena sobbalzava leggermente, di riflesso, ogni volta che si liberava un tuono. Damon lo notò con bieca soddisfazione. Era consapevole che lei sapeva che lui poteva controllare il tempo. Nessuno dei due disse una sola parola a riguardo.

Non vuole implorare, pensò, percependo in lei di nuovo quel focoso, selvaggio orgoglio, e poi sentendo un'irritazione per se stesso, per il fatto di essere così debole.

Sorpassarono un motel, ed Elena seguì con gli occhi le offuscate insegne elettriche, finché si persero nel buio. Damon non voleva fermarsi. Non osava fermarsi, in realtà. Erano diretti verso una tempesta davvero brutta, adesso, e ogni tanto la Prius slittava, ma Damon cercava di tenerla sotto controllo… a stento. Gli piaceva guidare in queste condizioni.

Fu solo quando un'insegna annunciò che il rifugio più vicino era a oltre cento chilometri di distanza, che Damon, senza consultare Elena, svoltò in un vialetto allagato e fermò la macchina. Le nuvole si erano ormai liberate; la pioggia scendeva a secchiate; e la stanza presa da Damon era in un piccolo fabbricato separato dall'edificio principale del motel.

La solitudine gli si addiceva molto.

8

Quando corsero dalla macchina all'isolata stanza di motel, Elena dovette fare uno sforzo per tenere le gambe salde.

Appena la porta della camera si chiuse sbattendo, lasciando fuori la tempesta, si diresse in bagno senza neanche accendere la luce. Il suo corpo era rigido e dolorante. Aveva vestiti, capelli e piedi fradici.

Le luci fluorescenti del bagno sembravano troppo intense dopo l'oscurità della notte e della tempesta. O forse era l'inizio del suo apprendimento del Potere.

Quella era stata davvero una sorpresa. Damon non l'aveva neanche toccata, ma la scossa che aveva sentito vibrava ancora dentro di lei. E, quanto alla sensazione del proprio Potere manipolato dall'esterno del suo corpo, be', non c'erano proprio parole per descriverla. Era stata un'esperienza mozzafiato, di sicuro! Persino allora, al solo pensarci, le tremavano le gambe.

Ma era più chiaro che mai che Damon non voleva avere niente a che fare con lei. Elena rabbrividì guardando la propria immagine nello specchio. Sì, somigliava a un ratto annegato, che era stato trascinato per chilometri lungo un rigagnolo. I suoi capelli erano zuppi, le sue onde di seta si erano trasformate in piccoli ciuffi di riccioli che le incorniciavano il viso; era bianca come una malata, e i suoi occhi azzurri sporgevano come sulla faccia esausta ed emaciata di una bambina.

Per un istante ricordò di aver avuto un aspetto persino peggiore qualche giorno prima – sì, erano passati solo pochi giorni – e che Damon allora l'aveva trattata con la massima cortesia, come se il suo aspetto sporco e disordinato non fosse importante per lui. Ma quei ricordi erano stati rubati a Damon da Shinichi, ed era troppo sperare che quello fosse il suo vero stato d'animo. Era stato... un capriccio... come tutti gli altri suoi capricci.

Furiosa con Damon – e con se stessa per il formicolio che sentiva dietro le palpebre – Elena si allontanò dallo specchio.

Il passato era passato. Non aveva idea del perché Damon avesse improvvisamente deciso di allontanarsi a ogni suo tocco o di osservarla con occhi freddi e duri da predatore. Qualcosa l'aveva spinto a odiarla, a essere appena in grado di sedere in macchina con lei. E, qualunque cosa fosse, Elena doveva imparare a ignorarla, perché se Damon se ne andava, non avrebbe avuto alcuna possibilità di trovare Stefan.

Stefan. Il suo cuore tremante poteva trovare pace nel pensare a Stefan. Lui non avrebbe dato importanza al suo aspetto: la sua unica preoccupazione sarebbe stata il suo benessere. Elena chiuse gli occhi mentre apriva l'acqua calda nella vasca e si spogliava dei vestiti umidi, scaldandosi, nella sua immaginazione, con l'amore e l'approvazione di Stefan.

Il motel forniva una bottiglietta di bagnoschiuma, ma Elena la lasciò stare. Aveva portato il suo personale sacchetto color oro di cristalli da bagno alla vaniglia, nella sua borsa da viaggio, e quella era la prima occasione che aveva di usarli.

Con attenzione, fece cadere quasi un terzo dei cristalli nella vasca che si riempiva rapidamente e fu ricompensata da una fumante ventata di vaniglia, che trattenne nei polmoni.

Pochi minuti dopo, Elena era immersa nell'acqua calda, coperta dalla schiuma profumata di vaniglia. I suoi occhi erano chiusi e il calore penetrava nel suo corpo. I sali, sciogliendosi dolcemente, stavano alleviando ogni dolore.

Non erano ordinari sali da bagno. Non avevano un odore di medicinale, ma le erano stati dati dalla padrona di casa di Stefan, la signora Flowers, che era una raffinata, anziana strega bianca. Le sue ricette alle erbe erano la sua specialità, e proprio in quel momento Elena avrebbe giurato di poter sentire tutta la tensione degli ultimi giorni venir risucchiata vigorosamente fuori dal suo corpo e dolcemente lenita.

Oh, questo era proprio quello di cui aveva bisogno. Elena non aveva mai apprezzato così tanto un bagno.

Ora, c'è solo una cosa, si disse con fermezza, inalando ancora il delizioso vapore alla vaniglia. *Hai chiesto alla signora Flowers dei sali da bagno per rilassarti, ma non* puoi *addormentarti qui. Annegherai, e sai* già *come ci si sente.* Già visto, già fatto, non avrebbero nemmeno dovuto comprare il sudario.

Ma i pensieri di Elena erano sempre più vaghi e frammentati, mentre l'acqua calda continuava a rilassarle i muscoli, e il profumo di vaniglia le turbinava intorno alla testa. Stava perdendo il senso della realtà, mentre la sua mente andava alla deriva in un sogno a occhi aperti.... Si stava abbandonando al calore e al lusso di non avere assolutamente niente da fare...

Si addormentò.

Nel sogno, si muoveva velocemente. C'era solo penombra, ma poteva affermare in qualche modo di volare verso il basso attraverso una profonda nebbia bianca. Ciò che la preoccupava era che le sembrava di essere circondata da voci che discutevano, e l'argomento della discussione era *lei*.

«Una seconda possibilità? Le ho già parlato di questo».

«Non ricorda nulla».

«Non importa se ricorda. Resterà tutto dentro di lei, se non viene destato».

«Germoglierà dentro di lei... finché non sarà il momento giusto».

Elena non aveva idea di cosa significasse.

Poi la foschia iniziò a diradare e le nuvole ad aprirsi per farle strada, e iniziò a scivolare in basso, sempre più lentamente, finché fu depositata su un terreno coperto da aghi di pino.

Le voci erano scomparse. Era distesa per terra in una foresta, ma non era nuda. Indossava la sua graziosissima camicia da notte, quella in vero pizzo di Valencia. Stava ascoltando i piccoli rumori notturni intorno a lei, quando improvvisamente la sua aura reagì in un modo mai verificatosi in passato.

Le disse che stava arrivando qualcuno. Qualcuno che recava con sé un senso di sicurezza che aveva le calde tonalità della terra, i colori delicati delle rose e quelli profondi, bluastri delle violette, una sensazione di benessere che l'avvolse ancor prima del suo arrivo. Erano… i sentimenti… che qualcuno provava per lei. E dietro l'amore e la riposante sollecitudine che aveva percepito, c'erano profonde foreste verdi, pozzi di oro caldo, e una misteriosa sfumatura traslucida, come l'acqua di una cascata, che scintillava cadendo e formando una spuma di diamanti attorno a lei.

Elena, sussurrò una voce. *Elena.*

Era così familiare…

Elena. Elena.

Sapeva che quello…

Elena, angelo mio.

Significava amore.

E, mentre si metteva a sedere nel sogno, voltandosi, tendeva le braccia. Quella persona era parte di lei. Era la sua magia, il suo conforto, il suo amato. Non importava come fosse arrivato lì, o cosa fosse accaduto in precedenza. Era l'eterno compagno della sua anima.

E poi…

Braccia forti la strinsero teneramente…

Un corpo caldo vicino al suo…

Si baciarono dolcemente…

Molte, molte volte…

Quella familiare sensazione di fondersi nel suo abbraccio…

Era così delicato, ma anche feroce nel suo amore per lei. Aveva giurato di non uccidere, ma avrebbe ucciso per salvarla. Era la cosa più preziosa al mondo per lui… Ogni sacrificio sarebbe valso la pena, se lei era libera e al sicuro. La sua vita non significava nulla senza di lei, così l'avrebbe sacrificata volentieri, ridendo e mandandole un bacio con la mano col suo ultimo respiro.

Elena inspirò il profumo meraviglioso di foglie autunnali del suo sudore e si sentì rassicurata. Come un neonato, si lasciava calmare da semplici odori familiari, dal contatto delle guance sulle sue spalle e dalla meraviglia del respirare insieme, in sincronia.

Quando tentò di dare un nome a quel miracolo, trovò che era in cima ai suoi pensieri.

Stefan...

Elena non aveva neanche bisogno di alzare lo sguardo per sapere che gli occhi verde-foglia di Stefan stavano danzando come l'acqua di un laghetto increspata dal vento e scintillando di mille diverse sfumature. Affondò la testa nel suo collo, temendo che se ne andasse, anche se non riusciva a ricordarne il motivo.

Non so come sono arrivata qui, gli disse senza parlare. Infatti non ricordava nulla prima di quel momento, prima di essere svegliata dal suo richiamo, solo immagini confuse.

Non importa. Sono con te adesso.

Un timore la colse. *Non è... solo un sogno, vero?*

Nessun sogno è solo un sogno. E io sono con te, ogni momento.

Ma come siamo arrivati qui?

Shhh. Sei stanca. Ti sosterrò io. Sulla mia vita, lo giuro. Adesso riposa. Lascia che ti stringa solo una volta.

Solo una volta? *Ma...*

Elena si sentì preoccupata e confusa: doveva lasciar cadere indietro la testa, doveva vedere il volto di Stefan.

Sollevò il mento e si ritrovò a incrociare degli occhi ridenti, colmi di una infinita oscurità, su un viso pallido, cesellato e fieramente tenebroso.

Scoppiò quasi a piangere per l'orrore.

Taci. Taci, angelo mio.

Damon!

Gli occhi neri che incontrarono i suoi erano colmi di amore e felicità. *E chi altro?*

Come osi... *come sei arrivato qui?* Elena era sempre più confusa.

Io non vengo da nessuna parte, rimarcò Damon, con un tono improvvisamente triste. *Sai che sarò sempre con te.*

No, non lo so; non *lo so affatto... ridammi Stefan!*

Ma era troppo tardi. Elena era consapevole del suono dell'acqua che scorreva piano e del tiepido liquido che scrosciava intorno a lei. Si svegliò appena in tempo per trattenere la testa dallo scivolare sott'acqua nella vasca da bagno.

Un sogno...

Sentiva il suo corpo molto più elastico e rilassato, ma non riusciva a evitare di sentirsi rattristata dal sogno. Non era stata affatto un'esperienza extracorporea, ma semplicemente un folle, confuso sogno tutto suo.

Non vengo da nessuna parte. Sarò sempre con te.

Dunque, cosa doveva significare una stupidaggine del genere?

Ma qualcosa tremò dentro di lei, mentre lo ricordava.

Si rivestì in fretta, non con la camicia da notte in pizzo di Valencia, ma con una tuta grigia e nera. Quando uscì, si sentiva sovraffaticata, irritabile e pronta a iniziare una lite se Damon avesse mostrato qualsiasi segno di aver captato i suoi pensieri mentre dormiva.

Ma Damon non fece nulla. Elena intravide un letto, riuscì a metterlo a fuoco, ci inciampò sopra e crollò, accasciandosi sui cuscini, che affondarono in modo poco soddisfacente sotto la sua testa. Elena preferiva la sua marca di cuscini.

Restò immobile per qualche minuto, assaporando le sensazioni del dopo bagno, mentre la pelle si raffreddava gradualmente... e la testa faceva altrettanto. Per quanto poteva notare, Damon era nella stessa posizione che aveva assunto quando erano entrati nella stanza.

Ed era ancora silenzioso, com'era stato fin dal mattino.

Finalmente, per togliersi il pensiero, gli parlò. E, come sempre, andò dritta al cuore del problema.

«Cosa c'è che non va, Damon?»

«Niente». Damon guardò fuori dalla finestra, fingendo di essere concentrato su qualcosa oltre il vetro.

«Cosa niente?».

Damon scosse la testa. Ma in qualche modo, il suo voltarsi comunicò in modo eloquente la sua opinione su quella stanza d'albergo.

Elena esaminò la stanza con lo sguardo affaticato di chi aveva forzato il suo corpo oltre i limiti. Contemplò i muri beige, il tappeto beige, l'armadio beige, la scrivania beige e, ovviamente, il copriletto beige. Persino Damon non aveva potuto rifiutare una stanza al pianterreno che non si armonizzava con il suo stile nero essenziale, pensò, e poi: *oh, sono stanca. E imbarazzata. E spaventata.*

E... incredibilmente stupida. C'è solo un letto qui. E ci sono stesa sopra.

«Damon...» Con uno sforzo, si alzò a sedere. «Cosa preferisci? C'è una poltrona. Posso dormire io sulla poltrona».

Lui si girò appena, e lei vide nel suo movimento che non era irritato, non stava facendo giochetti. Era furioso. Era tutto lì, in quel movimento da assassino troppo-veloce-per-essere-percepito-da-occhio-umano e nel completo controllo dei muscoli che lo bloccò ancora prima che fosse iniziato.

Damon con i suoi improvvisi movimenti e la sua spaventosa quiete. Stava guardando di nuovo fuori dalla finestra, il corpo pronto, come sempre, per... qualcosa. In quel momento sembrava pronto a saltare attraverso il vetro per andar fuori.

«I vampiri non hanno bisogno di dormire», disse col tono più gelido e controllato che avesse udito da quando Matt li aveva lasciati.

Questo le diede l'energia necessaria per scendere dal letto. «Tu sai che io so che è una bugia».

«Va' a letto, Elena. Vai a dormire». Ma il tono era lo stesso. Si sarebbe aspettata un ordine piatto, annoiato. Damon sembrava più teso e controllato che mai.

Più scosso che mai.

Le sue palpebre si abbassarono. «Riguarda Matt?»

«No».

«Riguarda Shinichi?»

«*No*!».

Aha.

«È questo, non è vero? Hai paura che Shinichi oltrepassi tutte le tue difese e si impossessi di nuovo di te. Vero?»

«Va' a letto, Elena», disse Damon con tono piatto.

La stava escludendo completamente, come se non fosse lì. Elena perse il controllo.

«Che altro serve per dimostrarti che mi fido di te? Sto viaggiando da sola con te, senza nessuna idea di dove stiamo andando realmente. Ti sto affidando la *vita* di Stefan». Elena era alle spalle di Damon, sul tappeto beige che odorava di... niente, di acqua bollente. Neanche di polvere.

Le sue parole erano la polvere. C'era qualcosa in loro che suonava vuoto, sbagliato. Erano la verità, ma non stavano raggiungendo Damon...

Elena sospirò. Toccare di sorpresa Damon era sempre una questione delicata, con tutti i rischi di far scattare per sbaglio i suoi istinti omicidi, anche quando non era posseduto. Si protese con cautela e poggiò le dita sul gomito protetto dalla giacca di pelle. Parlò nel modo più preciso e privo di emozioni possibile.

«Sai anche tu che adesso ho altri sensi oltre ai soliti cinque. Quante volte devo dirtelo, Damon? Io *so* che non sei stato tu a torturare me e Matt la scorsa settimana».

Suo malgrado, Elena udì un certo tono di supplica nella propria voce. «So che mi hai protetta durante questo viaggio, quando ero in pericolo, persino uccidendo per me. Questo significa... moltissimo per me. Puoi dire che non credi nel sentimento umano del perdono, ma io non credo tu l'abbia dimenticato. E se sei consapevole che non c'è niente da perdonare, in primo luogo...».

«Questo non ha assolutamente niente a che fare con la scorsa settimana!».

Il cambiamento nella sua voce, la forza che c'era, colpì Elena come una frustata. La ferì... e la spaventò. Damon era serio. Era anche succube di una tremenda tensione, non completamente dissimile da quella che scaturiva durante la lotta con Shinichi, ma diversa.

«Damon...».

«*Lasciami solo*».

Ora, dove ho già sentito qualcosa del genere? Confusa, col cuore martellante, Elena si sforzò di cercare fra i ricordi.

Oh, certo. Stefan. Stefan la prima volta che erano stati in una stanza insieme, quando lui aveva paura di amarla. Quando era sicuro che l'avrebbe portata alla dannazione, se avesse mostrato di volerle bene.

Poteva essere Damon *così* simile al fratello, quel fratello che aveva tanto deriso?

«Almeno voltati e parla con me faccia a faccia».

«Elena». Era un sussurro, ma suonò come se Damon non potesse più fare appello alla sua solita, serica, aria minacciosa. «Va' a letto. Va' all'inferno. Va' dove ti pare, ma *stai lontana da me*».

«Sei davvero bravo in questo, non è così?». La voce di Elena era fredda. Senza pensarci, con rabbia, si avvicinò ancora di più. «Nell'allontanare le persone. Ma so che non ti sei nutrito stasera. Non vuoi altro da me, e non sai fare il martire-digiunatore neanche la metà di come lo sa fare Stefan...».

Elena era certa che le sue parole avrebbero suscitato una risposta di qualche tipo, anche se Damon, di fronte a questo tipo di situazioni, era solito appoggiarsi oziosamente a qualcosa e fingere di non aver sentito.

Quel che accadde, invece, era completamente al di fuori della sua gamma di esperienze.

Damon si voltò rapidamente, l'afferrò con forza e la tenne serrata in una infrangibile stretta. Poi, con un repentino scatto della testa, come un falco che cala in picchiata sul topo, la baciò. Fu abbastanza forte da stringerla ancora senza farle male.

Il bacio fu rude e lungo, e per un po' Elena vi resistette per puro istinto. Il corpo di Damon era freddo contro il suo, ancora caldo e umido per il bagno. Il modo in cui la teneva... se avesse fatto abbastanza pressione su quei particolari punti... si sarebbe fatta male abbastanza seriamente. E poi, sapeva, l'avrebbe lasciata. Ma sapeva davvero quel che credeva di sapere? Era pronta a rompersi un osso per testarlo?

Lui le stava accarezzando i capelli, una cosa davvero sleale da farsi, arricciando le punte e intrecciandoli fra le sue dita... magari qualche ora dopo le avrebbe insegnato a sentire le cose con la punta dei capelli. Conosceva i suoi punti deboli. Non proprio i punti deboli di ogni donna. Conosceva i suoi; sapeva come farla urlare di piacere o come darle sollievo.

Non c'era altro da fare che testare la sua teoria e forse rompersi un osso. *Non* voleva darsi quando non l'aveva invitato. Non voleva affatto!

Ma poi ricordò di voler sapere di più del ragazzino e del grosso macigno, e aprì deliberatamente la propria mente a Damon. Era caduto nella trappola che aveva teso lui stesso.

Appena le loro menti entrarono in connessione, ci fu qualcosa di simile ai fuochi d'artificio. Esplosioni. Razzi. Stelle che diventavano supernove. Elena esortò la mente a ignorare il corpo e cominciò a cercare il macigno.

Era nascosto in profondità, in una parte della sua mente chiusa a chiave. In fondo alle tenebre eterne che vi riposavano. Ma Elena sembrava aver portato con sé un riflettore. Dovunque si voltasse, neri festoni di ragnatele cadevano e archi di pietra dall'aspetto pesante si sgretolavano e cadevano a terra.

«Non preoccuparti», si trovò a dire Elena. «La luce non farà questo a *te*! Non devi vivere quaggiù. Ti mostrerò la bellezza della luce».

Cosa sto dicendo?, si chiese Elena proprio mentre le parole lasciavano le sue labbra. Come posso promettergli… forse gli piace vivere nell'oscurità!

Ma nel secondo successivo si era avvicinata al ragazzino, quanto bastava per vedere la sua faccia pallida e curiosa.

«Sei tornata», disse, come se fosse un miracolo. «Hai detto che saresti tornata, e l'hai fatto!».

Questo ruppe tutto d'un tratto le barriere di Elena. Si inginocchiò e, tirando le catene per tutta la loro lunghezza, lo prese in grembo. «Sei felice che io sia tornata?», chiese dolcemente. Gli stava già accarezzando i lisci capelli.

«Oh, sì!». Fu un *grido*, e spaventò Elena quasi quanto le fece piacere. «Tu sei la persona più gentile che io abbia mai… la cosa più bella che…».

«Taci», gli disse Elena, «taci. Ci deve essere un modo per riscaldarti».

«È il ferro», disse il bambino docilmente. «Il ferro mi rende debole e freddo. Ma deve essere ferro; altrimenti non potrebbe controllarmi».

«Lo vedo», disse Elena preoccupata. Stava cominciando a comprendere il tipo di relazione che Damon aveva con quel ragazzino. Ebbe un presentimento. Prese due pezzi di ferro nelle mani e cercò di spezzarli. Elena aveva la super-luce lì; perché non i super-poteri? Ma tutto quel che accadde fu che ritorse e rigirò i pezzi di ferro per niente, e alla fine si tagliò fra le dita con un truciolo di ferro.

«Oh!». Gli enormi occhi neri del ragazzo si fissarono sulla nera perlina di sangue. La guardò affascinato e... spaventato.

«La vuoi?». Elena tese la mano verso di lui, con incertezza. Quanto doveva aver sofferto per bramare il sangue delle altre persone, pensò. Annuì timidamente, come se fosse convinto che lei era arrabbiata. Ma Elena si limitò a sorridere e lui, con reverenza, le succhiò il dito, chiudendo le labbra come a dare un bacio.

Quando alzò la testa, la sua pallida faccia sembrava aver assunto un po' di colore.

«Mi hai detto che Damon ti tiene qui», disse lei, stringendolo di nuovo e sentendo che il calore del proprio corpo veniva risucchiato in quello freddo del bambino. «Puoi dirmi perché?».

Il bambino si stava ancora leccando le labbra, ma voltò immediatamente la faccia verso di lei e disse, «Io sono il Guardiano dei Segreti. Ma», aggiunse tristemente, «i Segreti sono diventati così grandi che neanche io so dove siano».

Elena seguì il cenno della sua testa dai suoi piccoli arti alla catena di ferro, fino all'enorme sfera metallica. Si sentì il cuore pesante e provò una profonda pietà per un guardiano così piccolo. E si chiese cosa diamine potesse mai esserci dentro la grande sfera di pietra che Damon custodiva così attentamente.

Ma non ebbe l'opportunità di chiederlo.

9

Appena Elena aprì la bocca per parlare, si sentì sollevare come in un uragano. Per un istante si aggrappò al ragazzo che le era stato strappato dalle braccia, poi ebbe appena il tempo di urlare, «Tornerò!», e di sentire la sua risposta, prima di essere trascinata nel mondo normale, fatto di bagni caldi, intrighi e stanze di motel.

«Manterrò il nostro segreto!». Questo le aveva gridato il ragazzino all'ultimo momento.

E cosa poteva significare se non che avrebbe tenuto nascosto il loro incontro al vero (o "normale") Damon?

Il momento successivo, Elena era in piedi in una squallida stanza di motel, e Damon le stava stringendo le braccia. Appena le lasciò andare, Elena sentì un sapore salato. Le lacrime scendevano copiose sulle sue guance.

Non sembrò fare alcuna differenza per il suo assalitore. Damon sembrava in balia di una cruda disperazione. Tremava come un ragazzino al primo bacio con il suo primo amore. *Questo è quel che si dice perdere il controllo*, pensò Elena confusamente.

Quanto a lei, si sentiva svenire.

No! Doveva restare cosciente!

Elena si divincolò, consapevole del dolore che avrebbe provato lottando contro la stretta apparentemente infrangibile che l'imprigionava.

Resistette.

Era posseduto? Era di nuovo Shinichi che si era insinuato nella mente di Damon e lo obbligava a fare quelle cose?

Elena lottò con più vigore, fino a strillare per il dolore. Piagnucolò quando...

La stretta si sciolse.

In qualche modo Elena sapeva che Shinichi non c'entrava nulla. La vera anima di Damon era un ragazzino tenuto in catene da Dio-sa-quanti secoli, che non aveva mai conosciuto il calore e il contatto umano, eppure ne aveva un doloroso desiderio. Il bambino incatenato era uno dei segreti più intimi di Damon.

Elena tremava così forte che non era sicura di riuscire a stare in piedi, e si faceva domande sul bambino. Aveva freddo? Stava piangendo come lei? Come poteva parlargli?

Lei e Damon rimasero a guardarsi, ansimando forte. I capelli lisci di Damon erano spettinati, e lo facevano sembrare dissoluto come un pirata. Il suo viso, sempre pallido e composto, era infiammato dal sangue. Il suo sguardo cadde automaticamente su Elena che si massaggiava i polsi. Si sentiva formicolare le braccia: stava tornando a circolare il sangue. Quando distolse lo sguardo, sembrò incapace di guardarla di nuovo negli occhi.

Il contatto degli occhi. Certamente. Elena si accorse di avere un'arma, mentre cercava tentoni una sedia e trovava il letto, inaspettatamente vicino, alle sue spalle. Non aveva molte armi in quel momento, e aveva bisogno di usarle tutte.

Si sedette, arrendendosi alla debolezza del suo corpo, ma tenne gli occhi sul volto di Damon. Un labbro sporgeva in fuori. E questo era… sleale. Il broncio di Damon era un elemento della sua artiglieria più essenziale. E aveva sempre avuto la bocca più bella che lei avesse mai visto su chiunque, uomo o donna. La bocca, i capelli, le palpebre semi-abbassate, le ciglia folte, la finezza del suo mento… sleale, persino per una come Elena, che aveva smesso da molto tempo di provare interesse per una persona a causa della bellezza.

Ma non aveva mai visto *quelle* labbra imbronciate, i capelli perfetti in disordine, le ciglia tremanti perché lui stava guardando ovunque tranne che nella sua direzione e stava cercando di non darlo a vedere.

«Era a *quello*… che stavi pensando mentre rifiutavi di parlare con me?», chiese, e la sua voce fu quasi ferma.

La quiete improvvisa di Damon era perfetta, come perfette erano tutte le sue altre azioni. Nessun respiro, ovviamente. Fissava un puntino sul tappeto beige che, secondo giustizia, avrebbe dovuto incendiarsi.

Poi, finalmente, alzò su di lei quegli enormi occhi neri. Era difficile decifrare gli occhi di Damon, perché le iridi erano quasi dello stesso colore delle pupille, ma Elena aveva la sensazione che, in quel momento, erano così dilatati da essere *solo* pupille. Come riuscivano quegli occhi neri come la mezzanotte a catturare e trattenere la luce? Le sembrava di vederci dentro un universo di stelle.

Damon disse, dolcemente, «Scappa».

Elena sentì le gambe pronte a scattare. «Shinichi?»

«No. Dovresti scappare, adesso».

Elena sentì i muscoli delle cosce rilassarsi leggermente e fu grata di non dover dimostrare di poter correre, o persino nuotare, proprio in quel momento. Ma strinse i pugni.

«Vuoi dire che fai così solo perché sei un bastardo?», disse. «Hai deciso di odiarmi di nuovo? Ti diverte...?».

Damon si voltò di scatto, l'immobilità in un movimento impossibile da cogliere per l'occhio umano. Colpì il telaio della finestra, una volta, ritraendo il pugno quasi completamente all'ultimo momento. Ci fu uno scoppio, seguito da migliaia di piccoli echi quando il vetro inondò come una pioggia di diamanti l'oscurità all'esterno.

«Questo può... indurre qualcuno ad aiutarti». Damon non cercava di far sembrare quelle parole qualcosa di più che una spiegazione tardiva. Si era voltato dall'altra parte e non sembrava interessato a salvare le apparenze. Il suo corpo era attraversato da sottili tremori.

«Così tardi, in questa bufera, così lontano dall'ufficio... ne dubito». Il corpo di Elena stava subendo gli effetti della scarica di adrenalina che le aveva permesso di liberarsi dalla stretta di Damon. Sentiva un formicolio dappertutto e dovette impegnarsi per non farlo diventare un evidente tremore.

Ed erano tornati al punto di partenza, con Damon a fissare la notte e lei a fissare le sue spalle. O, per lo meno, questo era quel che voleva lui.

«Potevi almeno chiederlo», disse lei. Non sapeva se un vampiro riusciva a capirlo. Non l'aveva ancora insegnato a Stefan. Se ne andava senza quel che voleva, perché non capiva il concetto di "richiesta". In tutta innocenza e con tutte le buone intenzioni, Stefan lasciava le cose com'erano finché *lei*, Elena, era costretta e chiedergli cosa volesse.

Damon, pensò, non aveva quel problema di solito. Prendeva quello che voleva, con la stessa disinvoltura di chi sceglie gli articoli sugli scaffali di un supermercato.

E in quel momento stava ridendo in silenzio, mostrando così di essere davvero ferito.

«La prenderò come una scusa», disse Elena con indulgenza.

Allora Damon scoppiò a ridere rumorosamente, ed Elena sentì un brivido. Lei era lì, che cercava di aiutarlo, e lui...

«Credi davvero», lui si intromise nei suoi pensieri, «che *quello* fosse tutto quel che volevo?».

Elena si sentì gelare di nuovo appena ci rimuginò sopra. Damon poteva aver preso tranquillamente il suo sangue mentre la teneva immobilizzata. Ma, ovviamente, non era tutto quel che voleva da lei. La sua aura... sapeva quel che faceva ai vampiri. Damon l'aveva protetta a lungo dagli altri vampiri che potevano vederla.

La differenza, come le fece capire la sua innata onestà, era che non gliene importava un accidente degli altri. Ma Damon era diverso. Quando lui la baciava lei la sentiva dentro di sé, la differenza. Qualcosa che non aveva mai provato prima... di Stefan.

Oh, Dio! Lei, Elena Gilbert, stava davvero tradendo Stefan decidendo di non fuggire da quella situazione? Damon si stava comportando come una persona migliore di quel che era; le stava dicendo di allontanare da lui la tentazione della sua aura.

Così che lei potesse ricominciare a torturarlo il giorno dopo.

Elena si era trovata diverse volte in quella situazione: capire quando era il momento di lasciar perdere prima che la cosa diventasse bollente. Il problema, in quel caso, era che non c'era nessun posto dove andare senza rialzare la fiamma... mettendosi in grave pericolo. E, per inciso, perdendo l'opportunità di trovare Stefan.

Sarebbe dovuta andare con Matt? Ma Damon aveva detto che non potevano raggiungere la Dimensione Oscura, non due umani da soli. Aveva detto che doveva esserci lui con loro. Ed Elena ancora dubitava che Damon si sarebbe preso il disturbo di guidare fino in Arizona, tanto meno di salvare Stefan, se lei non fosse stata con lui a ogni tappa del viaggio.

Oltretutto, come poteva proteggerla Matt sulla strada pericolosa che lei e Damon avevano intrapreso? Elena sapeva che Matt sarebbe morto per lei... ed era proprio quel che avrebbe fatto se si fossero imbattuti in vampiri e licantropi. Morire. Lasciando Elena ad affrontare i suoi nemici da sola.

Oh, sì, Elena sapeva quel che faceva Damon, ogni notte, mentre lei dormiva in macchina. La circondava di certi incantesimi oscuri, firmandoli col suo nome, sigillandoli con il suo sigillo, e tenendo lontane dalla macchina, fino al mattino, le creature della notte che capitavano lì per caso.

Ma i loro peggiori nemici, i gemelli kitsune, Shinichi e Misao, li avevano portati con sé.

Elena rifletté su tutto ciò, prima di alzare la testa per guardare Damon negli occhi. Occhi che, in quel momento, le ricordavano quelli del bambino vestito di stracci incatenato alla roccia.

«Non te ne stai andando, vero?», sussurrò lui.

Elena scosse la testa.

«Davvero non hai paura di me?»

«Oh, certo che ho paura». Elena sentì di nuovo un brivido interiore. Ma stava già volando da qualche parte, aveva tracciato la rotta, e non c'era modo di fermarsi. Specialmente quando lui la guardava in quel modo. Le ricordava la gioia feroce, l'orgoglio quasi riluttante che mostrava sempre quando sconfiggevano un nemico insieme.

«Non diventerò la tua Principessa delle Tenebre», gli disse. «E sai che non lascerò mai Stefan».

Un fantasma del suo vecchio sorriso beffardo sfiorò le sue labbra. «C'è tutto il tempo per convincerti a pensarla come me sull'argomento».

Non serve, pensò Elena. Sapeva che Stefan avrebbe capito.

Ma anche in quel momento, mentre sembrava che il mondo intero le vorticasse intorno, qualcosa la spinse a sfidare Damon. «Dici che non è Shinichi. Ti credo. Ma tutto questo è a causa... di quello che ha detto Caroline?». Percepì l'improvvisa durezza nella propria voce.

«Caroline?». Damon sbatté le palpebre come fosse stato colto di sorpresa.

«Ha detto che prima di incontrare Stefan ero solo una...». Elena trovava impossibile pronunciare l'ultima parola. «Che ero... promiscua».

Damon indurì le mascelle e arrossì rapidamente... come se fosse stato colpito da una direzione inaspettata. «Quella ragazza», borbottò. «Ha già determinato il suo destino e, se si trattasse di un'altra, sarei incline a provare un po' di pietà. Ma lei ha... superato... ogni limite...». Pronunciava le parole sempre più lentamente, e un'ombra di perplessità gli oscurava la faccia. Teneva lo sguardo fisso su Elena, e lei sapeva che riusciva e vedere le sue lacrime, perché si avvicinò per asciugarle con le dita. Nel farlo, tuttavia, fermò il movimento a mezz'aria, e, pensieroso, si portò una mano alle labbra per assaggiare le lacrime.

Qualunque fosse il sapore, lui sembrò sorpreso. Portò alla bocca anche l'altra mano. Elena lo stava fissando; avrebbe dovuto essere imbarazzato... ma non lo era. Invece, un caleidoscopio di espressioni gli attraversò la faccia, troppo in fretta perché il suo occhio umano potesse coglierle. Ma riconobbe la sorpresa, l'incredulità, l'amarezza, ancora stupore, e poi, finalmente, una specie di turbamento gioioso e sembrò quasi che ci fossero delle lacrime nei suoi occhi.

Infine Damon rise. Fu una rapida risata auto-ironica, ma fu genuina, persino euforica.

«Damon», disse Elena, ricacciando ancora indietro le lacrime – era successo tutto troppo in fretta. «Cosa c'è che non va in te?»

«Niente, va tutto bene», disse, mentre assumeva un'aria seriosa. «Non dovresti mai provare a ingannare un vampiro, Elena. I vampiri hanno molti sensi che gli esseri umani non hanno... e alcuni non sappiamo neanche di averli, finché non ne abbiamo bisogno. Mi ci è voluto molto per capire quello che so di te. Perché, naturalmente, tutti mi dicevano una cosa, e la mia mente ne pensava un'altra. Ma l'ho capito, finalmente! So cosa sei veramente, Elena».

Per mezzo minuto Elena stette in uno scioccato silenzio. «Se lo sai, potrei anche dirti, adesso, che *nessuno* ti crederà».

«Forse no», disse Damon, «specialmente se sono esseri umani. Ma i vampiri sono programmati per riconoscere l'aura di una vergine. E *tu* sei un'esca per unicorni, Elena. Non so e non mi interessa sapere come ti sei fatta la tua reputazione. Mi sono ingannato da solo per molto tempo, ma ho finalmente scoperto la verità». D'improvviso si chinò su di lei in modo che lei non poté vedere altro che lui, i suoi bei capelli che le accarezzavano la fronte, le sue labbra vicino alle sue, i suoi occhi neri, insondabili, che catturavano il suo sguardo.

«Elena», sussurrò. «Questo è il tuo segreto. Non so come tu ci sia riuscita, ma... sei una vergine».

Si piegò verso di lei, le labbra che appena sfioravano le sue, condividendo i suoi lenti respiri con lei. Restarono così a lungo, molto a lungo. Damon sembrava affascinato dall'essere in grado di offrirle qualcosa del proprio corpo: l'ossigeno di cui entrambi avevano bisogno, ma che acquisivano in modi diversi. Molte persone avrebbero trovato intollerabile un contatto degli occhi così prolungato, l'immobilità dei corpi, il silenzio, e avrebbero socchiuso le palpebre. Avrebbero avuto la sensazione di immergersi troppo in profondità nella personalità dell'altro, di perdere definizione e diventare ognuno una parte eterea dell'altro, prima che un solo bacio fosse stato dato.

Ma Elena stava fluttuando nell'aria: nel respiro che Damon le dava... e nella realtà. Se le mani forti e affusolate di Damon non l'avessero tenuta per le spalle, sarebbe certamente sfuggita alla sua presa.

Elena sapeva che c'era un altro modo di tenerla giù. Poteva Influenzarla perché permettesse alla gravità di averla vinta su di lei. Ma, fino a quel momento, non aveva sentito neanche un leggerissimo tocco di un tentativo di Influenza. Era come se ancora volesse offrirle l'onore della scelta. Non voleva sedurla con nessuno dei suoi tanti metodi abituali, trucchi di dominio imparati in oltre mezzo millennio di nottate.

Solo il respiro, che diventava sempre più veloce, mentre Elena sentiva che i suoi sensi cominciavano a vacillare e la sua testa a pulsare. Era davvero sicura che a Stefan non sarebbe importato? Ma Stefan le aveva dato l'onore più grande fidandosi del suo amore e della sua serietà. E stava iniziando a percepire la vera personalità di Damon, il suo irrefrenabile bisogno di lei; la sua vulnerabilità, perché quel bisogno stava diventando un'ossessione.

Senza tentare di Influenzarla, stava spiegando le grandi, morbide ali nere intorno a lei, così da non lasciarle nessun posto dove scappare. Elena si sentì sul punto di svenire per l'intensità della passione scoppiata fra di loro. Come gesto finale, non di rifiuto, ma di invito, gettò indietro la testa, offrendogli la sua gola nuda, e lasciando che lui la assaporasse a lungo.

E come se grandi campane di cristallo stessero suonando in lontananza, sentì il tripudio di lui per la sua volontaria resa alle tenebre di velluto che la sopraffacevano.

Non sentì nemmeno i denti che penetravano la sua pelle e reclamavano il suo sangue. Prima che accadesse, vide le stelle. E poi l'universo fu inghiottito dagli occhi scuri di Damon.

10

Il mattino successivo, Elena si alzò e si vestì con tranquillità nella stanza del motel, grata per lo spazio in più. Damon se n'era andato, ma lei se l'aspettava. Di solito lui faceva colazione presto quando erano in viaggio, predando le cameriere delle tavole calde o delle stazioni di servizio aperte tutta la notte.

Ne avrebbe discusso con lui un giorno o l'altro, pensò, mentre inseriva la bustina di caffè in polvere nella piccola caffettiera fornita dal motel. Aveva un buon odore.

Ma, cosa più urgente, aveva bisogno di parlare con *qualcuno* di quel che era accaduto la notte precedente. Stefan era la prima scelta, naturalmente, ma aveva scoperto che le esperienze extracorporee non venivano a richiesta. Quel che le serviva era chiamare Bonnie e Meredith. *Doveva* parlare con loro, era un suo diritto, ma in quel momento proprio *non poteva.*

Per intuito, sentiva che ogni contatto con Fell's Church era sconsigliato.

E Matt non si era presentato alla reception. Non ancora. Non aveva idea di dove fosse, ma avrebbe fatto meglio ad arrivare puntuale a Sedona, le bastava questo. Aveva volontariamente interrotto ogni comunicazione fra di loro. Le andava bene. Purché si facesse vivo al momento convenuto.

Ma... Elena aveva *comunque* bisogno di parlare. Di esprimersi.

Naturalmente! Era un'idiota! Aveva ancora un fedele compagno che non diceva mai una parola, e non la faceva mai aspettare. Dopo essersi versata una tazza di caffé bollente, Elena tirò fuori il diario dal fondo della sua borsa da viaggio e lo aprì su una pagina bianca e pulita. Non c'era niente come una pagina bianca e una penna che scorreva senza intoppi quando cominciava a scrivere.

Quindici minuti dopo ci fu un rumore secco alla finestra, e un minuto dopo Damon ci stava passando attraverso. Aveva diversi sacchetti di carta con sé, ed Elena si sentì inspiegabilmente felice e a suo agio. Si era procurata del caffé, che era piuttosto buono anche se accompagnato da un surrogato di panna liofilizzata, e Damon aveva provveduto…

«Benzina», disse trionfante, alzando le sopracciglia in modo significativo, quando mise i sacchetti sul tavolo. «Nel caso provino a usare le piante contro di noi. No, grazie», aggiunse, notando che lei gli stava porgendo una tazza colma di caffé. «Ho già bevuto un meccanico mentre compravo questi. Vado un attimo a lavarmi le mani».

E scomparve, passando dritto davanti a Elena.

Non un solo sguardo, anche se lei indossava l'unico paio di vestiti puliti rimasto: jeans e un top abilmente tinteggiato, che appariva bianco a un primo sguardo, e solo alla luce più intensa si rivelava ombreggiato da eterei arcobaleni.

Senza neanche guardarmi, pensò Elena, con la strana sensazione, in qualche modo, di non riuscire a stare al passo con la propria vita.

Fece per buttare via il caffé, ma poi decise che ne aveva bisogno e lo bevve in pochi sorsi bollenti.

Infine si dedicò al suo diario, rileggendo le ultime due o tre pagine.

«Sei pronta ad andare?». Damon stava gridando per sovrastare il rumore dell'acqua che scorreva nel bagno.

«Sì… solo un minuto». Elena lesse le ultime pagine del diario, e cominciò a scorrere quelle precedenti.

«Dovremmo andare dritto a ovest da qui», urlò Damon. «Possiamo farcela in un solo giorno. Penseranno che è una finta per un particolare cancello e cercheranno tutti quelli piccoli. Nel frattempo, noi andremo in direzione del Kimon Gate e saremo giorni avanti a chiunque ci stia seguendo. È perfetto».

«Uh-huh», disse Elena, leggendo.

«Dovremmo riuscire a incontrare Matt domani, forse persino questo pomeriggio, dipende da che tipo di problemi ci procureranno».

« Uh-huh».

«Ma prima voglio chiederti: pensi sia una coincidenza che la nostra finestra sia rotta? Perché io ci metto sempre le difese di notte e sono sicuro...». Si passò una mano sulla fronte. «Sono sicuro di averlo fatto anche ieri sera. Ma qualcosa ci è passata attraverso, ha rotto la finestra ed è andata via senza lasciare traccia. Per questo ho comprato tutta questa benzina. Se provano a fare qualcosa con gli alberi, li farò bruciare tutti fino a Stonehenge».

Insieme a metà degli innocenti abitanti dello stato, pensò Elena. Ma era in un tale stato di shock che un nonnulla poteva facilmente impressionarla.

«Che stai facendo adesso?». Damon era chiaramente pronto ad alzarsi e andare.

«Mi sto liberando di qualcosa che non mi serve», disse Elena, e tirò l'acqua, guardando i frammenti delle pagine strappate dal suo diario turbinare fino a scomparire del tutto.

«Non mi preoccuperei della finestra, comunque», disse, tornando in camera da letto e infilandosi le scarpe. «E stai fermo un minuto, Damon. Ti devo parlare di una cosa».

«Oh, andiamo. Puoi aspettare finché non siamo in viaggio, no?»

«No, non posso, perché dobbiamo pagare la finestra. L'hai rotta tu questa notte, Damon. Ma non ricordi di averlo fatto, vero?».

Damon la guardò. Avrebbe detto che la sua prima tentazione fosse stata di scoppiare a ridere. La seconda, quella a cui cedette, di pensare che lei fosse ammattita.

«Sono seria», disse, non appena lui si alzò e cominciò a camminare velocemente verso la finestra con l'evidente intenzione di trasformarsi in corvo per volare via. «Non osare andare da nessuna parte, Damon, perché c'è dell'altro».

«Altra roba che non ricordo?». Damon si adagiò contro il muro in una delle sue vecchie pose arroganti. «Ho forse fracassato qualche chitarra, ho tenuto la radio accesa fino alle quattro del mattino?»

«No. Non per forza cose di... questa notte», disse Elena, senza riuscire a guardarlo. «Altre cose, degli altri giorni...».

«Forse ti riferisci ai miei continui tentativi di sabotare questo viaggio», disse, con voce laconica. Alzò gli occhi al cielo e sospirò profondamente. «Forse l'ho fatto solo per restare da solo con te...».

«*Zitto, Damon!*».

Da dove veniva quella reazione? Certo, ovviamente lo sapeva. Dai sentimenti che provava per quanto era accaduto la notte precedente. Il problema era che doveva sistemare prima alcune altre cose... seriamente, se voleva accettarli. Analizzarli poteva essere il modo migliore di procedere.

«Pensi che i tuoi sentimenti nei confronti di Stefan... be', siano cambiati del tutto recentemente?», chiese Elena.

«*Cosa?*»

«Pensi...». Oh, era talmente difficile guardare in quegli occhi neri dal colore dello spazio profondo. Soprattutto quando, la notte precedente, erano stati pieni di miriadi di stelle. «Pensi di aver cominciato a considerarlo in modo differente? A rispettare la sua volontà più di quanto eri abituato a fare?».

Damon la stava apertamente esaminando, come lei stava esaminando lui.

«Parli sul serio?», disse.

«Completamente», disse lei e, con uno sforzo supremo, ricacciò indietro le lacrime, dove dovevano restare.

«È accaduto qualcosa la scorsa notte», disse fissandola. «Non è vero?»

«È accaduto *qualcosa*, sì», disse Elena. «È stato... è stato più di...». Dovette lasciar uscire il fiato trattenuto, e con quello venne fuori tutto il resto.

«Shinichi! *Shinichi, che bastardo! Imbroglione!*[3] Che ladro! Lo ucciderò *lentamente*!». Improvvisamente, Damon fu dappertutto. Era dietro di lei, le mani sulle sue spalle; il minuto successivo gridava imprecazioni fuori dalla finestra, poi tornava indietro per tenerle entrambe le mani.

Ma ad Elena interessava solo una parola. Shinichi. Il kitsune con i suoi capelli neri, dalle punte rosse, che li aveva costretti a cedere così tanto solo per ottenere la posizione della cella di Stefan.

«*Mascalzone! Maleducato!*[4]...». Elena perse il controllo delle im-

[3] In italiano nel testo (*n.d.t.*).
[4] In italiano nel testo (*n.d.t.*).

precazioni di Damon. Quindi era vero. Quella notte era stata completamente rubata a Damon, presa dalla sua mente, semplicemente e completamente, come la volta in cui aveva usato su di lui le Ali della Redenzione e le Ali della Purificazione. Quella volta lui era d'accordo. Ma la notte precedente... e cos'altro aveva preso la volpe?

Eliminare una intera serata e una notte... e quella serata e quella notte in particolare, implicava che...

«Non ha mai chiuso la connessione fra la mia mente e la sua. Può ancora entrare dentro di me tutte le volte che vuole». Damon aveva appena smesso di imprecare, e di muoversi. Si era seduto sulla poltrona di fronte al letto con le mani abbandonate fra le ginocchia. Appariva singolarmente infelice.

«Elena, devi dirmelo. Cosa mi ha preso l'altra notte? Ti prego!». Damon sembrava sul punto di cadere in ginocchio davanti a lei, senza melodramma. «Se... se... è quello che penso...».

Elena sorrise, benché le lacrime le stessero ancora rigando la faccia. «Non è... è stato quello che *chiunque* potrebbe pensare. Suppongo», disse.

«Ma...!».

«Diciamo soltanto che questa volta... è mia», disse Elena. «Se ti ha rubato qualcos'altro, o se cerca di farlo in futuro, allora diventerà un bersaglio facile. Ma questo... sarà il mio segreto». Forse fino al giorno in cui spezzerai il tuo enorme macigno di segreti, pensò.

«Finché glielo strapperò, insieme alla lingua e alla coda!», ringhiò Damon, e fu davvero il ringhio di un animale. Elena fu lieta che non fosse diretto a lei. «Non preoccuparti», aggiunse Damon con voce così tranquilla che era quasi più spaventosa della furia animalesca. «Lo *troverò*, non importa dove cerchi di nascondersi. E glielo *prenderò*. Potrei anche strappargli tutta la sua corta pelliccia. Ne farò un paio di guanti per te, che ne dici?».

Elena cercò di sorridere e ci riuscì abbastanza bene. Stava venendo a patti con quello che le era accaduto, anche se non aveva creduto neanche per un attimo che Damon l'avrebbe davvero lasciata in pace sull'argomento finché non avesse costretto Shinichi a ridargli la memoria. Intuì che, a un certo livello, stava punendo Damon per quel che aveva fatto Shinichi, e che era sbagliato. *Ho giurato che* nessuno *saprà della scorsa notte*, si disse. *Finché non lo saprà Damon. Non voglio dirlo neanche a Bonnie e Meredith.*

Questo le rendeva le cose molto più difficili, e quindi, probabilmente, più eque. Mentre ripulivano le macerie dell'ultimo attacco d'ira di Damon, lui si protese all'improvviso per asciugare una lacrima solitaria sulla guancia di Elena.

«Grazie...», esordì Elena. Poi si fermò. Damon si stava portando le dita alle labbra.

La guardò, sorpreso e leggermente deluso. Poi scrollò le spalle. «Ancora esca per unicorni», disse. «Ho detto questo la notte scorsa?».

Elena esitò, poi decise che le sue parole non riguardavano il suo segreto.

«Sì, l'hai detto. Ma... non mi tradirai, vero?», aggiunse, con ansia improvvisa. «Ho promesso alle mie amiche di non dire nulla».

Damon la osservava. «Perché dovrei dirlo a qualcuno? A meno che tu non intenda quel piccoletto con la testa rossa?»

«Te l'ho detto; io non sto dicendo *nulla*. Eccetto che, ovviamente, Caroline non è una vergine. Be', con tutto il putiferio sulla sua gravidanza...».

«Ma ricordi», la interruppe Damon. «Io sono arrivato a Fell's Church prima di Stefan; mi sono nascosto nelle ombre a lungo. Il modo in cui parlavate...».

«Oh, lo so. Ci piacevano i ragazzi e noi piacevamo ai ragazzi, e avevamo già una certa reputazione. Così parlavamo soltanto di qualsiasi cosa avessimo voglia di parlare. Alcune cose potevano essere vere, ma la maggior parte dovevi prenderle con le pinze... e poi ovviamente sai come parlano *i ragazzi...*».

Damon lo sapeva. Annuì.

«E così, abbastanza presto, tutti parlavano di noi come se avessimo fatto *qualsiasi cosa* con *chiunque*. Avevano persino scritto delle stupidaggini nel giornale e nell'annuario della scuola e sui muri del bagno. Ma anche noi avevamo il nostro piccolo poema, e qualche volta l'abbiamo persino firmato. Come faceva?». Elena portò la mente indietro di uno, due anni, forse più. Poi recitò:

«Solo averlo sentito, non lo rende vero.
Solo averlo letto, non lo rende vero.
La prossima volta che senti qualcosa, può essere su di te.
Non credere di poter far cambiare loro idea,
solo perché sai... quel che sai!»

Quando Elena finì, guardò Damon, provando all'improvviso l'urgente bisogno di trovare Stefan. «Ci siamo quasi», disse. «Sbrighiamoci».

11

L'Arizona era calda e arida come Elena l'aveva immaginata. Lei e Damon erano arrivati direttamente al Juniper Resort, ed Elena era sorpresa, se non depressa nel constatare che Matt non si era ancora registrato.

«Non può averci messo più di noi ad arrivare qua», disse, non appena furono mostrate loro le stanze. «A meno che... oddio, Damon! A meno che Shinichi non l'abbia catturato».

Damon sedette sul letto e fissò Elena con sguardo torvo. «Speravo di non dovertelo dire... che l'idiota avesse almeno il garbo di comunicartelo lui stesso. Ma ho seguito ogni giorno la sua aura da quando ci ha lasciati. Sta scappando sempre più lontano... in direzione di Fell's Church».

Talvolta, ci vuole un po' di tempo per capire le notizie davvero brutte.

«Intendi dire», disse Elena, «che non si farà vedere per niente?»

«Intendo dire che, come è vero che i corvi volano, il posto dove abbiamo preso le macchine non era molto lontano da Fell's Church. È andato in quella direzione. E non è tornato indietro».

«Ma perché?», chiese Elena, come se la logica potesse, in un modo o nell'altro, avere la meglio sui fatti. «Perché avrebbe dovuto andarsene e lasciarmi? Soprattutto, perché sarebbe dovuto andare a Fell's Church, dove lo stanno cercando?»

«Per la prima questione penso si sia fatto un'idea sbagliata su me e te... o forse l'idea giusta un po' in anticipo...». Damon ammiccò a Elena e lei gli lanciò un cuscino, «e abbia deciso di lasciarci un po' di intimità. E per quanto riguarda Fell's Church...», Damon scrollò le spalle. «Guarda, lo conosci da più tempo di me. Ma persino io posso dire che è il tipico Galahad, il cavaliere *parfait gentil, sans peur et sans reproche*. Se devo dire qualcosa, dico che è andato ad assumersi la responsabilità di Caroline».

«Oh, *no*», disse Elena, andando alla porta perché aveva sentito bussare. «Non dopo quello che gli ho detto e ridetto...».

«Oh, *sì*», disse Damon, quasi accovacciandosi. «Persino con i tuoi saggi consigli che gli risuonavano nelle orecchie...».

La porta si aprì. Era Bonnie. Bonnie, con la sua corporatura minuta, i suoi capelli ricci color fragola, i suoi grandi, profondi occhi castani. Elena, non riuscendo a credere ai propri occhi, e non avendo ancora concluso la discussione con Damon, le chiuse la porta in faccia.

«Matt sta andando a farsi *linciare*», disse Elena quasi strillando, vagamente irritata da un certo bussare che continuava da qualche parte.

Damon si raddrizzò. Passò davanti a Elena, dirigendosi alla porta, e disse: «Credo sia meglio che tu ti sieda», e poi la mise di peso su una sedia e la tenne lì ferma finché smise di provare ad alzarsi di nuovo.

Poi aprì la porta.

Quella volta era Meredith a bussare. Alta e slanciata, con i capelli che ricadevano sulle spalle in nuvole scure, Meredith dava l'impressione di voler continuare a bussare anche una volta che la porta fosse stata aperta. Qualcosa accadde dentro Elena, e scoprì che poteva concentrarsi su più di un argomento alla volta.

Era Meredith. E Bonnie. A Sedona, Arizona!

Elena balzò in piedi dalla sedia dove Damon l'aveva messa e gettò le braccia al collo di Meredith, pronunciando parole incoerenti: «Siete venute! Siete venute! Sapevate che non potevo telefonarvi, così siete venute!».

Bonnie ricambiò l'abbraccio e disse sottovoce a Damon: «È tornata a baciare chiunque incontri?»

«Sfortunatamente», disse Damon, «no. Ma preparati a essere strizzata a morte».

Elena si voltò verso di lui. «Ti ho sentito! Oh, Bonnie! Non posso credere che voi due siate davvero *qui*. Avevo tanta voglia di parlarvi!».

Nel frattempo, stava abbracciando Bonnie, e Bonnie stava abbracciando lei, e Meredith stava abbracciando entrambe. Gli impercettibili segnali della sorellanza di velociraptor furono trasmessi contemporaneamente dall'una all'altra... un sopracciglio inarcato *qui*, un lieve cenno del capo *lì*, un cipiglio e una scrollata di spalle che si scioglievano in un sospiro. Damon non lo sapeva, ma era appena stato accusato, processato, assolto e reintegrato nei suoi diritti... con la conclusione che in futuro sarebbe stata necessaria una maggiore sorveglianza.

Elena ne venne fuori per prima. «Dovete aver incontrato Matt... deve avervi detto lui di questo posto».

«Sì, e poi ha venduto la Prius e noi abbiamo fatto i bagagli di corsa e preso dei biglietti aerei e siamo state qui ad aspettarti... non volevamo rischiare di non riuscire a incontrarti!», disse Bonnie tutto d'un fiato.

«Non è stato due giorni fa che avete comprato i vostri biglietti, vero?», chiese Damon, alzando gli occhi al soffitto, mentre si adagiava con un gomito sulla sedia di Elena.

«Fammi vedere...» cominciò Bonnie, ma Meredith disse in tono piatto. «Sì, è così. Perché? È un problema?».

«Stiamo tentando di mantenere le cose ambigue per il nemico», disse Damon. «Ma ormai è fatta, probabilmente non ha importanza».

No, pensò Elena, perché Shinichi può entrare nel tuo cervello quando vuole e cercare di rubarti i ricordi e tutto quel che devi fare è provare a scacciarlo.

«Ma questo significa che io ed Elena dobbiamo cominciare subito». Damon continuò. «Io devo fare una commissione prima. Elena dovrebbe fare le valigie. Prendi il meno possibile, solo le cose assolutamente essenziali... ma includi il cibo per due o tre giorni».

«Dici... di partire *adesso*?». Bonnie prese fiato, e poi si lasciò cadere sul pavimento.

«È logico, se abbiamo già perso l'elemento sorpresa», replicò Damon.

«Non posso credere che voi due siate venute a salutarmi, mentre Matt protegge la città», disse Elena. «È così *dolce*!». Sorrise raggiante prima di aggiungere, dentro di sé, *E così stupido!*

«Bene...».

«Bene, io devo ancora fare una commissione», disse Damon, salutando con la mano senza voltarsi indietro. «Diciamo di partire da qui fra mezz'ora».

«Che avaro!», protestò Bonnie, quando la porta fu ben chiusa dietro di lui. «Così ci rimangono pochi minuti per parlare prima di cominciare».

«Posso fare le valigie in meno di cinque minuti», disse tristemente Elena, e poi ripensò alla frase precedente di Bonnie "*Prima di cominciare*"?

«Io non posso mettere in valigia solo l'essenziale», si crucciò Meredith, ignorandola. «Non riesco a mettere tutto nel mio cellulare, e non ho neanche idea di quando potrò ricaricare le batterie. Ho portato una valigia di materiale su *carta*!».

Elena faceva scorrere lo sguardo dall'una all'altra, nervosamente. «Uhm, sono abbastanza sicura di essere io quella che si suppone debba fare le valigie», disse. «Perché io sono l'unica che sta per partire… giusto?». Un'altra occhiata avanti e indietro.

«Come se potessimo lasciarti andare in qualche altro universo senza di noi!», disse Bonnie. «Hai *bisogno* di noi!».

«Non un altro universo; solo un'altra dimensione», disse Meredith. «Ma si applica lo stesso principio».

«Ma… non posso lasciarvi venire con me!».

«Certo che non puoi. Io sono più vecchia di te», disse Meredith. «Tu non mi "lasci" fare nulla. Ma la verità è che noi abbiamo una missione. Vogliamo trovare la sfera stellata di Shinichi e Misao, se possiamo. Se ci riuscissimo, credo che potremmo fermare immediatamente la maggior parte delle cose che stanno succedendo a Fell's Church».

«Sfera stellata?», disse Elena con espressione attonita, mentre da qualche parte nelle profondità della sua mente, si destava un'immagine inquietante.

«Te lo spiego dopo».

Elena scuoteva la testa. «Ma… avete lasciato Matt ad affrontare tutta quella roba sovrannaturale che sta succedendo a Fell's Church? Quando è un fuggitivo e deve nascondersi dalla polizia?»

«Elena, anche la polizia è spaventata per quello che sta succedendo a Fell's Church adesso… e francamente, se lo mettono in custodia al Ridgemont, potrebbe essere il posto più sicuro per lui. Ma non hanno intenzione di farlo. Sta lavorando con la signora Flowers e stanno *bene* insieme; sono una squadra affiatata». Meredith si fermò per prendere fiato, e sembrò valutare il modo di dire una cosa.

Bonnie parlò per lei con una vocina sottile: «E io *non* stavo bene, Elena. Ho cominciato… be', ho cominciato a diventare isterica e a vedere e sentire cose che non erano lì… o, per lo meno, a immaginarle e forse a renderle persino vere. In realtà, stavo mettendo la gente in pericolo. Matt è troppo pragmatico per farlo». Si toccò leggermente gli occhi. «So che la Dimensione Oscura è piuttosto brutta, ma, almeno, non metterò in pericolo case piene di persone innocenti».

Meredith annuì. «Stava andando… tutto male con Bonnie lì. Anche se non avessimo deciso di venire con te, avrei dovuto portarla via da lì. Non voglio essere eccessivamente drammatica, ma credo che i demoni la stessero cercando. E, dato che Stefan non c'è, Damon può essere l'unico in grado di scacciarli. O forse puoi aiutarla tu, Elena?».

Meredith… eccessivamente drammatica? Ma Elena riusciva a vedere sottili brividi correre sulla pelle di Meredith, e la leggera lucentezza del sudore sulla fronte di Bonnie inumidirle i riccioli.

Meredith toccò il polso di Elena. «Non abbiamo semplicemente marinato la scuola o qualcosa del genere. Fell's Church è una zona di guerra adesso; è vero, ma non abbiamo lasciato Matt senza alleati. C'è anche la dottoressa Alpert. È logica ed è il miglior medico di campagna che ci sia… e potrebbe persino convincere qualcuno che Shinichi e i malach sono reali. Ma, all'infuori di tutto ciò, i genitori hanno preso il sopravvento. Genitori e psichiatri e cacciatori di notizie. E comunque rendono quasi impossibile lavorare allo scoperto».

«Ma… solo in una settimana…».

«Dai un'occhiata al giornale di questa domenica».

Elena prese il *Ridegemont Times* da Meredith. Era il giornale più letto nell'area di Fell's Church. Il titolo di apertura che campeggiava in prima pagina era:

LA POSSESSIONE NEL VENTUNESIMO SECOLO?

Sotto il titolo c'era un articolo molto lungo, ma ciò che saltava all'occhio era la foto di una lotta a tre fra ragazze, che sembrava stessero subendo attacchi convulsivi e torsioni impossibili per il corpo umano. L'espressione di due delle ragazze era semplicemente di terrore e dolore, ma era la terza ragazza che fece gelare il sangue a Elena. Il suo corpo era inarcato, aveva la testa all'indietro e stava guardano direttamente in camera digrignando i denti, lo sguardo diabolico. Non erano rovesciati o qualcosa del genere. Non emettevano un'inquietante luce rossastra. Era tutto nell'espressione. Elena non aveva mai visto prima uno sguardo che le facesse torcere lo stomaco in quel modo.

Bonnie disse a bassa voce: «Ti capita mai di fare un piccolo sbaglio e avere la sensazione del tipo, "Oh, ops, ne va dell'intero universo"?»

«Di continuo, da quando ho conosciuto Stefan», disse Meredith. «Senza offesa, Elena. Ma il punto è che tutto questo è successo solo in un paio di giorni; dal momento in cui gli adulti che sapevano che stava *veramente* succedendo qualcosa si sono incontrati».

Meredith sospirò e si passò le dita fra i capelli, le unghie perfettamente curate, prima di continuare. «Quelle ragazze sono quel che Bonnie definisce possedute in senso moderno. O forse sono possedute da Misao: si presume che le femmine kitsune lo facciano. Me se potessimo soltanto trovare queste cose chiamate sfere stellate... almeno una... potremmo costringer*li* a ripulire tutto questo».

Elena posò il giornale, in modo da non vedere quegli occhi rovesciati che la fissavano. «E mentre accade tutto ciò, che sta facendo il tuo ragazzo nel corso di questa crisi?».

Per la prima volta Meredith apparve sinceramente sollevata. «Procede per conto suo mentre parliamo. Gli ho scritto riguardo a tutto quel che sta succedendo, e, in realtà, è stato lui a dire di portare via Bonnie». Lanciò uno sguardo di scusa a Bonnie, che semplicemente alzò mani e braccia al cielo. «E appena avrà finito il suo lavoro su certe isole chiamate Shinmei noUma, tornerà a Fell's Church. Questo genere di cose sono la specialità di Alaric, e lui non si spaventa facilmente. Così, anche se noi dovessimo assentarci per *settimane*, Matt avrà un supporto».

Elena lanciò in alto le mani in un gesto simile a quello di Bonnie. «C'è solo una cosa che dovreste sapere prima di cominciare. *Io* non posso aiutare Bonnie. Se contate su di me perché faccia una delle cose che ho fatto quando abbiamo combattuto Shinichi e Misao l'ultima volta... be', non posso. Ci ho provato e riprovato, col massimo impegno possibile, a sferrare attacchi con tutte le mie ali. Ma non ne è venuto fuori niente».

Meredith disse lentamente: «Be', allora, forse Damon sa qualcosa...».

«Forse, ma, Meredith, non fare pressione su di lui proprio adesso. Non in questo preciso momento. Quello che sa di certo è che Shinichi può raggiungerlo e prendere i suoi ricordi... e chissà, forse può persino possederlo di nuovo...».

«Quel kitsune bugiardo!», sbottò Bonnie, con aria quasi possessiva. Come se, pensò Elena, Damon fosse il suo ragazzo. «Shinichi *ha giurato* di...».

«E ha giurato di lasciare in pace Fell's Church, anche. L'unica ragione per cui nutro un minimo di fiducia negli indizi che Misao mi ha dato riguardo alla chiave-volpe, è il fatto che mi stava schernendo. Non ha mai pensato che avremmo fatto un accordo, e così non stava cercando di mentire o di essere troppo astuta... *credo*».

«Be', questo è il motivo per cui siamo con te, per liberare Stefan», disse Bonnie. «E, se siamo fortunate, per trovare la sfera stellata che ci permetterà di controllare Shinichi. Giusto?»

«Giusto!», disse Elean con fervore.

«Giusto», disse Meredith con solennità.

Bonnie annuì. «Sorellanza di velociraptor per sempre!».

Misero velocemente la mano destra una su quella dell'altra, formando una ruota a tre raggi. Questo ricordò a Elena i giorni in cui c'erano quattro raggi.

«Che ne è di Caroline?», chiese.

Bonnie e Meredith si guardarono. Poi Meredith scosse la testa. «Meglio non saperlo. *Davvero*», disse.

«Posso sopportarlo. *Davvero*», disse Elena quasi in un sussurro. «Meredith, io sono morta, ricordi? Due volte».

Meredith stava ancora scuotendo la testa. «Se non riesci a guardare quella foto, non vorresti sapere di Caroline. Siamo andate a farle visita due volte...».

«*Tu* sei andata a farle visita due volte», la interruppe Bonnie. «La seconda volta sono svenuta e mi hai lasciata davanti alla porta».

«Ho capito che avrei potuto perderti definitivamente, e mi sono già scusata...». Meredith si interruppe quando Bonnie le mise una mano sul braccio e le diede un pizzicotto.

«Comunque, non è stata esattamente una visita», disse Meredith. «Mi sono precipitata nella stanza di Caroline davanti a sua madre e l'ho trovata nel suo nido... non importa cosa sia... a mangiare qualcosa. Quando mi ha vista, ha solo ridacchiato e ha continuato a mangiare».

«E poi?», disse Elena, quando la tensione divenne insopportabile per lei. «Che cos'era?»

«Credo», disse Meredith in tono tetro, «che fossero vermi e lumache. Li allungava sempre di più e quelli si contorcevano prima che li mordesse. Ma quello non era il peggio. Guarda, dovevi essere lì per capirlo, ma lei mi ha sorriso con aria compiaciuta e ha detto con voce ottusa, "Ne vuoi un boccone?" e d'improvviso mi sono trovata la bocca piena di questa massa che si contorceva... e che mi scendeva per la gola. Così ho vomitato, proprio lì sul suo tappeto. Caroline ha semplicemente cominciato a ridere, e mi sono precipitata di nuovo giù, ho preso Bonnie e sono scappata e non siamo più tornate. Ma... a metà del vialetto della casa, mi sono accorta che Bonnie stava soffocando. Aveva i... i vermi e altre robe... in bocca *e* nel naso. So fare la rianimazione, ho tentato di toglierne il più possibile, prima che si svegliasse vomitando. Ma...».

«È stata un'esperienza che non vorrei rifare mai più». L'assoluta mancanza di espressione nella voce di Bonnie diceva più di quanto avrebbe potuto esprimere un tono di orrore.

Meredith disse: «Ho sentito che i genitori di Caroline se ne sono andati da quella casa, e non posso dire di biasimarli. Caroline ha più di diciotto anni. Tutto quel che posso aggiungere è che si faccia una sorta di preghiera collettiva che, in qualche modo, il sangue del lupo trionfi in lei, perché almeno sembra meno orribile di quello del malach o di quello... demoniaco. Ma se non vince...».

Elena posò il mento sulle ginocchia. «E la signora Flowers può fare qualcosa?»

«Più di quanto possa fare Bonnie. La signora Flowers è felice di avere Matt attorno; come ho detto, sono una squadra affiatata. E ora che ha finalmente parlato con la razza umana del ventunesimo secolo, penso che le piaccia. E sta praticando l'arte costantemente».

«L'arte? Oh...».

«Sì, quella che lei chiama arte magica. Non ho idea se ci sappia fare o no, perché non ho niente e nessuno con cui fare un confronto...».

«I suoi impacchi di erbe funzionano!», affermò Bonnie con fermezza proprio mentre Elena diceva: «Sicuramente i suoi sali da bagno funzionano».

Meredith sorrise appena. «Peccato che non sia qui con noi».

Elena scosse la testa. Da quando si era ricongiunta a Bonnie e Meredith, aveva capito che non sarebbe mai potuta andare nelle Tenebre senza di loro. Erano più che le sue mani; significavano così tanto per lei... ed erano lì, pronte a rischiare la loro vita per Stefan e per Fell's Church.

In quel momento, la porta della stanza si aprì. Damon entrò, portando in mano un paio di sacchetti di carta marrone.

«Così vi siete salutate per bene?», chiese. Sembrava avere problemi a guardare l'una o l'altra delle due ospiti, così teneva lo sguardo fisso su Elena.

«Be'... non proprio. Non esattamente», disse Elena. Si chiese se Damon fosse capace di lanciare Meredith fuori da una finestra al quinto piano. Meglio rivelarglielo con calma, gradualmente....

«Perché stiamo venendo con voi», disse Meredith, e Bonnie aggiunse: «Abbiamo dimenticato di fare le valigie, comunque».

Elena scivolò velocemente, mettendosi fra Damon e le altre. Ma Damon fissava solo il pavimento.

«È una cattiva idea», disse dolcemente. «Un'idea davvero molto, molto cattiva».

«Damon, non le Influenzare! Per favore!», agitò entrambe le mani davanti a lui, e Damon alzò un braccio in segno di negazione... e in qualche modo le loro mani si sfiorarono... e si intrecciarono.

Una scossa elettrica. Ma piacevole, pensò Elena... benché non avesse realmente il tempo di pensarci. Lei e Damon stavano disperatamente cercando di separare le proprie mani, ma non sembravano riuscirci. Piccole scosse elettriche stavano attraversando tutto il corpo di Elena.

Il tentativo di sciogliere il legame funzionò e poi si voltarono entrambi contemporaneamente, colpevoli, a guardare Bonnie e Meredith, che li stavano fissando con occhi spalancati. Occhi sospettosi. Occhi che si intonavano alle espressioni delle loro facce che dicevano "*Aha*! Che cosa abbiamo qui?".

Ci fu un lungo momento in cui nessuno si mosse o parlò.

Poi Damon disse con tono serio: «Questo non è un viaggio di piacere. Stiamo andando perché non c'è altra scelta».

«Non da soli, niente affatto», disse Meredith con tono calmo. «Se Elena va, andiamo tutti».

«Sappiamo che è un brutto posto», disse Bonnie, «ma noi veniamo *sicuramente* con voi».

«Comunque, abbiamo il nostro piano personale», aggiunse Meredith. «Un modo per pulire Fell's Church dal male che Shinichi ha fatto... e sta ancora facendo».

Damon scosse la testa. «Non capite. Non vi *piacerà*», disse fermamente. Indicò il cellulare di Meredith. «Non c'è energia elettrica lì. Solo possedere uno di quelli è reato. E la punizione per quasi ogni crimine è la tortura e la morte». Fece un passo verso di lei.

Meredith si rifiutò di indietreggiare, tenendo gli occhi scuri fissi sui suoi.

«Guarda, non capite nemmeno cosa dovete fare per entrarci», disse Damon in modo tetro. «Prima di tutto, vi serve un vampiro... e siete fortunate ad averne uno. Poi dovrete fare un genere di cose che non vi piaceranno...».

«Se può farle Elena, possiamo farle anche noi», lo interruppe tranquillamente Meredith.

«Non voglio che nessuna di voi si faccia male. Io ci sto andando per Stefan», disse in fretta Elena, parlando in parte alle sue amiche e in parte al punto più profondo del proprio essere, raggiunto infine dalle onde d'urto e dagli impulsi di elettricità. Una dolcezza così strana, commovente, vibrante per qualcosa che era partita come una scossa. Una scossa così violenta per il semplice contatto con la mano di un'altra persona....

Elena riuscì a staccare gli occhi dal volto di Damon e a sintonizzarsi di nuovo con la discussione che stava proseguendo.

«Andate lì per Stefan, sì», le stava dicendo Meredith, «e noi andiamo lì con voi».

«Vi sto dicendo che non vi *piacerà*. Lo rimpiangerete a vita... se sarete ancora in vita, ecco», stava dicendo Damon in tono piatto, con espressione cupa.

Bonnie fissò Damon con i grandi occhi castani imploranti nel visetto a cuore, le mani giunte alla base del collo. Somigliava a un disegno delle cartoline Hallmark, pensò Elena. E quegli occhi valevano più di mille argomentazioni logiche.

Infine, Damon si girò a guardare Elena. «Probabilmente le stai portando alla morte, lo sai. Forse potrei proteggere te. Ma te *e* Stefan, *e* le tue amichette adolescenti... *Non posso*».

Sentire le cose messe in quel modo fu uno shock. Elena non ci aveva pensato abbastanza da quel punto di vista. Ma poteva vedere la postura determinata della mascella di Meredith e il modo in cui Bonnie si era alzata in punta di piedi per sembrare più grande.

«Penso che sia stato già deciso», disse a bassa voce, consapevole del tremolio nella propria voce.

Per un lungo momento fissò gli occhi neri di Damon, e poi all'improvviso lui sfoderò il suo sorriso a 250 kilowatt, spegnendolo quasi prima che fosse cominciato, e disse: «Capisco. Bene, in tal caso, devo fare un'altra commissione. Potrei non essere di ritorno per un bel po', quindi sentitivi libere di usare la stanza...».

«Elena dovrebbe venire nella nostra stanza», disse Meredith. «Ho un sacco di materiale da mostrarle. E se non possiamo prendere con noi molta roba, dovremo esaminarlo tutto stanotte...».

«Quindi, diciamo che ci rivediamo all'alba», disse Damon. Ci metteremo in cammino da qui per il Demon Gate. E ricordate: non portate del denaro; non serve a niente lì. E questa *non* è una vacanza… ma capirete abbastanza presto il concetto».

Con un gesto ironico e aggraziato porse la borsa a Elena.

«Il *Demon* Gate?», disse Bonnie come se andassero in ascensore. La sua voce era scossa.

«Zitta», disse Meredith. «È solo un nome».

Elena desiderò non sapere così bene quando Meredith stava mentendo.

12

Elena controllò gli orli delle tende della stanza d'albergo in cerca dei segni dell'alba. Bonnie stava sonnecchiando, rannicchiata su una sedia vicino alla finestra. Elena e Meredith erano state sveglie tutta la notte, ed erano circondate da fogli sparpagliati, giornali e fotografie prese da Internet.

«Si è già diffuso oltre Fell's Church», spiegò Meredith, indicando un articolo in uno dei suoi giornali. «Non so se stia seguendo le linee energetiche, o se sia controllato da Shinichi... o se si stia solo muovendo per conto suo, come un parassita».

«Hai provato a contattare Alaric?».

Meredith diede un'occhiata alla sagoma addormentata di Bonnie. Disse sottovoce: «Ecco le buone notizie. Ho provato a contattarlo in continuazione, e finalmente ci sono riuscita. Arriverà presto a Fell's Church... deve solo fare ancora una fermata, prima».

Elena trattenne il respiro. «Una fermata che è più importante di quello che sta succedendo in città?»

«Per questo motivo non ho detto a Bonnie che stava arrivando. Neanche a Matt. Sapevo che non avrebbero capito. Ma... ti darò un indizio riguardo a che tipo di leggende stia inseguendo nel Lontano Est». Meredith tenne fissi gli occhi scuri in quelli di Elena.

«Non... è, non è proprio quello? *Kitzune?*»

«Sì, e sta andando in un luogo molto antico dove si crede abbiano distrutto una città... proprio come stanno distruggendo Fell's Church. Nessuno ci vive più. Quel nome, Unmei no Shima, significa Isola della Rovina. Forse lì troverà qualcosa di importante sugli spiriti-volpe. Sta facendo certi studi multiculturali indipendenti con Sabrina Dell. Ha l'età di Alaric, ma è già una famosa antropologa forense».

«E non sei gelosa?», chiese Elena con imbarazzo. Gli argomenti personali erano difficili da affrontare con Meredith. Aveva la sensazione di impicciarsi.

«Insomma». Meredith inclinò la testa. «Non è che avessimo proprio una relazione ufficiale».

«Ma non l'hai mai detto a nessuno questo».

Meredith abbassò la testa e diede a Elena una rapida occhiata. «L'ho fatto adesso», disse.

Per un po' le ragazze rimasero in silenzio. Poi Elena disse sottovoce: «La prigione di Shi no Shi, i kitsune, Isobel Saitou, Alaric e l'Isola della Rovina... potrebbero non avere nessuna cosa in comune. Ma se ce l'hanno, ho intenzione di capire quale sia».

«E io intendo aiutarti», disse Meredith. «Ma avevo pensato che dopo il diploma...».

Elena non riuscì più a resistere. «Meredith, prometto che appena avremo riportato indietro Stefan e le cose in città si saranno calmate, costringeremo Alaric a impegnarsi con dei Piani dalla A alla Z», disse. Si chinò e baciò le guance di Meredith. «Questo è un giuramento della sorellanza di velociraptor, d'accordo?».

Meredith sbatté le palpebre due volte, deglutì una volta, e sussurrò: «D'accordo». Poi, improvvisamente, ritornò a essere la vecchia, efficiente Meredith. «Grazie», disse. «Ma ripulire la città potrebbe non essere un lavoro così facile. C'è già un gran caos».

«E Matt *vuole* essere nel bel mezzo di tutto ciò? Da solo?», chiese Elena.

«Come ti abbiamo detto, lui e la signora Flowers sono una squadra affiatata», disse Meredith. «Ed è quello che ha deciso».

«Be'», disse Elena, «potrebbe dimostrare di aver fatto l'affare migliore alla fine».

Tornarono ai fogli sparpagliati. Meredith prese diversi disegni dei kitsune guardiani dei santuari in Giappone.

«Si dice che siano raffigurati di solito con un "gioiello" o una chiave». Si soffermò sul disegno di un kitsune con una chiave in bocca davanti al cancello principale del Tempio di Fushimi.

«Aha», disse Elena. «Sembra che la chiave abbia due ali, vero?»

«Esattamente quello che pensiamo io e Bonnie. E i "gioielli"... be', dai un'occhiata da vicino». Elena lo fece e il suo stomaco sobbalzò. Sì, erano come le sfere di vetro con la neve che Shinichi aveva usato per creare trappole indistruttibili nell'Old Wood.

«Abbiamo scoperto che si chiamano *hoshi no tama*», disse Meredith. «E che si traduce con "sfere stellate". Ogni kitsune ci mette dentro una dose del suo potere, insieme ad altre cose, e distruggere la sfera è uno dei pochi modi per ucciderli. Se trovi la sfera stellata di un kitsune, puoi controllare il kitsune. Questo è quel che vogliamo fare io e Bonnie».

«Ma come farete a trovarla?», chiese Elena, eccitata all'idea di controllare Shinichi e Misao.

«*Sa*...», disse Meredith, pronunciando la parola "*sa*" come un sospiro. Poi sfoggiò uno dei suoi rari, brillanti sorrisi. «In giapponese significa: "chissà; mmm; non vorrei fare commenti; diamine!, caspita!, non saprei proprio dire". Potremmo usare una parola come quella nella nostra lingua».

Suo malgrado, Elena ridacchiò.

«Ma, poi, altre storie dicono che i kitsune possono essere uccisi dal Peccato del Rimorso o da armi benedette. Non so cosa sia il Peccato del Rimorso, ma...». Rovistò nel suo bagaglio, e tirò fuori una rivoltella antiquata, ma dall'aspetto funzionante.

«Meredith!».

«Era di mio nonno... una delle due. Matt ha l'altra. Sono caricate con proiettili benedetti da un sacerdote».

«Quale sacerdote benedirebbe dei *proiettili*, per l'amor di dio?», domandò Elena.

Il sorriso di Meredith si scurì. «Uno che ha visto quel che sta succedendo a Fell's Church. Ricordi come Caroline fece possedere Isobel Saitou, e quel che Isobel fece a se stessa?».

Elena annuì. «Ricordo», disse tesa.

«Bene, ricordi quando ti abbiamo detto che Obaasan, la nonna di Saitou, era una fanciulla del tempio? È come dire una sacerdotessa Giapponese. *Lei* ha benedetto i proiettili per noi, capisci?, e specialmente per uccidere i kitsune. Avresti dovuto vedere com'era sinistro il rituale. Bonnie quasi sveniva di nuovo».

«Sai come sta Isobel ora?».

Meredith scosse la testa. «Meglio, ma… non credo che sappia ancora di Jim. Sarà molto dura per lei».

Elena cercò di reprimere un brivido. Non c'erano altro che tragedie in serbo per Isobel, anche quando sarebbe stata meglio. Jim Bryce, il suo ragazzo, aveva passato solo una notte con Caroline, ma aveva contratto la sindrome di Leash-Nye – o almeno così dicevano i dottori. Nella stessa terribile notte in cui Isobel si era ferita dappertutto, e si era tagliata la lingua, rendendola biforcuta, Jim, un'affascinante stella del basket, aveva mangiato le proprie dita e le labbra. Secondo Elena, erano entrambi posseduti e le loro ferite erano solo una ragione in più per cui i kitsune dovevano essere fermati.

«Lo faremo», disse ad alta voce, accorgendosi per la prima volta che Meredith le stava tenendo la mano come se Elena fosse Bonnie. Riuscì a fare un debole, ma rassicurante sorriso per Meredith. «Faremo evadere Stefan e fermeremo Shinichi e Misao. *Dobbiamo* farcela».

Quella volta fu Meredith ad annuire.

«C'è di più», disse alla fine. «Vuoi sentirlo?»

«Ho bisogno di sapere tutto».

«Bene, ogni singola fonte che ho analizzato concorda sul fatto che i kitsune possiedono le ragazze e poi conducono i ragazzi alla distruzione. Il tipo di distruzione dipende da dove guardi. Può essere così semplice da apparire come un fuoco fatuo e condurti in una palude o su una scogliera, oppure così difficile da cambiare forma di continuo».

«Oh, sì», disse Elena con fermezza. «Lo so a causa di quello che è successo a te e a Bonnie. Possono prendere le sembianze di chiunque».

«Sì, ma sempre con qualche piccolo difetto, se hai l'accortezza di notarlo. Non possono mai produrre una copia perfetta. Ma possono avere fino a nove code, e più code hanno, più riescono bene in tutto».

«Nove? Tremendo. Non ne abbiamo mai *visto* uno a nove code».

«Be', ci potrebbe capitare. Si suppone che siano in grado di passare con facilità da un mondo all'altro. Oh, sì. E sono personalmente responsabili del "Kimon" Gate fra le dimensioni. Prova a indovinare che significa?».

Elena la guardò fisso. «Oh, no!».

«Oh, sì».

«Ma perché Damon ci avrebbe fatto viaggiare per tutto il paese, solo per attraversare un Demon Gate frequentato dagli spiriti volpe?»

«*Sa*... Ma quando Matt ci ha detto che eri diretta in qualche posto nei pressi di Sedona, be', è stato quello che ha convinto Bonnie e me a raggiungerti».

«Grandioso». Elena si passò le mani fra i capelli e sospirò. «C'è altro?», chiese, sentendosi come un elastico tirato fino all'estremo.

«Solo questo, che dovresti stappare lo champagne dopo tutto quel che abbiamo passato. Alcuni di loro sono buoni. I kitsune, intendo».

«Alcuni di loro sono buoni... buoni cosa? Buoni lottatori? Buoni assassini? Buoni bugiardi?»

«No, sul serio, Elena. Alcuni di loro si suppone siano come delle divinità che ti sottopongono a una specie di esame, e se passi l'esame, ti premiano».

«Credi che dovremmo sperare di trovarne uno?»

«Non esattamente».

Elena lasciò cadere la testa sul tavolo dove erano sparsi i fogli di Meredith. «Meredith, seriamente, come faremo ad affrontarli quando passeremo attraverso il Demon Gate? Il mio Potere è affidabile come una batteria scarica. E non ci saranno solo i kitsune; ci saranno tutti i diversi demoni e vampiri... anche gli Antichi! Che cosa *faremo*?».

Alzò la testa e guardò in profondità negli occhi dell'amica, quegli occhi scuri di cui non aveva mai capito il colore.

Con sua sorpresa, Meredith, anziché apparire seria, si gettò alle spalle quel che era rimasto della Diet Coke e sorrise. «Ancora nessun Piano A?»

«Be'... forse solo un'idea. Ancora niente di definitivo. E tu?»

«Qualcosa che può qualificarsi per i Piani B e C. Quindi quel che faremo è quel che facciamo sempre… fare del nostro meglio, contare sulle nostre forze e fare errori finché tu non fai qualcosa di brillante e ci salvi tutte».

«Merry». Meredith sbatté le palpebre. Elena sapeva perché: non usava quel diminutivo per Meredith da più anni di quanti ne potesse ricordare. A nessuna delle tre ragazze piacevano i nomignoli da animaletto domestico. Elena continuò molto seria, sostenendo lo sguardo di Meredith, «Non c'è niente che io voglia di più che salvare tutti, proprio tutti, da quei kitsune bastardi. Darei la mia vita per Stefan e per tutti voi. Ma… stavolta potrebbe essere qualcun altro a prendere il proiettile».

«O il paletto. Lo so. Bonnie lo sa. Ne abbiamo parlato in aereo mentre venivamo qui. Ma siamo ancora con te, Elena. Dovresti saperlo. Siamo tutti dalla tua parte».

C'era solo un modo di rispondere. Elena prese le mani di Meredith nelle sue. Poi sospirò e, come a esaminare un dente dolorante, cercò di ottenere notizie su un argomento delicato. «Matt ha fatto… insomma, come stava Matt quando siete partite?».

Meredith la guardò con la coda dell'occhio. Non le sfuggiva niente. «Sembrava a posto, ma… distratto. A volte fissava lo sguardo nel vuoto e non ti ascoltava se gli parlavi».

«Vi ha detto perché se ne è andato?»

«Be'… più o meno. Ha detto che Damon ti stava ipnotizzando e che tu non stavi facendo… non stavi facendo tutto quel che potevi per fermarlo. Ma è un ragazzo e i ragazzi si ingelosiscono…».

«No, aveva ragione. È solo che… cercavo di conoscere Damon un po' meglio. E a Matt non è piaciuto».

«Um-hm». Meredith la guardava di sottecchi, respirando appena, come se Elena fosse un uccello che non doveva essere disturbato o sarebbe volato via.

Elena rise. «Non c'è niente di *male*», disse. «Almeno io non penso che ci sia. È solo che… in un certo senso Damon ha bisogno di aiuto ancora di più di quanto ne avesse bisogno Stefan al suo arrivo a Fell's Church».

Meredith alzò di scatto le sopracciglia, ma tutto quel che disse fu: «*Um-hm*».

«E... credo che Damon sia davvero molto più simile a Stefan di quanto faccia credere».

Meredith non si mosse. Elena alla fine la guardò. Aprì la bocca una o due volte e poi rimase solo a fissare Meredith. «Sono nei guai, vero?», disse smarrita.

«Se tutto questo è venuto fuori da meno di una settimana a bordo di una macchina con lui... direi di sì. Ma dobbiamo ricordare che le donne sono la specialità di Damon. E lui crede di essere innamorato di te».

«No, lo è davvero...», esordì Elena, e poi si morse il labbro inferiore. «Oddio, questo è il *Damon* di cui parlavamo. Sono nei guai».

«Stai a guardare e osserva quel che accade», disse Meredith con saggezza. «È anche cambiato molto. Prima, si sarebbe limitato a dire che le tue amiche non potevano venire... e basta. Oggi è rimasto ad ascoltare».

«Sì. Devo solo stare in guardia da adesso in poi», disse Elena, mostrando una lieve incertezza nella voce. Come avrebbe fatto ad aiutare il bambino dentro Damon senza avvicinarsi a lui? E come avrebbe spiegato a Stefan tutto quel che aveva bisogno di fare?

Sospirò.

«Probabilmente andrà tutto bene», mormorò Bonnie con aria assonnata. Meredith ed Elena si voltarono a guardarla ed Elena sentì un brivido salirle lungo la spina dorsale. Bonnie era seduta sul letto, ma i suoi occhi erano chiusi e la sua voce monocorde. «La vera domanda è: cosa dirà Stefan della notte al motel con Damon?»

«*Cosa*?». La voce di Elena era alta e acuta quanto bastava per svegliare chiunque. Ma Bonnie non si mosse.

«*Cosa* è successo *quella* notte e di *quale* motel parliamo?», chiese Meredith. Quando Elena non rispose subito, le afferrò il braccio e lo torse in modo da trovarsi facci a faccia con lei.

Alla fine Elena guardò le sue amiche. Ma i suoi occhi, lo sapeva, non dicevano nulla.

«Elena, di cosa sta parlando? Cosa c'è stato con Damon?».

Elena continuava a mostrare una faccia completamente inespressiva, e usò una parola che aveva appena imparato. «*Sa*...».

«Elena, sei assurda! Non hai intenzione di lasciare Stefan dopo averlo salvato, vero?»

«No, certo che no!». Elena era ferita. «Io e Stefan staremo insieme... per sempre».

«Tuttavia hai passato una notte con Damon e tra voi è successo qualcosa».

«Qualcosa... suppongo».

«E quel qualcosa era?».

Elena sorrise come per scusarsi. «*Sa*...».

«Mi libererò di lui! Lo metterò con le spalle al muro...».

«Puoi fare un Piano A e un Piano B e tutto il resto», disse Elena. «Ma non servirà. Shinichi prende i suoi ricordi. Meredith, mi dispiace... non sai quanto mi dispiace. Ma io ho giurato che nessuno l'avrebbe mai saputo». La guardò, sentendo le lacrime accumularsi negli occhi. «Non puoi, solo per una volta, lasciare le cose come stanno?».

Meredith si arrese. «Elena Gilbert, il mondo è fortunato che non ce ne siano altre come te. Tu sei la...». Si fermò, come per decidere se dire quelle parole o no. Poi disse: «È ora di andare a letto. L'alba arriverà presto e così il Demon Gate».

«Merry?»

«Cose c'è adesso?»

«Grazie».

13

Il Demon Gate.

Elena guardò il sedile posteriore della Prius. Bonnie stava sbattendo le palpebre ancora assonnata. Meredith, che aveva dormito molto meno, ma sentito molte più notizie allarmanti, somigliava a una lametta da barba: acuta, pungente come il ghiaccio, e pronta.

Non c'era nient'altro da vedere eccetto Damon, con i suoi sacchetti di carta affianco mentre guidava la Prius. Fuori dai finestrini, dove un'arida alba dell'Arizona avrebbe dovuto brillare accecante nel suo tragitto attraverso l'orizzonte, non c'era altro che nebbia.

Era spaventoso e disorientante. Avevano imboccato una stradina dalla Highway 179 e, gradualmente, la nebbia era aumentata inghiottendo la macchina. A Elena sembrava che fossero stati deliberatamente tagliati fuori dal mondo dei McDonald's e Target Discount, e stavano attraversando il confine di un luogo che non avrebbero neppure dovuto conoscere, tanto meno visitare.

Non c'era traffico nell'altra direzione. Neppure un'auto. E, per quanto Elena si sforzasse di scrutare fuori dal finestrino, era come cercare di guardare attraverso nubi che si muovevano in fretta.

«Non stiamo andando troppo veloce?», chiese Bonnie, stropicciandosi gli occhi.

«No», disse Damon. «Sarebbe... una notevole coincidenza, se qualcuno percorresse lo stesso tragitto nello stesso momento in cui lo facciamo noi».

«Somiglia moltissimo all'Arizona», disse, delusa.

«Può *essere* l'Arizona, per quanto ne so», rispose Damon. «Ma non abbiamo ancora attraversato il Cancello. E questo non è un qualche posto dell'Arizona in cui puoi capitare per caso. Il sentiero ha sempre i suoi trabocchetti e le sue trappole. Il problema è che non sai mai cosa dovrai affrontare. Ora ascolta», aggiunse, guardando Elena con una espressione che lei avrebbe dovuto conoscere. Significava: non sto scherzando, ti parlo come mia pari, sono *serio*.

«Faresti molto meglio a mostrare solo un'aura da essere umano», disse. «Ma questo significa che, se puoi imparare ancora una cosa prima di entrare, e puoi in effetti *usare* la tua aura, fa' in modo che faccia qualcosa di buono quando vuoi che lo faccia, invece di nasconderla soltanto finché non spunta all'improvviso fuori controllo e solleva macchine di mille chili».

«Tipo cosa?»

«Come quello che sto per mostrarti. Prima di tutto rilassati e lasciami il controllo. Poi, poco a poco, allenterò il controllo e lo prenderai tu. Alla fine, dovresti riuscire a inviare il tuo Potere agli occhi, e vedere molto meglio; alle orecchie, e sentire molto meglio; agli arti, e muoverti con molta più velocità e precisione. Tutto chiaro?»

«Non potevi insegnarmelo prima di iniziare questa piccola escursione?».

Le sorrise, un sorriso selvaggio e temerario che la fece sorridere a sua volta, anche se non sapeva perché. «Finché non dimostri di saper controllare bene la tua aura lungo il sentiero, questa strada intendo, non penso che tu sia pronta», disse con sincerità. «Ora lo faccio. Ci sono delle cose nella tua mente che aspettano solo di essere sbloccate. Lo capirai quando le sbloccherò».

E le sblocchiamo... con cosa? Un bacio?, pensò Elena sospettosa.

«No. No. E questa è l'altra ragione per cui devi imparare questa cosa. La tua telepatia sta andando fuori controllo. Se non impari a contenerla, per proteggere i tuoi pensieri, non riuscirai mai a passare il posto di blocco al Cancello come un'umana».

Posto di blocco. Suonava minaccioso. Elena annuì e disse: «D'accordo, cosa facciamo?»

«Quello che abbiamo fatto prima. Come ho detto, rilassati. Cerca di fidarti di me».

Mise la mano destra appena a sinistra dello sterno, senza toccare la stoffa del suo top color oro. Elena si sentì arrossire, e si chiese cosa stessero pensando Bonnie e Meredith, se stavano guardando.

E poi Elena sentì qualcos'altro.

Non era freddo, non era caldo, ma era qualcosa di simile al massimo di entrambi. Era puro Potere. L'avrebbe fatta cadere se Damon non l'avesse tenuta per il braccio con l'altra mano. Pensò, *sta usando il suo Potere per preparare il mio a fare qualcosa...*

... qualcosa che fa male.

No! Elena tentò, sia con la voce che con la telepatia, di dire a Damon che il Potere era troppo, che faceva male. Ma Damon ignorò le sue suppliche, così come ignorò le lacrime che le scorrevano sulle guance. Il Potere di Damon stava guidando il suo, dolorosamente, attraverso il suo corpo. Era nel suo flusso sanguigno, e si trascinava dietro il suo Potere come la coda di una cometa. La stava costringendo a portare il Potere nelle diverse parti del corpo e a farlo accumulare sempre di più, senza permetterle di sfogarlo, senza permetterle di farlo uscire.

Sto per esplodere...

Per tutto il tempo i suoi occhi avevano fissato quelli di Damon, gli avevano trasmesso i suoi sentimenti: dall'indignazione allo shock a un angosciato dolore, e infine... a...

La sua mente esplose.

Il resto del suo Potere andò in circolo, senza provocarle alcun dolore. A ogni nuovo respiro il Potere aumentava, entrando nel suo flusso sanguigno, senza accrescere la sua aura, ma aumentando il Potere che era dentro di lei. Dopo due o tre respiri più rapidi, sentì che lo stava facendo senza sforzo.

Il potere di Elena non scorreva più semplicemente a vuoto dentro di lei, in cerca di una uscita come quello di ogni altro essere umano. Stava anche riempiendo parecchi nodi gonfi e infiammati dentro di lei e, dove questo avveniva, cambiava le cose.

Si rese conto che stava guardando Damon con gli occhi sgranati. Avrebbe potuto dirle cosa si provava, piuttosto che lasciarla andare a occhi chiusi.

Sei proprio un vero bastardo, non è vero?, pensò e, incredibilmente, riuscì a sentire che Damon riceveva il pensiero, poi sentì la sua risposta istintiva, che fu più di compiaciuta intesa che altro.

Poi Elena si dimenticò di lui nel sorgere della nuova consapevolezza. Si stava accorgendo che poteva tenere in circolo il Potere dentro di sé, e persino farlo crescere sempre di più, preparandolo per un'esplosione dirompente, senza mostrare *nulla* in superficie di quel che stava facendo.

E per quanto riguardava i nodi…

Elena osservò quello che fino a pochi minuti prima era stato un deserto arido. Era come se proiettili di luce le trafiggessero gli occhi. Era abbagliata, affascinata. I colori sembravano prendere vita in uno splendore doloroso. Sentiva di poter vedere molto più lontano di quanto avesse mai visto, sempre più in là nel deserto, e, al tempo stesso, riusciva a distinguere dall'iride le pupille di Damon.

Perché sono entrambe nere, ma di differenti sfumature del nero, pensò. *Naturalmente si intonano: Damon non potrebbe mai avere iridi che non si intonino alle sue pupille. Ma le iridi sono più vellutate, mentre le pupille sono più languide e lucenti. Eppure è un nero vellutato che può trattenere la luce, quasi come il cielo notturno con le stelle… come quelle sfere stellate di cui mi ha raccontato Meredith.*

Proprio in quel momento quelle pupille erano dilatate e fissavano la sua faccia, come se Damon non volesse perdere un solo dettaglio della sua reazione. Improvvisamente, l'angolo delle sue labbra si sollevò in uno strano, debole sorriso.

«Ce l'hai fatta. Hai imparato a incanalare il Potere nei tuoi occhi». Parlò in un semplice sussurro che lei non avrebbe mai potuto udire prima.

«E nelle mie orecchie», sussurrò in risposta, ascoltando la sorprendente sinfonia dei piccoli suoni attorno a lei. In alto nell'aria, un pipistrello squittì a una frequenza troppo alta perché un qualsiasi normale orecchio umano potesse coglierlo. Allo stesso modo, la caduta dei granelli di sabbia attorno a lei generava un piccolo concerto, colpendo le rocce e rimbalzando con un lieve rumore metallico prima di cadere sul terreno sottostante.

Questo è straordinario, disse a Damon, sentendo il compiacimento nella propria voce telepatica. *E posso parlare così con te quando voglio adesso?* Avrebbe dovuto fare attenzione: la telepatia minacciava di rivelare più di quanto lei volesse trasmettere.

Meglio stare attenti, concordò Damon, confermando i suoi sospetti. Aveva trasmesso di più di quanto avesse voluto.

Ma Damon... anche Bonnie può farlo? Dovrei provare a mostrarglielo?

«Chi lo sa!», replicò Damon ad alta voce, facendo rabbrividire Elena. «Insegnare a usare il Potere agli umani non è esattamente il mio forte».

E riguardo ai miei diversi Poteri delle Ali? Riuscirò a controllarli adesso?

«Riguardo a quello non ne ho la più pallida idea. Non ho mai visto niente di simile». Damon apparve pensieroso per un momento e poi scosse la testa. «Penso che ti serva qualcuno con più esperienza di me per imparare a controllarlo». Prima che Elena potesse dire altro, aggiunse: «Faremmo meglio a tornare dagli altri. Siamo quasi al Cancello».

«E suppongo di non dover usare la telepatia allora».

«Be', è un modo di smascherarsi abbastanza ovvio...».

«Ma me lo insegnerai più tardi, vero? Appena ne saprai di più sul controllo di quel Potere?»

«Forse dovrebbe farlo il tuo ragazzo», disse Damon quasi bruscamente.

Ha paura, pensò Elena, cercando di tenere nascosti i suoi pensieri dietro un muro di rumore bianco così che Damon non potesse prenderli. Ha solo pura di rivelarmi troppo, così come io ho paura di lui.

14

«Bene», disse Damon appena lui ed Elena raggiunsero Bonnie e Meredith. «Adesso viene la parte difficile».

Meredith lo guardò. «*Adesso* viene...?»

«Sì. La parte veramente difficile». Damon aveva aperto la sua misteriosa borsa di pelle nera. «Guardate», disse in un vacuo mormorio, «questo è proprio il Cancello che dobbiamo attraversare. E mentre lo facciamo, potete avere tutte le crisi isteriche che volete, perché si suppone che siate prigioniere». Tirò fuori un gran numero di pezzi di corda.

Elena, Meredith e Bonnie si strinsero in gruppo in una dimostrazione automatica della sorellanza di velociraptor.

«A cosa servono queste corde?», disse Meredith, come per dare a Damon il beneficio finale di un qualche tenace dubbio.

Damon reclinò la testa di lato, in un gesto da "oh, andiamo!". «Servono a legarvi le mani».

«A *cosa*?».

Elena era sbalordita. Non aveva mai visto Meredith così tanto arrabbiata. Lei stessa non avrebbe potuto far niente per calmarla. Meredith si era alzata e stava guardando Damon da una distanza di circa cinque centimetri.

E i suoi occhi sono grigi!, esclamò Elena in una parte remota della propria mente. *Un profondo, profondo grigio, grigio chiaro. Per tutto questo tempo ho pensato che fossero marroni, ma non lo erano.*

Nel frattempo Damon stava guardando, un po' allarmato, l'espressione di Meredith. *Un T. rex avrebbe guardato in modo decisamente allarmato l'espressione di Meredith*, pensò Elena.

«E ti aspetti che noi passeggiamo con le mani legate? Mentre *tu* cosa faresti?»

«Mentre io recito la parte del vostro padrone», disse Damon, riprendendosi subito con un glorioso sorriso, che scomparve ancora prima di mostrarsi. «Voi tre siete le mie schiave».

Ci fu un lungo, *lungo* silenzio.

Elena fece il gesto di allontanare l'intera pila di oggetti. «Non lo faremo», disse. «Deve esserci un altro modo...».

«*Vuoi salvare Stefan o no?*», chiese subito Damon. C'era un bruciante calore negli occhi neri fissi su Elena.

«Certo che sì!». Elena avvampò, sentendo le guance scottare. «Ma non come una schiava, trascinata da te!».

«È l'unico modo in cui gli umani entrano nella Dimensione Oscura», disse Damon con tono tranquillo. «Legati o incatenati, come proprietà di un vampiro, di un kitsune o di un demone».

Meredith stava scuotendo la testa. «Non ce l'hai mai detto...».

«Vi ho detto che non vi sarebbe piaciuto!».

Anche mentre rispondeva a Meredith, gli occhi di Damon non lasciarono mai Elena. Sotto quella parvenza di freddezza, sembrava la stesse implorando di capire. *Ai vecchi tempi*, pensò Elena, *si sarebbe solo appoggiato a un muro, avrebbe alzato un sopracciglio e detto, "Bene; non andrò più da nessuna parte. Chi è per un picnic?"*.

Ma Damon voleva andare, comprese Elena. Voleva disperatamente che loro ci andassero. Ma non conosceva un modo onesto per comunicarlo. L'unico modo che conosceva era...

«Devi farci una promessa, Damon», disse, guardandolo dritto negli occhi. «E devi farla prima che prendiamo la decisione di andare o no».

Riuscì a vedere il sollievo nei suoi occhi, anche se alle altre ragazze poteva sembrare freddo e impassibile. Sapeva che lui era felice che la sua decisione precedente non fosse quella definitiva. «Quale promessa?», chiese Damon.

«Devi giurare, dare la tua parola, che qualunque cosa decidiamo ora o nella Dimensione Oscura, non cercherai di Influenzarci. Non ci farai addormentare col controllo mentale e non ci spingerai a fare quello che vuoi. Non userai *nessun* trucco da vampiro sulle nostre menti».

Damon non sarebbe stato Damon se non avesse fatto obiezioni.

«Ma, aspetta, supponi che arrivi il momento in cui voi volete che lo faccia? Accadono certe cose lì che sarebbe meglio che voi dormiste mentre...».

«Allora ti diremo che abbiamo cambiato idea, e ti scioglieremo dalla promessa. Vedi? Non c'è nessun punto debole. Devi solo giurare».

«D'accordo», disse Damon, sostenendo ancora il suo sguardo. «Giuro che non userò alcun tipo di Potere sulle vostre menti; non vi Influenzerò in nessun modo, a meno che non me lo chiediate. Do la mia parola».

«Bene». Alla fine Elena distolse lo sguardo con il più lieve dei sorrisi. E Damon in risposta le rivolse un cenno del capo quasi impercettibile.

Si voltò, trovandosi a guardare gli occhi castani e penetranti di Bonnie.

«Elena», sussurrò Bonnie, strattonandole un braccio. «Vieni qui un secondo». Elena difficilmente avrebbe potuto sottrarsi. Bonnie era forte come un piccolo pony gallese. «Cosa?», bisbigliò quando Bonnie finalmente smise di trascinarla. Anche Meredith era andata con loro, mostrando che poteva trattarsi di una faccenda da sorellanza. «Ebbene?»

«Elena», esclamò Bonnie, come incapace di trattenere le parole, «il modo in cui vi comportate tu e Damon... è diverso dal solito. Tu di solito non... voglio dire, che cosa è successo *veramente* fra di voi quando eravate soli?»

«Non è un buon momento per parlarne», sibilò Elena. «Abbiamo un grosso problema qui, nel caso tu non l'abbia notato».

«Ma... e se...».

Meredith continuò la frase, togliendosi una ciocca di capelli dagli occhi. «E se è qualcosa che non piace a Stefan? Tipo "cosa c'è stato con Damon quando eravate soli al motel quella notte"?», concluse, citando le parole di Bonnie.

Bonnie rimase a bocca aperta. «Che motel? Che notte? Che è successo?», quasi strillò, inducendo Meredith a cercare di calmarla per poi ricevere un morso come ricompensa per i suoi sforzi.

Elena guardò prima l'una, poi l'altra delle sue amiche… le amiche che erano venute a morire per lei, se necessario. Sentì i suoi respiri diventare più corti. Era così sleale, ma… «Potremmo discuterne più tardi?», suggerì, cercando di comunicare con gli occhi e le sopracciglia *Damon può sentirci!*

Bonnie semplicemente mormorò: «Che motel? Che notte? Che…».

Elena si arrese. «Non è successo *niente*», disse in tono piatto. «Meredith sta solo citando *te*, Bonnie. Hai detto quelle parole la notte scorsa mentre dormivi. E forse, un giorno, in futuro, ci dirai di cosa stavi parlando, perché *io non lo so*».

Concluse guardando Meredith, che si limitò ad alzare un sopracciglio. «Hai ragione», disse, completamente disillusa. «La nostra lingua dovrebbe avere una parola come "*sa*". Avrebbe reso questa conversazione molto più breve».

Bonnie sospirò. «E va bene, allora lo scoprirò da sola», disse. «Puoi anche non crederci, ma *ci riuscirò*».

«Va bene, va bene, ma nel frattempo qualcuno ha qualcosa di utile da dire riguardo alle corde di Damon?»

«Come, ad esempio, dirgli dove metterle?», suggerì Meredith sottovoce.

Bonnie teneva un pezzo di corda. Vi faceva scorrere sopra la mano rosea e minuta.

«Non credo sia stata comprata con un fine cattivo», disse, mentre i suoi occhi castani si annebbiavano e la sua voce assumeva un tono leggermente etereo, come accadeva sempre quando andava in trance. «Vedo un ragazzo e una ragazza, oltre il bancone di un negozio di ferramenta… lei sta ridendo, e il ragazzo dice, "Scommetto qualsiasi cosa che l'anno prossimo andrai a scuola per diventare architetto", e la ragazza si commuove e dice, sì, e…».

«E questo è tutto lo spionaggio psichico che mi interessa sentire per oggi».

Damon si era avvicinato senza fare rumore. Bonnie sobbalzò violentemente, e quasi fece cadere la corda.

«Ascoltate», continuò duro Damon, «ad appena cento metri da qui c'è l'ultimo passaggio. O indossate queste e vi *comportate* da schiave, oppure non entrate ad aiutare Stefan. Mai. Questo è quanto».

In silenzio, le ragazze si guardarono. Elena non stava chiedendo a Bonnie e Meredith di andare con lei, sarebbe andata da sola, se necessario, strisciando dietro Damon sulle mani e sulle ginocchia.

Meredith, guardando dritto negli occhi di Elena, chiuse lentamente i suoi e annuì, espirando. Bonnie stava già annuendo, rassegnata.

In silenzio, Bonnie e Meredith lasciarono che Elena legasse loro i polsi. Poi Elena lasciò che Damon legasse i suoi e infilasse una lunga corda fra di loro, proprio come fossero un gruppo di prigionieri incatenati.

Elena sentì una vampata risalirle dal petto fino a bruciarle le guance. Non riusciva a incrociare gli occhi di Damon, non in quello stato, ma sapeva, senza doverlo chiedere, che Damon stava pensando alla volta in cui Stefan l'aveva scacciato dal suo appartamento come un cane, di fronte a quello stesso pubblico, più Matt.

Villano vendicativo, pensò Elena più forte che poteva in direzione di Damon. Sapeva che la prima parola l'avrebbe ferito di più. Damon si vantava di essere un gentiluomo...

Ma i "gentiluomini" non vanno nella Dimensione Oscura, disse la voce beffarda di Damon nella sua testa.

«Bene», aggiunse Damon ad alta voce, e prese l'estremità della corda. Cominciò a camminare a passo svelto nelle tenebre della caverna, con le tre ragazze che si trascinavano e inciampavano dietro di lui.

Elena non avrebbe mai dimenticato quel breve viaggio, e sapeva che neanche Bonnie e Meredith l'avrebbero fatto. Superarono il basso ingresso della caverna e la piccola apertura sul fondo, che si apriva come una bocca. Ci vollero alcune manovre affinché le ragazze riuscissero a entrare. Dall'altra parte la caverna si allargava di nuovo, e si trovarono in una grotta più grande. Almeno quello era quanto percepivano i sensi potenziati di Elena. La nebbia perenne era ritornata ed Elena non aveva idea di dove stessero andando.

Dopo qualche minuto, un edificio apparve oltre la fitta nebbia.

Elena non sapeva cosa aspettarsi dal Demon Gate. Forse enormi porte d'ebano, scolpite con angeli e tempestate di gioielli. Forse un colosso di pietra rozzamente levigato e segnato dalle intemperie, come le piramidi egizie. Magari anche qualche tipo di campo energetico futuristico, che scintillava e lampeggiava con laser blu violetti.

Quello che vide, invece, somigliava a una specie di malandato deposito, un posto per conservare e spedire merci. C'era una stia vuota completamente recintata, con del filo spinato in cima. Puzzava, ed Elena era felice che Damon non avesse incanalato il potere anche nel suo naso.

Poi c'erano delle persone, uomini e donne in abiti raffinati, ognuno con una chiave in mano, che mormoravano qualcosa mentre aprivano una porta su un lato dell'edificio. La stessa porta... ma Elena avrebbe scommesso qualsiasi cosa che non sarebbero andati nello stesso posto, se la chiave fosse stata come quella che aveva "preso in prestito" dalla casa di Shinichi circa una settimana prima. Una delle signore sembrava vestita per una festa in maschera, con le orecchie da volpe che si confondevano fra i suoi lunghi capelli ramati. Fu solo quando vide, sotto il suo vestito lungo fino alle caviglie, una frusciante coda di volpe, che Elena si rese conto che la donna era una kitsune che stava utilizzando il Damon Gate.

Damon le condusse in fretta, e senza troppa gentilezza, sull'altro lato dell'edificio, dove una porta danneggiata in molti punti si apriva su una vecchia stanza che, stranamente, sembrava più grande all'interno che all'esterno. Lì dentro veniva barattato o venduto ogni genere di cose: molte avevano a che fare con il commercio di schiavi.

Elena, Meredith e Bonnie si guardarono l'un l'altra, con gli occhi sgranati. Ovviamente, la gente che portava gli schiavi dal mondo esterno, considerava la tortura e il terrore all'ordine del giorno.

«Un passaggio per quattro», disse Damon all'uomo dalle spalle curve, ma ben piantato, dietro lo sportello.

«Tre schiave tutte in una volta?». L'uomo, divorando con gli occhi tutto quel che riusciva a vedere delle tre ragazze, si voltò a guardare sospettosamente Damon.

«Che posso dire? Il mio lavoro è anche il mio passatempo». Damon lo fissò dritto negli occhi.

«Sì, ma...». L'uomo rise. «Ultimamente ce ne arrivano massimo uno o due al mese».

«Sono legalmente mie. Nessun rapimento. Inginocchiatevi», aggiunse con noncuranza Damon rivolto alle ragazze.

Fu Meredith che accettò per prima e si lasciò cadere per terra come una ballerina. I suoi occhi, di un grigio molto scuro, si erano concentrati su qualcosa che nessuno, tranne lei, poteva vedere. Poi Elena riuscì ad astrarsi. Si concentrò su Stefan e finse di inginocchiarsi per baciarlo sul pagliericcio della prigione. Sembrava funzionasse; era in ginocchio.

Ma Bonnie era in piedi. Il membro più debole, più dipendente, più innocente del triumvirato trovò che le sue ginocchia resistevano.

«Una rossa, eh?», disse l'uomo, ammiccando a Damon, mentre sorrideva compiaciuto. «Faresti meglio a comprare un piccolo punteruolo per quella».

«Può darsi», disse con fermezza Damon. Bonnie lo fissò con espressione vuota, poi guardò le ragazze e si prostrò al suolo. Elena la sentì singhiozzare. «Ma ho scoperto che una voce ferma e un'occhiata di disapprovazione al momento funzionano meglio».

L'uomo si arrese e si curvò di nuovo. «Un ingresso per quattro», grugnì e allungò la mano per tirare la corda di una campana sudicia. Bonnie piangeva per la paura e l'umiliazione, ma nessuno sembrava notarlo, eccetto le altre ragazze.

Elena non osò provare a confortarla con il pensiero; di certo non era una cosa adatta a un'aura da "normale ragazza umana", e chi poteva sapere quali trappole o congegni fossero nascosti lì, vicino a quell'uomo che continuava a spogliarle con gli occhi? Desiderava solo poter far funzionare uno dei poteri delle sue Ali, proprio in quella stanza. Gli avrebbe spazzato via dalla faccia quell'aria compiaciuta. Ma un istante dopo, qualcos'altro la spazzò via, in modo più completo di quanto lei avesse desiderato. Damon si sporse attraverso lo sportello e mormorò qualcosa che fece diventare di un color verde malaticcio la faccia libidinosa dell'uomo curvo.

Hai sentito quello che ha detto?, Elena comunicò a Meredith usando gli occhi e le sopracciglia.

Meredith, strabuzzando gli occhi, mise la mano di fronte all'addome di Elena e fece gesto di torcere e strappare qualcosa.

Persino Bonnie sorrise.

Poi Damon le portò ad aspettare fuori dal deposito. Erano in piedi da appena qualche minuto, quando la vista potenziata di Elena individuò una barca che veleggiava silenziosa attraverso la nebbia. Si rese conto che l'edificio doveva essere proprio sulla sponda di un fiume, ma, anche dirigendo il Potere solo negli occhi, riusciva a malapena a distinguere il punto in cui quella terra opaca dava modo all'acqua di luccicare, e anche dirigendo il Potere solo nelle orecchie, riusciva a malapena a sentire il suono del rapido scorrere dell'acqua profonda.

La barca si fermò. Elena non riuscì a vedere nessuna àncora calata o nessun punto a cui ormeggiare. Ma si fermò, e l'uomo curvo fece calare una passerella, nel punto in cui dovevano imbarcarsi: prima Damon, e poi il suo branco di schiave.

A bordo, Elena osservò Damon offrire al traghettatore sei pezzi d'oro, due per ogni umana, che, di certo, non sarebbe tornata indietro.

Per un po' si perse nei ricordi di quando era molto piccola; aveva tre anni o giù di lì, e sedeva in braccio a suo padre, mentre lui le leggeva un libro illustrato sui miti greci. Raccontava di un traghettatore, Caronte, che trasportava gli spiriti dei morti sul fiume Stige nella terra dei morti. E suo padre le raccontava che i Greci mettevano delle monete sugli occhi dei morti così che potessero pagare il traghettatore...

Non c'è ritorno da questo viaggio!, pensò con improvvisa angoscia. Nessuna via d'uscita! Potevano anche essere morte sul serio...

Stranamente, fu l'orrore che la salvò da quella palude di terrore. Proprio quando alzò la testa, forse per gridare, l'oscura figura del traghettatore distolse lo sguardo dai suoi compiti come per dare un'occhiata ai passeggeri. Elena udì strillare Bonnie. Meredith stava freneticamente e illogicamente allungando la mano per prendere la borsa in cui aveva messo la sua pistola. Persino Damon non sembrava in grado di muoversi.

L'alto spettro nella barca non aveva faccia.

Aveva delle profonde cavità al posto degli occhi, un squarcio al posto della bocca, e un buco triangolare dove sarebbe dovuto sporgere il naso. Lo sconcertante orrore di tale apparizione, oltre al fetore che veniva dai recinti del deposito, era davvero troppo per Bonnie, che si chinò da un lato, accasciandosi su Meredith e perdendo i sensi.

Elena, in quel terrore, ebbe una rivelazione. Nello scuro, umido, grondante crepuscolo, aveva dimenticato di smettere di usare tutti i suoi sensi al massimo delle loro possibilità. Indubbiamente, riusciva a vedere il volto inumano del traghettatore meglio, poniamo, di Meredith. Riusciva anche a *udire* delle cose, come i rumori dei minatori, morti tanto tempo prima, che picchiettavano la roccia sopra di loro, o lo zampettare di enormi pipistrelli o scarafaggi o chissà cosa, *dentro* i muri di pietra che li circondavano.

Elena all'improvviso sentì calde lacrime sulle guance ghiacciate, quando si rese conto di aver completamente sottovalutato Bonnie, per quanto sapesse da molto tempo dei poteri psichici dell'amica. Se i sensi di Bonnie erano costantemente aperti al genere di orrori che Elena stava sperimentando in quel momento, non c'era da meravigliarsi che vivesse nella paura. Elena si ripromise di essere decisamente più tollerante la prossima volta che Bonnie avesse vacillato o si fosse messa a urlare. Infatti, Bonnie meritava una specie di premio per aver mantenuto il controllo tanto a lungo, decise Elena. Tuttavia, non osò gettare più di uno sguardo verso la sua amica, che giaceva priva di sensi, e giurò a se stessa che, da quel momento, Bonnie avrebbe trovato un paladino in Elena Gilbert.

Quella promessa e il calore che ne derivò, bruciarono come una candela nella mente di Elena, una candela che immaginò tenuta da Stefan, con la luce che danzava nei suoi occhi verdi e giocava sulle superfici del suo volto. Fu appena sufficiente a trattenerla dal perdere il senno nel resto del viaggio.

Quando la barca giunse al porto, che era leggermente più frequentato rispetto a quello da cui si erano imbarcati, tutte e tre le ragazze erano in uno stato di spossatezza provocato dal prolungato terrore e dalla insostenibile tensione.

Ma non avevano passato il tempo a riflettere sulle parole "Dimensione Oscura" o a immaginare il numero di modi in cui l'oscurità poteva manifestarsi.

«La nostra nuova casa», disse Damon con aria tetra. Guardando lui anziché il paesaggio, Elena si accorse, dalla tensione nel collo e nelle spalle, che Damon non si stava divertendo. Aveva pensato che lui si stesse recando nel suo paradiso personale, un mondo di esseri umani schiavizzati, di torture, in cui le uniche regole erano l'istinto di conservazione e il culto del proprio ego. In quel momento si rese conto di essersi sbagliata. Per Damon quello era un mondo di esseri con Poteri pari o più grandi dei suoi. Avrebbe dovuto conquistarsi un posto lì fra loro, proprio come un qualsiasi monello di strada, solo che lui non poteva permettersi di fare nemmeno un errore. Avevano bisogno di trovare un modo per vivere, ma per vivere nell'agiatezza e mescolarsi con l'alta società, se volevano salvare Stefan.

Stefan... no, non poteva permettersi il lusso di pensare a lui in quel momento. Una volta cominciato, avrebbe perso la testa, avrebbe iniziato a pretendere cose ridicole, come che girassero intorno alla prigione, solo per dare un'occhiata, come una ragazzina delle medie con una cotta per un ragazzo più grande, che vuole soltanto essere portata "davanti casa *sua*" per poterla idolatrare. E poi come avrebbe influito questo sui piani per l'evasione? Il Piano A era: *non fare errori*, ed Elena vi si sarebbe attenuta finché non ne avesse trovato uno migliore.

Così Damon e le sue "schiave" andarono nella Dimensione Oscura, attraverso il Demon Gate. E la più piccola di loro dovette essere rianimata con dell'acqua in faccia, prima di potersi alzare e camminare di nuovo.

15

Camminando svelta dietro a Damon, Elena cercava di non guardare né a destra né a sinistra. Poteva vedere fin troppo in quella che a Meredith e Bonnie doveva apparire come una tenebra indistinta.

C'erano depositi su entrambi i lati, posti in cui venivano portati gli schiavi per essere comprati o venduti o trasferiti più tardi. Elena riusciva a sentire i lamenti dei bambini nell'oscurità e se non fosse stata lei stessa così spaventata, si sarebbe precipitata alla ricerca dei piccoli in lacrime.

Ma non posso farlo, perché sono una schiava adesso, pensò, con una sensazione di paura che la prendeva sin dalla punta dei piedi. Non sono più un vero essere umano. Sono una proprietà.

Si ritrovò per l'ennesima volta a fissare la nuca di Damon e a chiedersi come diamine si era fatta convincere. Capiva quel che significava essere una schiava – sembrava avere una comprensione intuitiva della faccenda che la lasciava sorpresa – ed era Una Cosa Non Buona.

Significava che poteva essere... be', che le si poteva fare qualsiasi cosa e la questione non avrebbe riguardato altri che il suo padrone. E il suo padrone, fra tutte le persone possibili, (*come* l'aveva convinta?, si chiese di nuovo) era Damon.

Poteva vendere tutte e tre le ragazze – Elena, Meredith e Bonnie – ed essere fuori di lì in un'ora con i profitti.

Attraversarono in fretta la zona del porto, le ragazze con gli occhi bassi, per evitare di inciampare.

E poi raggiunsero la sommità di una collina. Al di sotto, in una specie di formazione rocciosa a forma di cratere, c'era una città.

Le case dei bassifondi erano sui bordi, e quasi si accalcavano nel punto in cui loro si trovavano Ma c'era una rete metallica con del filo spinato davanti, che li teneva isolati pur permettendo una vista a volo d'uccello sulla città. Se erano ancora nella caverna in cui erano entrati, quella doveva essere la più grande caverna sotterranea immaginabile… ma non erano più sotto terra.

«È successo durante il viaggio sul traghetto», disse Damon. «Abbiamo fatto, be', una piroetta nello spazio, per così dire». Cercò di spiegare, ed Elena cercò di capire. «Siete entrate attraverso il Demon Gate, e quando siete uscite non eravate più nella Dimensione Terrestre, ma in un'altra del tutto diversa». Elena dovette guardare il cielo per credergli. Le costellazioni erano differenti; non c'era l'Orsa Maggiore o Minore, né la Stella Polare.

Poi c'era il sole. Era molto più grande, ma più scuro di quello terrestre, e non lasciava mai l'orizzonte. Si mostrava solo a metà, a ogni momento del giorno e della notte, punti di riferimento che, come fece notare Meredith, lì avevano perso il loro senso logico.

Quando si avvicinarono al cancello della rete metallica che li avrebbe finalmente fatti uscire dall'area del mercato di schiavi, furono fermati da quella che, Elena lo avrebbe appreso in seguito, era un Guardiano.

Avrebbe appreso, in seguito, che i Guardiani erano i governanti della Dimensione Oscura, benché loro stessi venissero da un altro luogo lontano, ed era come se si fossero da sempre occupati di quella piccola fetta di Inferno, cercando di imporre l'ordine sui re dei bassifondi e i signori feudali che si dividevano la città.

Quel Guardiano era una donna alta coi capelli dello stesso colore di quelli di Elena, oro puro, con un taglio squadrato all'altezza delle spalle, e non prestava attenzione ad altri che a Damon. Ma improvvisamente chiese a Elena, che era la prima della fila dietro di lui: «Perché sei qui?».

Elena era felice, davvero felice, che Damon le avesse detto di controllare la sua aura. Si concentrò su quello, mentre il suo cervello ferveva a velocità supersonica, chiedendosi quale fosse la risposta giusta a quella domanda.

La risposta che li avrebbe lasciati proseguire e non rimandati a casa.

Damon non ci aveva preparate a questo, fu il suo primo pensiero. E il secondo fu, *no, perché lui non è mai stato qui prima. Non sa come funziona tutto qui, sa solo alcune cose.*

E se Damon pensasse che questa donna stesse per interferire con lui, perderebbe semplicemente la testa e l'attaccherebbe, aggiunse una vocina provvidenziale da qualche parte nel suo subconscio. Elena raddoppiò la velocità delle sue macchinazioni. Inventare bugie un tempo era una sua specialità, e così disse la prima cosa che le era saltata in mente e le era sembrata adatta: «Ho fatto una scommessa con lui e ho perso».

Be', suonava bene. La gente perdeva ogni genere di cose quando scommetteva: piantagioni, talismani, cavalli, castelli, geni della lampada. E se non si fosse rivelata abbastanza solida come motivazione, avrebbe sempre potuto dire che quello era solo l'inizio della sua triste storia. Il bello era che, in un certo senso, era vero. Molto tempo prima aveva dato la vita per Damon come per Stefan, e Damon non aveva esattamente voltato pagina come lei aveva richiesto. Mezza pagina, forse. Un foglietto.

Il Guardiano la fissava con uno sguardo perplesso negli occhi di un azzurro purissimo. La gente l'aveva fissata tutta la vita: essere giovane e molto bella significava preoccuparsi solo quando la gente non la fissava. Ma la perplessità negli occhi del guardiano era un po' preoccupante. Quella donna slanciata stava leggendo nella sua mente? Elena cercò di aggiungere un altro strato di rumore bianco. Quello che venne fuori fu qualche verso di una canzone di Britney Spears. Alzò il volume nella sua mente.

La donna alta mise due dita sulle tempie, come qualcuno che abbia un improvviso mal di testa. Poi guardò Meredith.

«Perché... sei qui?».

Di solito Meredith non mentiva affatto, ma quando lo faceva la considerava un'arte intellettuale. Per fortuna non cercava nemmeno di intromettersi se non era necessario. «Per lo stesso motivo», disse con aria mesta.

«E tu?». La donna guardava Bonnie, che sembrava sul punto di svenire di nuovo.

Meredith le diede una leggera gomitata. Poi la fissò intensamente. Elena la fissò ancora più intensamente, sapendo che tutto quel che Bonnie doveva fare era bofonchiare «Anch'io». E Bonnie di solito era brava a dire "anch'io" dopo che Meredith aveva preso una posizione.

Il problema era che Bonnie era in trance, o vi era così vicina che era inutile intervenire.

«Anime d'Ombra», disse.

La donna sbatté le palpebre, ma non nel modo in cui lo si fa quando qualcuno dice qualcosa che lascia completamente indifferenti. Lo fece con stupore.

Oh, Dio, pensò Elena. *Bonnie aveva la loro password o qualcosa del genere. Sta facendo predizioni o profetizzando ...*

«Anime... d'Ombra?», disse il Guardiano, osservando attentamente Bonnie.

«La città ne è piena», disse tristemente Bonnie.

Le dita del Guardiano danzarono su quello che sembrava un palmare. «Lo sappiamo. È questo il posto in cui vengono».

«Allora dovete fermarli».

«Abbiamo solo una giurisdizione limitata. La Dimensione Oscura è governata da una dozzina di fazioni di signorotti, che si servono dei capi dei bassifondi per eseguire gli ordini».

Bonnie, pensò Elena, cercando di attraversare lo stordimento di Bonnie a costo di farsi sentire dal Guardiano. *Questi sono la* polizia.

Nelle stesso momento Damon intervenne. «Lei è come le altre», disse. «Ma è anche una sensitiva».

«Nessuno ha chiesto la tua opinione», gli rispose seccamente il Guardiano, senza nemmeno voltarsi nella sua direzione. «Non mi interessa che specie di pezzo grosso tu sia quaggiù», fece un cenno sprezzante col capo alla città delle mille luci, «sei nel mio territorio dietro questo cancello. E io sto chiedendo alla ragazzina dai capelli rossi: lui dice la verità?».

Elena ebbe un momento di panico. Dopo tutto quello che avevano passato, se Bonnie mandava tutto all'aria...

Quella volta Bonnie ammiccò. Qualunque altra cosa stesse cercando di comunicare, era vero che era come Meredith ed Elena. Ed era vero che era una sensitiva. Bonnie era una notevole bugiarda quando aveva troppo tempo per riflettere sulle cose, ma proprio per questo riuscì a dire, senza esitazione, «Sì, è vero».

Il Guardiano guardò fisso Damon.

Damon ricambiò lo sguardo, come se potesse continuare a farlo per tutta la notte. Era un campione di sguardo fisso.

E il guardiano fece loro cenno di andar via.

«Suppongo che anche una sensitiva possa avere una brutta giornata», disse, poi aggiunse, rivolta a Damon, «Prenditi cura di loro. Sai che tutte le sensitive devono avere una licenza?».

Damon, con le sue migliori maniere da gran signore, disse: «Signora, queste non sono sensitive professioniste. Sono le mie assistenti private».

«E io non sono una "Signora"; ci si rivolge a me come "Vostra Imparzialità". Comunque, le persone dipendenti dal gioco d'azzardo di solito fanno una fine orribile qui».

Ah, ah, pensò Elena. *Se solo sapesse che genere di gioco d'azzardo stiamo facendo qui... be', probabilmente finiremmo subito peggio di Stefan.*

Oltre il cancello c'era un cortile. C'erano delle lettighe, nonché risciò e carretti di legno. Nessuna carrozza, o cavalli. Damon prese due lettighe, una per sé ed Elena e una per Bonnie e Meredith.

Bonnie, ancora stordita, stava fissando il sole. «Significa che non finirà mai di sorgere?»

«No», disse Damon pazientemente. «No, è fermo lì, non sorge. Un perpetuo crepuscolo nella stessa Città delle Tenebre. Vedrai di più quando andremo avanti. Non toccarle», aggiunse, appena Meredith fece per slegare le corde intorno ai polsi di Bonnie, prima di prendere una lettiga. «Potete togliervi le corde sulla lettiga, se tirate le tende, ma non perdetele. Siete ancora schiave, e dovete indossare qualcosa di simbolico sulle braccia per dimostrarlo... anche se sono più simili a dei braccialetti che ad altro. Altrimenti finirò nei guai. Oh, e dovete portare il velo in città».

«Noi… *cosa*?». Elena gli lanciò un'occhiata incredula. Damon le lanciò in risposta un sorriso a 250 kilowatt e, prima che Elena potesse dire un'altra parola, tirò fuori dalla sua borsa nera delle stoffe sottili e trasparenti e gliele porse. I veli erano della misura giusta per coprire tutto il corpo.

«Ma dovete solo metterlo sulla testa e legarlo sui capelli», disse con aria indifferente.

«Di cosa è fatto?» chiese Meredith, tastando il materiale serico e leggero, che era così trasparente e sottile che il vento minacciava di strapparglielo dalle dita.

«Come potrei saperlo?».

«È di un colore diverso sull'altro lato!», scoprì Bonnie, lasciando che il vento trasformasse il suo velo verde pallido in argento scintillante. Meredith, scuotendo il suo avanti e indietro, svelava una spettacolare seta viola scuro fino a un misterioso blu punteggiato da una miriade di stelle. Elena, che si era aspettata che il suo fosse blu, alzò lo sguardo su Damon. Stava tenendo un piccolo fazzoletto di stoffa nel pugno chiuso.

«Vediamo cosa hai ricevuto di bello», mormorò, facendole cenno di avvicinarsi. «Indovina il colore».

Un'altra ragazza avrebbe notato solo gli occhi neri come prugne selvatiche e i lineamenti puri e finemente cesellati del viso di Damon, o forse il feroce, malizioso sorriso, in quel momento più feroce e dolce che mai, come un arcobaleno nel mezzo di un uragano. Ma Elena notò anche la rigidità del collo e delle spalle, sintomo di una crescente tensione. La Dimensione Oscura stava già avendo un effetto negativo su di lui, in senso psichico, anche se lui non se ne curava.

Si chiese quanti tentativi di sondare il Potere, da parte di semplici curiosi, fosse costretto a bloccare a ogni secondo. Stava per offrire il suo aiuto aprendosi lei stessa al mondo sovrannaturale, quando lui disse bruscamente: «Indovina!», e dal tono non sembrava una proposta.

«D'oro», disse immediatamente Elena, sorprendendo se stessa. Quando giunse a prendere il fazzoletto dorato dalla sua mano, una potente, piacevole sensazione di scarica elettrica divampò dal palmo della mano lungo il braccio e sembrò trafiggerla diretta al cuore. Damon si aggrappò brevemente alle sue dita quando lei prese il fazzoletto ed Elena scoprì di poter ancora sentire l'elettricità che gli pulsava sulla punta delle dita.

La parte inferiore del velo sfumava in un bianco scintillante, come se fosse adorno di diamanti. *Oddio, forse* sono *diamanti*, pensò. *Come fai a dirlo con Damon?*

«Il tuo velo nuziale, forse?», mormorò Damon, con le labbra che le sfioravano l'orecchio. Le corde intorno ai polsi di Elena si erano molto allentate e lei accarezzò disorientata il tessuto diafano, sentendo freddi al tatto i piccoli brillanti nella parte bianca.

«Come sapevi che ci serviva tutta questa roba?», chiese Elena, con aggressività. «Non sai tutto, ma sembra che tu sappia quanto basta».

«Oh, ho fatto delle ricerche nei bar e in altri posti. Ho trovato un po' di gente che era stata qui ed era riuscita ad andarsene di nuovo... o era stata buttata fuori a calci». Il ghigno feroce di Damon si accentuò. «Di notte, mentre dormivi, in un negozietto nascosto, ho preso *quelli*». Indicò i veli con un cenno del capo, e aggiunse: «Non devi metterlo in modo che ti copra il viso. Premilo sui capelli e ci resta attaccato».

Elena lo fece, indossandolo con la parte dorata rivolta all'esterno. Le ricadeva fino ai piedi. Tastò il velo, riconoscendo subito le possibilità che dava di sedurre, così come di sottrarsi pudicamente agli approcci. Se solo avesse potuto togliersi quelle dannate corde dai polsi...

Dopo un po' Damon ritornò al personaggio del padrone imperturbabile e disse: «Per il bene di tutti noi, dobbiamo essere rigidi su queste cose. I signori dei bassifondi e i nobili che dirigono questo caos abominevole che loro chiamano Dimensione Oscura, sanno che in ogni momento sono sull'orlo di una rivoluzione, e se gli diamo una spinta, ci somministreranno una Punizione Esemplare».

«D'accordo», disse Elena. «Stringi i miei lacci e salirò sulla lettiga».

Ma non ebbe più senso pensare alle corde, non quando furono entrambi seduti sulla stessa lettiga. Era portata da quattro uomini, non grossi, ma forti, e tutti della stessa altezza, il che rendeva il viaggio confortevole.

Se Elena fosse stata una libera cittadina, non avrebbe mai permesso a se stessa di essere trasportata da quattro persone che (suppose) erano schiavi. Avrebbe di certo fatto un sacco di storie. Ma la chiacchierata che aveva fatto con se stessa al porto si era ben impressa nella sua mente. Era una *schiava*, anche se Damon non aveva pagato nessuno per comprarla. Non aveva il diritto di fare storie per *niente*. In quel luogo rosso sangue e maleodorante, poteva immaginare che le sue attenzioni avrebbero solo creato problemi agli stessi portatori della lettiga, inducendo il padrone, o chiunque dirigesse il mercato dei porta-lettighe, a punirli, come se fosse stata colpa loro.

Miglior Piano A per il momento: Tenere la Bocca Chiusa.

Ci fu molto da vedere comunque, una volta attraversato un ponte su dei tuguri maleodoranti e vicoli pieni di case diroccate. Cominciavano ad apparire i negozi, all'inizio chiusi da sbarre pesanti e fatti di pietre non verniciate, poi edifici più rispettabili, e infine, improvvisamente, si trovarono a muoversi sinuosamente lungo un bazar. Ma anche lì il marchio della povertà e della fatica appariva su troppe facce. Elena si era aspettata, semmai, una città fredda, nera, asettica, con vampiri senza emozioni e demoni dagli occhi di fuoco in giro per le strade. Invece, tutti quelli che vedeva sembravano umani, e vendevano delle cose, dalle medicine, al cibo, alle bevande, di cui i vampiri non avevano bisogno.

Forse i kitsune e i demoni ne avevano bisogno, dedusse Elena, rabbrividendo all'idea di quel che potesse voler mangiare un demone. Agli angoli delle strade c'erano ragazzi e ragazze dai lineamenti duri, mezzi svestiti e cenciosi, persone dal volto smunto che reggevano patetici cartelli: UN RICORDO PER UN PASTO.

«Che significa?» chiese Elena a Damon, ma lui non le rispose subito.

«Questo è il modo in cui gli umani liberi della città passano la maggior parte del tempo», disse. «Quindi tieni a mente questo, prima di partire con una delle tue crociate...».

Elena non stava ascoltando. Stava osservando uno dei proprietari di quei cartelli. L'uomo era terribilmente magro, con la barba incolta e i denti guasti, ma peggiore era il suo sguardo di vuota disperazione. Di tanto in tanto allungava una mano tremante sulla quale c'era una sfera piccola e chiara, che lui soppesava nel palmo, mormorando: «Un giorno d'estate, quando ero giovane. Un giorno d'estate per dieci pezzi d'oro». Il più delle volte non c'era nessuno vicino mentre lo diceva.

Elena si sfilò l'anello di lapislazzuli che Stefan le aveva dato e glielo porse. Non voleva irritare Damon scendendo dalla lettiga e dovette dire: «Venga qui, per favore», mentre porgeva l'anello all'uomo barbuto.

Lui sentì e si avvicinò alla lettiga abbastanza velocemente. Elena vide muoversi qualcosa nella sua barba, forse pidocchi, e si costrinse a guardare l'anello mentre diceva: «Prendilo. Presto, per favore».

Il vecchio fissò l'anello come se fosse un banchetto. «Non ho il resto», gemette, alzando una mano per pulirsi la bocca con la manica. Sembrava sul punto di cadere a terra privo di sensi. «Non ho il resto!».

«Non voglio il resto!», disse Elena con un enorme groppo in gola. «Prendi l'anello. Sbrigati o lo lascerò cadere».

Lui lo strappò dalle sue dita appena i porta-lettiga ripartirono. «Che i *Guardiani* la benedicano, signora», disse, cercando di stare al passo dei porta-lettiga. «Che mi ascoltino! E che *la* benedicano!».

«Non avresti dovuto farlo», le disse Damon quando la voce si affievolì dietro di loro. «Non ha intenzione di procurarsi da mangiare con quello, lo sai».

«Era affamato», disse Elena sommessamente. Non gli poteva spiegare che gli ricordava Stefan, non in quel momento. «Era il *mio* anello», aggiunse sulla difensiva. «Immagino che dirai che li spenderà tutti in alcol e droga».

«No, non otterrà nemmeno un pasto con quello. Otterrà un banchetto».

«Ancora meglio...».

«Nella sua immaginazione. Prenderà una sfera polverosa con i ricordi di un banchetto romano appartenuti a qualche vecchio vampiro, o uno dei ricordi della città di un banchetto moderno. Poi ci si trastullerà più e più volte, morendo lentamente di fame».

Elena era sconvolta. «Damon! Svelto! Devo tornare indietro e trovarlo...».

«Non puoi, temo». Pigramente, Damon sollevò una mano. Stringeva saldamente un capo della sua corda. «Inoltre, è già spacciato».

«Come può farlo? Come è possibile fare una cosa del genere?»

«Come può un malato di cancro ai polmoni rifiutare di smettere di fumare? Ma concordo che quelle sfere possono creare dipendenza più di ogni altra sostanza. Prenditela con i kitsune per aver portato qui le loro sfere stellate e averne fatto la forma di ossessione più in voga».

«Sfere stellate? *Hoshi no tama*?». Elena restò senza fiato.

Damon la guardò, sembrando sorpreso allo stesso modo. «*Sai* delle sfere?»

«Tutto quel che so è quel che Meredith ha scoperto dalle sue ricerche. Ha detto che i kitsune venivano spesso ritratti con delle chiavi», alzò un sopracciglio, «o con delle sfere stellate. E che le leggende dicono che possono mettere alcuni o tutti i loro poteri nella sfera, così se ne trovi una, puoi controllare il kitsune. Lei e Bonnie vogliono trovare le sfere stellate di Shinichi e Misao e prendere il controllo su di loro».

«Calmati, mio cuore senza battiti», disse Damon in modo teatrale, ma un attimo dopo era tutto serio. «Ricordi cosa ha detto quel vecchio? Un giorno d'estate per un pasto? Stava parlando di *questo*». Damon raccolse la piccola biglia che l'uomo aveva lasciato cadere sulla lettiga e l'appoggiò sulla tempia di Elena.

Il mondo scomparve.

Damon non c'era più. Le immagini e i suoni, persino gli odori del bazar non c'erano più. Era seduta sull'erba verde, increspata da una lieve brezza, e guardava un salice piangente inchinato su un ruscello, che era a un tempo color rame e verde molto scuro. C'erano alcuni dolci profumi nell'aria... caprifoglio, fresia? Qualcosa di delizioso che spinse Elena a distendersi a guardare le bianche, perfette nuvole che si accumulavano nel cielo ceruleo. Si sentiva in un modo che non avrebbe saputo descrivere. Si sentiva giovane, ma qualcosa nella sua mente sapeva di essere effettivamente più giovane di quella personalità estranea che si era impossessata di lei. Eppure, si sentiva entusiasta che fosse primavera e ogni foglia verde-dorata, ogni piccola canna mossa dal vento, ogni nuvola bianca e senza peso sembrava rallegrarsi con lei.

Poi, improvvisamente, il suo cuore prese a battere forte. Aveva appena colto un rumore di passi dietro di lei. In un solo, primaverile, gioioso istante, fu in piedi, le braccia tese nell'impeto dell'amore, della selvaggia devozione che sentiva per...

...per quella ragazza? Qualcosa nel cervello di colei che usava la sfera sembrò ritirarsi per lo sconcerto. Gran parte del quale, tuttavia, era provocato dall'annotare le perfezioni della ragazza che l'aveva colta di sorpresa, camminando così leggera nell'erba ondeggiante: il raggrupparsi di riccioli scuri sul collo, gli occhi verdi luccicanti al di sotto delle sopracciglia arcuate, il colorito acceso e morbido delle sue guance quando rideva con la sua amante, fingendo di scappare coi piedi leggeri come quelli di un elfo...!

Inseguita e inseguitrice caddero insieme sul soffice tappeto di erba alta... e poi le cose diventarono velocemente così sensuali che Elena con la mente distante sullo sfondo, cominciò a chiedersi come diamine si faceva a far *smettere* una di quelle cose. Ogni volta che si metteva una mano sulla tempia alla ricerca della sfera, veniva presa e baciata senza respiro da... Allegra... così si chiamava la ragazza, Allegra. Ed era indubbiamente bellissima, specialmente dal punto di vista di quel particolare osservatore. La sua pelle soffice e vellutata...

E poi, con lo stesso shock violento che aveva provato quando era scomparso, il bazar riapparve. Era di nuovo Elena; stava viaggiando su una lettiga con Damon; c'era una cacofonia di suoni attorno a lei, e anche un migliaio di odori diversi. Ma respirava a fatica e una parte di lei stava ancora risuonando con John – quello era il suo nome – e il suo amore per Allegra.

«Ma *ancora* non capisco», disse quasi in un lamento.

«È semplice», disse Damon. «Metti una sfera stellata vuota della misura che preferisci sulla tempia e ritorni con la memoria al periodo che vuoi registrare. La sfera stellata fa il resto». Soffocò con un gesto il suo tentativo di interruzione e proseguì con la malizia negli impenetrabili occhi neri. «Forse ti è capitato un giorno d'estate particolarmente *caldo*?», disse, aggiungendo con tono insinuante, «queste lettighe sono provviste di tende che puoi tenere ben chiuse».

«Non dire sciocchezze, Damon», disse Elena, ma erano i sentimenti di John che accendevano i suoi, come una miccia sullo stoppino. Non voleva baciare Damon, si disse severamente. Voleva baciare Stefan. Ma siccome, solo un istante prima, stava baciando *Allegra*, non sembrava un argomento sufficientemente valido.

«Io non penso», cominciò, ancora senza fiato, quando Damon si avvicinò, «che sia una buona...».

Con un lieve colpetto sulla corda, Damon slegò completamente le sue mani. Le avrebbe tolto le corde da entrambi i polsi, ma Elena improvvisamente si girò, sostenendosi con la sua mano. Aveva bisogno di un sostegno.

In quelle circostanze, comunque, non c'era niente di più significativo, o di più... eccitante... di quel che Damon aveva fatto.

Non aveva tirato le tende, ma Bonnie e Meredith erano dietro di loro nella lettiga, fuori dal campo visivo. Di certo fuori dai pensieri di Elena. Sentiva delle braccia calde attorno a sé, e istintivamente vi si rannicchiò. Sentì un impeto di puro amore e apprezzamento per Damon, per la sua capacità di comprendere che non l'avrebbe mai reso come una schiava con un padrone.

Siamo entrambi senza padrone, udì nella sua testa, e si ricordò che, quando aveva smorzato la maggior parte delle sue abilità psichiche, aveva dimenticato di abbassare il volume di quella in particolare. Oh, be', poteva tornare utile...

Ma a entrambi piace l'adorazione, rispose telepaticamente, e sentì la sua risata sulle proprie labbra quando lui ammise che era vero. Non c'era niente di più dolce nella sua vita, in quei giorni, dei baci di Damon. Poteva lasciarsi andare in quel modo per sempre, dimenticando il mondo esterno. Ed era una cosa buona, perché aveva la sensazione che ci fosse molta tristezza là fuori e non molta felicità. Ma se poteva ogni volta tornare a quel calore, quella dolcezza, quell'estasi...

Elena scattò nella lettiga, gettandosi indietro di peso così velocemente che i portatori quasi caddero uno sull'altro.

«Sei un bastardo», bisbigliò con astio. Erano ancora psichicamente legati, ed era felice di vedere che agli occhi di Damon lei appariva come una vendicativa Afrodite: i capelli dorati sollevati e sferzanti dietro di lei come una tempesta di fulmini, gli occhi che brillavano violetti nella furia degli elementi.

E infine, ancora peggio, quella divinità distoglieva lo sguardo da lui. «Nemmeno un giorno», disse. «Non hai mantenuto la tua promessa neanche per un giorno!».

«Non ti ho Influenzata, Elena!».

«Non chiamarmi così. Abbiamo una relazione professionale adesso. Io ti chiamo "Padrone". Tu mi chiami "Schiava" o "Cagna" o quello che ti pare».

«Se abbiamo una relazione professionale da schiava a padrone», disse Damon, con uno sguardo pericoloso, «allora non devo fare altro che ordinarti di...».

«Provaci!». Elena tese le labbra in quello che non assomigliava per niente a un sorriso. «Perché non lo fai, e vediamo cosa succede?».

16

Damon decise di rimettersi alla clemenza della corte, e assunse un'aria abbattuta e un po' sconvolta, cosa che poteva fare facilmente quando voleva. «Davvero non ho cercato di Influenzarti», ripeté, ma poi aggiunse con impazienza, «forse è meglio cambiare argomento per un po', dirti di più sulle sfere stellate».

«Questa», disse Elena nel suo tono più gelido, «potrebbe essere un'idea abbastanza buona».

«Bene, le sfere fanno registrazioni direttamente dai tuoi neuroni, capisci? I neuroni nel tuo cervello. Tutte le esperienze della tua vita sono da qualche parte nella tua mente, e la sfera si limita a tirarle fuori».

«Così puoi ricordarle per sempre e guardarle più e più volte come un film, vero?», disse Elena, giocherellando con il velo per nascondergli la propria faccia, e pensando che avrebbe regalato una sfera stellata ad Alaric e Meredith prima del loro matrimonio.

«No», disse Damon, risolutamente. «*Non* in quel modo. Tanto per cominciare, il ricordo per te è perduto. Stiamo parlando di giocattoli kitsune, ricordi? Una volta che la sfera stellata l'ha preso dai tuoi neuroni, *tu* non ricordi più niente dell'evento. Secondo, la "registrazione" sulla sfera stellata svanisce gradualmente, con l'uso, col tempo, con qualche altro fattore che nessuno capisce. Ma la sfera si oscura, e le sensazioni si affievoliscono, finché, alla fine, è solo una sfera di cristallo vuota».

«Ma... quel pover'uomo stava vendendo un giorno della sua *vita*. Un giorno meraviglioso! Avrei creduto che volesse conservarlo».

«L'hai visto».

«Sì». Ancora una volta Elena vide il vecchio smunto, grigio in volto e tormentato dai pidocchi. Sentì come del ghiaccio scenderle lungo la spina dorsale al pensiero che una tempo era stato il sorridente, gioioso, giovane John che aveva conosciuto nella sfera… «Oh, che tristezza», disse, e non stava parlando del ricordo.

Ma, una volta tanto, Damon non aveva seguito i suoi pensieri. «Sì», disse. «Ci sono un sacco di vecchi e poveri qui. Lavorano per liberarsi dalla schiavitù, oppure hanno un padrone generoso che è morto… e questo è il modo in cui si riducono».

«Ma le sfere stellate? Sono fatte solo per i poveri? I ricchi devono solo fare un viaggio sulla Terra e vedere un vero giorno d'estate con i propri occhi, giusto?».

Damon rise senza molta convinzione. «Oh, no, non possono. Molti di loro sono *inchiodati* qui».

Disse "inchiodati" in modo strano. Elena arrischiò: «Troppo impegnati per andare in vacanza?».

«Troppo impegnati, troppo potenti per attraversare le difese che proteggono la Terra da loro, troppo preoccupati di quel che i loro nemici potrebbero fare mentre sono via, troppo decrepiti mentalmente, troppo famigerati, troppo morti».

«*Morti*?». L'orrore del passaggio sotterraneo e della nebbia maleodorante di cadaveri sembrò sul punto di avvolgere Elena.

Damon lanciò uno dei suoi sorrisi perversi. «Hai dimenticato che il tuo ragazzo fa parte dei *morti*? Per non menzionare il tuo onorevole padrone? La maggior parte della gente, quando muore, va su un altro livello rispetto a questo, più alto o più basso. Questo è il posto dove vanno i cattivi, ma è il livello superiore. Ancora più in basso… be', nessuno vuole andare lì».

«Come l'Inferno?». Elena prese fiato. «Siamo all'Inferno?»

«È semmai più simile al Limbo, il posto in cui siamo. Poi c'è l'Altro Lato». Accennò col capo all'orizzonte, dove stava immobile il sole calante. «L'altra città, in cui potresti essere stata quando sei andata "in vacanza" nell'oltretomba. Qui la chiamano solo "L'Altro Lato". Ma potrei dirti di voci che ho sentito dai miei informatori. Lì, la chiamano la Corte Celestiale. E lì il cielo è di un azzurro cristallino ed è sempre l'alba».

«La Corte Celestiale…». Elena dimenticò che stava parlando ad alta voce. Sapeva istintivamente che era una corte tipo "regine, cavalieri e stregoni", non la corte di un tribunale. Doveva assomigliare a Camelot. Solo pronunciare quel nome le procurò una dolente nostalgia... non dei ricordi, ma della sensazione che quei ricordi fossero chiusi dietro una qualche porta, come quando si ha qualcosa sulla punta della lingua. Comunque, era una porta chiusa a chiave, e tutto quel che Elena poteva vedere attraverso il buco della serratura erano schiere di donne simili ai Guardiani, alte, coi capelli dorati e gli occhi azzurri, e una di loro, dell'altezza di una bambina fra le donne adulte, che guardava su e, con uno sguardo penetrante, da lontano, incrociava direttamente lo sguardo di Elena.

La lettiga, uscendo dal bazar, rientrò in altri quartieri poveri, che Elena osservò con rapide occhiate su entrambi i lati, nascondendosi col velo. Erano simili a un qualsiasi quartiere povero della terra, o barrio o favela, ma peggiori. Dei bambini, coi capelli bruciati dal sole, si accalcarono intorno alla lettiga di Elena, tendendo le mani in un gesto dal significato universale.

Elena si sentì stringere il cuore per non avere nulla di valore da dargli. Voleva costruire delle case lì, accertarsi che quei bambini avessero cibo e acqua pulita, un'educazione e un futuro a cui guardare. Non avendo idea di come dar loro nessuna di quelle cose, li guardò scappar via con tesori come le sue gomme alla frutta, il suo pettine, il suo spazzolino da viaggio, il suo lucidalabbra, le sue bottiglie d'acqua e i suoi orecchini.

Damon scosse la testa, ma non la fermò finché lei non cominciò ad armeggiare con il ciondolo di diamanti e lapislazzuli regalatole da Stefan. Stava piangendo mentre cercava di sganciare il fermaglio della collana, quando l'ultimo pezzo di corda intorno ai suoi polsi cadde di colpo.

«Basta», disse Damon, «non capisci niente. Non siamo ancora entrati nella città vera e propria. Perché non dai un'occhiata all'architettura dei palazzi, invece di preoccuparti di questi inutili marmocchi che stanno comunque per morire?»

«Sei un insensibile», disse Elena, ma non riusciva a pensare a nessun modo per farglielo capire, ed era troppo arrabbiata con lui per provarci.

Tuttavia, smise di armeggiare con la catenina e guardò al di là dei bassifondi, come Damon aveva suggerito. Vide uno *skyline* mozzafiato, con edifici che sembravano fatti per durare in eterno, con pietre che avevano l'aspetto che dovevano aver avuto le piramidi egiziane e gli ziggurat dei Maya, appena costruiti. Ogni cosa, comunque, era tinta di rosso e nero dal sole, in quel momento celato da cupe nuvole cremisi. Quell'enorme sole rosso dava al cielo un aspetto diverso a seconda dei diversi stati d'animo. A volte sembrava quasi romantico, riflettendosi su un ampio fiume che Elena e Damon avevano attraversato, mettendo in risalto un migliaio di piccole increspature nell'acqua che scorreva lentamente. Altre volte, sembrava semplicemente alieno e minaccioso, stagliandosi netto all'orizzonte come un mostruoso presagio, tingendo gli edifici, non importa quanto sfarzosi, del colore del sangue. Quando gli diedero le spalle, appena i porta-lettiga si inoltrarono nella città dagli enormi edifici, Elena vide le loro stesse ombre protendersi lunghe e minacciose.

«Ebbene? Che ne pensi?». Damon pareva cercasse di calmarla.

«Penso ancora che assomigli all'Inferno», disse Elena lentamente. «Non mi piacerebbe per niente vivere qui».

«Ah, ma chi ha mai detto che dovremmo vivere qui, mia Principessa delle Tenebre? Torneremo a casa, dove la notte è di un nero vellutato e la luna risplende, rendendo ogni cosa argentata». Lentamente, tracciò un linea col dito partendo dalla sua mano, lungo il braccio, fino alla spalla. Elena sentì un brivido attraversarle corpo.

Tentò di tenere su il velo come una barriera contro di lui, ma era troppo trasparente. Le rivolgeva ancora quel luminoso sorriso, abbagliandola attraverso il bianco tessuto tempestato di diamanti – forse rosa pallido a causa della luce – che era la parte interna del velo.

«C'è una luna in questo posto?», chiese, cercando di distrarlo. Aveva paura, paura di lui, paura di se stessa.

«Oh, sì: ce ne sono tre o quattro, credo. Ma sono molto piccole e, naturalmente, il sole non tramonta mai del tutto, così non puoi nemmeno vederle. Non è… romantico». Le sorrise di nuovo, lentamente quella volta, ed Elena distolse lo sguardo.

E, facendolo, vide qualcosa davanti a sé che catturò completamente la sua attenzione. Su un incrocio, un carro si era rovesciato, spargendo intorno grandi imballi di pellicce e pelli. C'era una vecchia magra, dall'aspetto affamato, legata al carro come un animale, distesa per terra, e un uomo alto e arrabbiato in piedi sopra di lei, che faceva piovere colpi di frusta sul suo corpo inerme.

Il volto della donna era girato verso Elena. Era deformato in una smorfia di angoscia, mentre cercava inutilmente di assumere una posizione fetale, con le mani sopra la pancia. Era nuda dalla cintola in su, ma, mentre la frusta le scorticava la carne, il suo corpo veniva ricoperto, dalla gola alla vita, di uno strato di sangue.

Elena sentì crescere dentro di sé i Poteri delle Ali, ma per qualche motivo non accadde nulla. Voleva con tutta la forza vitale che le scorreva dentro che qualcosa, *qualsiasi cosa*, si liberasse dalle sue spalle, ma non fu così. Forse era dovuto al fatto che indossava ancora i resti dei suoi braccialetti da schiava. Forse era Damon, accanto a lei, che le diceva con tono energico di non immischiarsi.

Per Elena le sue parole non erano altro che un brusio sui battiti del cuore che le pulsavano nelle orecchie. Gli strappò di colpo la corda dalle mani e balzò fuori dalla lettiga. In sei, sette passi fu accanto all'uomo con la frusta. Era un vampiro; i denti si erano allungati alla vista del sangue davanti a lui, ma non avevano fermato la sua frenetica fustigazione. Era troppo forte da affrontare per Elena, ma...

Facendo un altro passo Elena si mise a gambe divaricate sulla donna, allargando le braccia nel gesto universale della protezione e della ribellione. La corda le penzolava da uno dei polsi.

Lo schiavista non ne fu impressionato. Aveva già lanciato un'altra frustata, che colpì Elena sulla guancia e simultaneamente aprì un lungo squarcio nel suo sottile top estivo, penetrando la carne attraverso la canottiera strappata. Mentre le si mozzava il fiato in gola, la coda della frusta tagliò il cotone dei jeans come fosse burro.

Lacrime involontarie si formarono negli occhi di Elena, ma le ignorò. Cercò di non emettere altro suono oltre a quel rantolo iniziale. E restò ferma esattamente dove si era gettata prima in un gesto di protezione. Elena sentì il vento sferzare la sua blusa strappata, mentre il velo ondeggiava intatto alle sue spalle, come per proteggere la povera schiava che si era accasciata sotto il carro malconcio.

Elena stava ancora cercando disperatamente di far uscire una qualsiasi delle sue Ali. Voleva lottare con armi vere, e le aveva, ma non riusciva a costringerle a salvare se stessa o la povera schiava dietro di sé. Anche senza di loro Elena era certa di una cosa. Il bastardo di fronte a lei non avrebbe toccato di nuovo la sua schiava, non prima di aver fatto lei a pezzi.

Qualcuno smise si stare a guardare. E qualcun altro uscì da un negozio, di corsa. Quando i bambini che avevano seguito la sua lettiga la circondarono, piagnucolando, si raccolse una specie di folla.

Evidentemente, una cosa era vedere un mercante picchiare la sua sfinita puttana – la gente là intorno doveva averlo visto quasi quotidianamente, ma vedere quella bellissima nuova ragazza con i vestiti strappati via a frustate, quella ragazza con i capelli come seta dorata sotto un velo bianco e oro, e gli occhi che forse, ad alcuni di loro, ricordavano un cielo blu di cui a stento avevano memoria – quella era proprio un'altra cosa. Inoltre, la nuova ragazza era, chiaramente, una barbara da poco resa schiava, che doveva aver umiliato il suo padrone strappandogli il guinzaglio dalle mani, e lo stava mettendo in ridicolo restando in piedi avvolta nel suo velo virginale.

Formidabile teatro di strada.

Ma, nonostante tutto, il proprietario di schiavi si stava preparando a un altro colpo, levando il braccio in alto per prendero lo slancio. Alcune persone nella folla rimasero senza fiato, altre mormorarono indignate. Il nuovo senso dell'udito di Elena, affinato al massimo, poteva cogliere i loro bisbigli. Una ragazza come *quella* non era per niente fatta per i bassifondi, doveva essere destinata al cuore della città. Bastava la sua aura a dimostrarlo. Infatti, con quei capelli dorati e quei vividi occhi azzurri, poteva anche essere un Guardiano dell'Altro Lato. Chi poteva saperlo…?

La frusta che era stata levata non discese mai. Prima che potesse farlo, ci fu un lampo di luce nera – di Potere puro – che fece disperdere metà della folla. Un vampiro, all'apparenza giovane e vestito con gli abiti del mondo superiore, la Terra, si era fatto strada per mettersi fra la ragazza dorata e il proprietario di schiavi – o, piuttosto, per incombere sullo schiavista fattosi ormai piccolo per la paura. I pochi fra la folla rimasti impassibili nei confronti della ragazza, sentirono improvvisamente palpitare il cuore alla vista di *lui*. Era di certo il proprietario della ragazza, e voleva prendere il controllo della situazione.

In quel momento Bonnie e Meredith arrivarono sulla scena. Erano adagiate nelle loro lettighe, decorosamente coperte dai veli, quello di Meredith di un blu mezzanotte trapunto di stelle e quello di Bonnie di un tenue verde pallido. Potevano essere una illustrazione di *Notti Arabe*.

Ma, nel momento in cui videro Damon ed Elena, saltarono molto indecorosamente fuori dalla lettiga. Ormai la folla era così fitta che aprirsi un varco per andare avanti richiedeva l'uso di gomiti e ginocchia, ma in solo qualche secondo furono al fianco di Elena, con le mani provocatoriamente slegate e trascinando le corde sciolte appese ai polsi in segno di sfida, coi veli che fluttuavano al vento.

Quando arrivarono accanto a Elena, Meredith restò senza fiato. Bonnie spalancò gli occhi e così restò. Elena capì cosa stavano guardando. Il sangue scorreva abbondante dal taglio sullo zigomo e la sua blusa, tenuta aperta dal vento, rivelava la canottiera strappata e insanguinata. Una gamba dei jeans stava rapidamente diventando rossa.

Ma, trascinatasi nella protezione della sua ombra, c'era una figura ancora più pietosa. E appena Meredith sollevò il velo di Elena per aiutarla a tenere la blusa chiusa perché fosse di nuovo decentemente coperta, la donna alzò la testa, per guardare le tre ragazze con gli occhi di un muto e spaventato animale.

Dietro di loro, Damon disse a bassa voce: «Questo mi piacerà proprio», mentre sollevava nell'aria, con una sola mano, quell'uomo pesante per poi colpirgli la gola come un cobra. Ci fu uno spaventoso grido prolungato.

Nessuno cercò di interferire, e nessuno cercò di incoraggiare il proprietario di schiavi a combattere.

Elena, scrutando i volti della folla, comprese perché. Lei e le sue amiche si erano abituate a Damon, per quanto fosse possibile abituarsi alla sua semi-domata aria di ferocia. Ma quella gente stava dando la prima occhiata al giovane tutto vestito di nero, di media statura e corporatura esile, che compensava la mancanza di muscoli sviluppati con una grazia agile e mortale.

Il tutto era intensificato dalla dote di dominare completamente lo spazio intorno a lui, così da diventare, senza alcuno sforzo, il punto focale di ogni situazione, allo stesso modo in cui lo sarebbe diventato una pantera nera se avesse pigramente attraversato le strade affollate di una città.

Persino lì, dove la minaccia e un'aria di autentica malvagità erano un luogo comune, quel giovane emanava una sensazione di pericolo che spingeva le persone a star fuori dal suo orizzonte visivo, tanto più dal suo cammino.

Nel frattempo, Elena, Bonnie e Meredith si guardavano attorno in cerca di una specie di assistenza medica, o almeno di qualcosa di pulito per fasciare le ferite. Dopo circa un minuto, intuirono che non sarebbero arrivate affatto, così Elena fece appello alla folla.

«C'è qualcuno che conosce un dottore? Un guaritore?», gridò. Il pubblico rimase semplicemente a guardarla. Sembravano riluttanti a farsi coinvolgere da una ragazza che aveva chiaramente sfidato il demone vestito di nero, in quel momento impegnato a torcere il collo dello schiavista.

«Così voi tutti pensate che sia giusto», gridò Elena, sentendo nelle propria voce la perdita del controllo, il disgusto e la furia, «che un bastardo come quello frusti una donna incinta e affamata?».

Ci furono un po' di occhi abbassati, un po' di risposte confuse sul tema «Era lei la padrona, vero?». Poi un uomo piuttosto giovane, che si era appoggiato contro una carrozza ferma, si raddrizzò. «Incinta?», ripeté. «Non sembra incinta!».

«Lo è!».

«Bene», disse lentamente il giovane, «se è vero, lui stava solo danneggiando la propria merce». Diede uno sguardo nervoso al punto in cui Damon si ergeva sullo schiavista morto, la cui faccia era ingessata per sempre in una terrificante smorfia di agonia.

Elena non riceveva ancora nessun aiuto per la donna che temeva stesse per morire. «*Qualcuno* sa dove posso trovare un dottore?». Dalla folla provennero mormorii di vario tipo.

«Andremmo avanti prima se potessimo offrir loro del denaro», stava dicendo Meredith. Elena allungò subito la mano per prendere il ciondolo, ma Meredith fu più veloce, slacciandosi dal collo una sofisticata collana di ametista e tenendola in alto. «Questa va al primo che ci mostra un dottore».

Ci fu una pausa in cui ognuno sembrò valutare i vantaggi e i rischi. «Non avete qualche sfera stellata?», chiese una voce affannata, poi una voce limpida e acuta gridò: «Quello è abbastanza per *me*!».

Un bambino, sì, un vero monello di strada, si lanciò davanti alla folla, afferrò la mano di Elena e indicò, dicendo: «Dottor Meggar, dritto in fondo alla strada. È solo a un paio di isolati da qui, possiamo andarci a piedi».

Il bambino era imbacuccato in un cappotto vecchio e cencioso, che doveva servire solo a tenerlo al caldo, perché lui o lei indossava anche dei pantaloni. Elena non riuscì a capire se fosse un ragazzo o una ragazza finché il bambino non le rivolse un inatteso, dolce sorriso e sussurrò: «Mi chiamo Lakshmi».

«Io sono Elena».

«Meglio affrettarsi, Elena», disse Lakshmi. «I Guardiani saranno qui a momenti».

Meredith e Bonnie avevano aiutato la schiava frastornata ad alzarsi, ma lei sembrava soffrire troppo per capire se volevano aiutarla o ucciderla.

Elena ricordò come la donna si era rannicchiata all'ombra del suo corpo. Mise una mano sul suo braccio insanguinato e disse con voce pacata: «Sei al sicuro adesso. Andrà tutto bene. Quell'uomo, il tuo… il tuo padrone, è morto e ti *prometto* che nessuno ti farà di nuovo del male. Lo giuro».

La donna la fissò incredula, come se quel che stava dicendo Elena fosse impossibile. Come se vivere senza essere continuamente picchiata – persino con tutto quel sangue Elena poteva vedere le vecchie ferite, alcune simili a dei lacci, sulla pelle della donna – fosse una cosa troppo distante dalla realtà per poterla immaginare.

«Lo *giuro*», ripeté Elena, non sorridendo, ma in tono grave. Sapeva che era un fardello di cui si sarebbe fatta carico. *È tutto a posto*, pensò, e si rese conto che per un po' non aveva più inviato i suoi pensieri a Damon. *So quello che faccio. Sono pronta ad assumermi questa responsabilità.*

Sei sicura? La voce di Damon le giunse incerta come non l'aveva mai sentita. *Perché io sono dannatamente sicuro che non mi prenderò cura di una qualche vecchia megera quando tu sarai stanca di lei. Non sono nemmeno sicuro di essere pronto ad affrontare qualunque cosa mi costerà aver ucciso quel bastardo con la frusta.*

Elena si voltò a guardarlo. Era serio. *Be', allora perché l'hai ucciso?*, lo sfidò.

Stai scherzando? Damon la sconvolse con il livore e la veemenza di quel pensiero. *Ti ha* ferita. *Avrei dovuto ucciderlo più lentamente*, aggiunse, ignorando uno dei porta-lettiga che gli si stava inginocchiando accanto, sicuramente per chiedergli cosa fare dopo.

Gli occhi di Damon, comunque, erano sul volto di Elena, sul sangue che ancora scorreva dalla ferita. *Figlio di puttana*, pensò Damon, digrignando i denti mentre gettava uno sguardo al cadavere, talmente feroce da far scappare a gambe levate il porta-lettiga.

«Damon, non lasciarlo andar via! Portali tutti qui adesso...», cominciò Elena, e poi, sentendo che tutti intorno a lei trattenevano il fiato per la sorpresa, continuò non verbalmente: *Non far andar via i porta-lettiga. Ci* serve *una lettiga per trasportare questa povera donna dal dottore. E perché mi stanno fissando tutti?*

Perché sei una schiava, e hai appena fatto delle cose che nessuna schiava dovrebbe fare e ora stai dando ordini a me*, il tuo padrone.* La voce telepatica di Damon era tetra.

Non è un ordine. È un... guarda, qualsiasi gentiluomo aiuterebbe una donna in difficoltà, giusto? Bene, ce ne sono quattro qui e una di loro è più in difficoltà di quanto tu voglia prendere in considerazione. No, tre di loro. A me serve qualche punto, e Bonnie è sul punto di svenire. Elena stava colpendo metodicamente i suoi punti deboli, e sapeva che Damon era consapevole di quel che stava facendo. Tuttavia ordinò a uno del gruppo dei porta-lettiga di prendere la schiava e agli altri di prendere le sue ragazze.

Elena restò con la donna e finì in una lettiga con le tende ben chiuse. L'odore del sangue assumeva in bocca un sapore di rame, che le faceva venire da piangere. Non voleva vedere da vicino le ferite della schiava, ma il sangue scorreva a fiotti nella lettiga. Si tolse la blusa e la canottiera e rimise solo la blusa, in modo da poterla usare per chiudere il grosso squarcio che attraversava in diagonale il torace della donna. Ogni volta che la donna alzava su di lei i suoi spaventati occhi castano scuro, Elena cercava di rivolgerle un sorriso incoraggiante. Erano in una zona profonda al di là dei normali canali di comunicazione, dove uno sguardo e un contatto valevano più delle parole.

Non morire, stava pensando Elena. *Non morire proprio ora che hai qualcosa per cui vivere. Vivi per la libertà, e per il tuo bambino.*

E forse qualcosa di quel che stava pensando raggiunse la donna, perché si rilassò sui cuscini della lettiga, tenendo la mano di Elena.

17

«Si chiama Ulma», disse una voce, ed Elena guardò in basso, trovando Lakshmi che tirava indietro le tende della lettiga con una mano sulla testa. «Tutti conoscono il Vecchio Drohzne e i suoi schiavi. Li picchia fino a farli svenire e poi pretende che prendano su il suo risciò e lo portino in giro a tutta birra. Ne uccide cinque o sei ogni anno».

«Non ha ucciso questa», mormorò Elena. «Ha avuto quel che meritava». Strinse la mano di Ulma.

Si sentiva molto meglio quando la lettiga si fermò, e Damon apparve proprio quando era sul punto di negoziare con uno dei portalettiga perché portasse Ulma in braccio dal dottore. Senza preoccuparsi dei vestiti, Damon continuò a mostrare disinteresse anche quando prese in braccio la donna, Ulma, e fece cenno a Elena di seguirlo. Lakshmi gli saltellò intorno e passò in testa, guidandoli in un cortile di pietre modellate in modo intricato e poi giù lungo un corridoio tortuoso con alcune porte solide e dall'aspetto rispettabile. Infine, bussò a una porta, e un uomo rugoso con una testa enorme e alcuni radi e sottilissimi ciuffi di barba aprì cautamente la porta.

«Non ho *ketterris* qui! Né *hexen*, né *zemeral*! E non faccio incantesimi d'amore!». Poi, osservando con sguardo miope, sembrò mettere a fuoco il piccolo gruppo.

«Lakshmi?», disse.

«Abbiamo portato una donna che ha bisogno di aiuto», disse Elena. «È anche incinta. Lei è un dottore, vero? Un guaritore?»

«Un guaritore di un qualche limitato talento. Entrate pure».

Il dottore si affrettò in una camera sul retro. Lo seguirono, Damon con ancora in braccio Ulma. Quando arrivarono, Elena vide che il guaritore stava in un angolo di quello che sembrava l'ingombro santuario di un mago, con una buona dose di voodoo e roba da stregone buttata in mezzo.

Elena, Meredith e Bonnie si guardarono nervosamente, ma poi Elena udì schizzare dell'acqua e capì che il dottore stava lì nell'angolo perché c'era una bacinella, e si stava lavando meticolosamente le mani, arrotolandosi le maniche sui gomiti e producendo molta schiuma. Poteva definirsi "guaritore", ma conosceva l'igiene di base, pensò.

Damon mise Ulma su quello che pareva un lettino pulito e coperto da un lenzuolo bianco. Il dottore gli fece un cenno col capo. Poi, schiarendosi la gola, tirò fuori un vassoio di strumenti e mandò Lakshmi a prendere degli stracci per pulire le ferite e bloccare la copiosa emorragia. Aprì anche vari cassetti per tirare fuori sacchetti dall'odore penetrante e salì su una scala per tirare giù ciuffi di erbe medicinali legate al soffitto con uno spago. Infine, aprì una scatoletta e prese, per se stesso, una presa di tabacco.

«Faccia presto, la prego», disse Elena. «Ha perso molto sangue».

«E tu non ne hai perso poco», disse l'uomo. «Mi chiamo Kephar Meggar… e questa dovrebbe essere una schiava di Padron Drohzne, vero?». Le scrutò attentamente, come inforcasse gli occhiali, ma non li aveva. «E anche tu dovresti essere una schiava, no?». Guardò l'ultimo pezzo di corda che Elena aveva ancora ai polsi, e poi quelli di Meredith e Bonnie, strappati allo stesso modo.

«Sì, ma…». Elena si fermò. Che razza di infiltrata era! Era stata molto vicina a dire "Ma non davvero; è solo per rispettare le convenzioni". Si accontentò di dire: «Ma il *nostro* padrone è molto diverso dal suo». Erano proprio diversi, pensò. Per prima cosa, Damon non aveva il collo spezzato. E poi, non importa quanto potesse essere vizioso e letale, lui non avrebbe mai percosso una donna, tanto meno avrebbe mai fatto una cosa come quella. Sembrava avere una specie di barriera interna contro simili comportamenti, eccetto quando era stato posseduto da Shinichi, e non aveva potuto controllare i suoi muscoli.

«E Drohzne vi ha persino permesso di portare questa donna da un guaritore?». L'ometto sembrava dubbioso.

«No, non ce l'avrebbe lasciato fare, ne sono sicura», disse Elena in tono piatto. «Ma la prego... sta sanguinando e aspetta un bambino».

Le sopracciglia del dottor Meggar andarono su e giù. Ma, senza chiedere a nessuno di uscire mentre la medicava, tirò fuori uno stetoscopio antiquato e auscultò attentamente il cuore e i polmoni. Le annusò l'alito e poi le palpò delicatamente l'addome sotto la canottiera insanguinata di Elena, tutto con aria professionale, prima di inclinare sulle labbra della donna una bottiglia marrone, dalla quale lei bevve a piccoli sorsi, poi sprofondò indietro, sbattendo le palpebre mentre chiudeva gli occhi.

«Ora», disse l'ometto, «riposa tranquilla. Avrà bisogno di parecchi punti, e servirebbe qualche punto anche a te, ma dovremo sentire che dice il tuo padrone, suppungo». Il dottor Meggar pronunciò la parola "padrone" con una decisa sfumatura di disprezzo. «Ma posso prometterti che probabilmente non morirà. Per quanto riguarda il suo bambino, non lo so. Potrebbe nascere con degli strani segni a causa di questa faccenda, con delle voglie a forma di frustate, forse, o potrebbe essere perfettamente sano. Ma con *cibo* e *riposo*», le sopracciglia del dottor Meggar fecero di nuovo su e giù, come se avesse preferito dire quelle cose a Padron Drohzne in persona, «dovrebbe guarire».

«Si prenda cura prima di Elena, dunque», disse Damon.

«No, *no*!», disse Elena, respingendo il dottore. Sembrava un uomo gentile, ma ovviamente da quelle parti, i padroni erano padroni, e Damon era più autoritario e minaccioso che mai.

Ma non per Elena, in quel momento. Non si preoccupava per se stessa. Aveva fatto una promessa e le parole del dottore significavano che avrebbe potuto mantenerla. Di quello solo si preoccupava.

Su e giù, su è giù. Le sopracciglia del dottor Meggar sembravano due bruchi su un elastico. Uno un po' indietro rispetto all'altro. Era chiaro che il comportamento cui stava assistendo era anomalo, anche passibile di essere severamente punito. Ma Elena lo notò appena, dal momento che stava guardando Damon.

«*La aiuti*», disse con veemenza, e vide le sopracciglia del dottore impennarsi come se mirassero a raggiungere il soffitto.

Lasciò scappare la sua aura. Non completamente, grazie a Dio, ma uno scoppio c'era stato di certo, come un lampo di luce diffusa nella stanza.

E il dottore, che non era un vampiro, ma solo un normale cittadino, lo notò. Lakshmi lo notò; persino Ulma si agitò con apprensione sul lettino.

Dovrei fare davvero molta più attenzione, pensò Elena. Lanciò una rapida occhiata a Damon, che stava per esplodere a sua volta. Troppe emozioni, troppo sangue nella stanza, e l'adrenalina dell'omicidio ancora pulsante nelle vene.

Come lo sapeva?

Damon non si controllava più perfettamente, si rese conto. Stava percependo quelle cose direttamente dalla sua mente. Sarebbe stato meglio farlo uscire in fretta. «Noi aspettiamo fuori», disse, prendendolo per il braccio e sconvolgendo ulteriormente il dottor Meggar. Le schiave, anche se bellissime, non si comportavano in quel modo.

«Andate ad aspettare in cortile, allora», disse il dottore, controllando attentamente la sua espressione e parlando senza guardare né Damon né Elena. «Lakshmi, fornisci loro alcune bende per arrestare l'emorragia della ragazza. Poi torna qui, mi serve il tuo aiuto».

«Solo una domanda», aggiunse, mentre Elena e gli altri stavano uscendo dalla stanza. «Come hai capito che questa donna era incinta? Quale tipo di incantesimo te l'ha rivelato?»

«Nessun incantesimo», disse Elena con semplicità. «Ogni donna l'avrebbe capito guardandola». Vide Bonnie lanciarle uno sguardo offeso, ma Meredith rimase imperscrutabile.

«Quell'orribile schiavista, Drogsie, o come si chiama, la stava frustando sul davanti», disse Elena. «E guardi quegli squarci». Rabbrividì, esaminando le due strisce che attraversavano lo sterno di Ulma. «In quel caso, ogni donna avrebbe cercato di proteggersi il petto, ma lei stava cercando di coprirsi la pancia. Significava che era incinta, da un tempo sufficiente per esserne sicura».

Le sopracciglia del dottor Meggar si abbassarono simultaneamente, e poi alzò lo sguardo su Elena come se sbirciasse da sopra gli occhiali. Quindi annuì lentamente. «Prendi delle bende e ferma quella emorragia», disse – a Elena, non a Damon. A quanto pareva, schiava o no, si era guadagnata un certo rispetto da parte sua.

D'altro canto, Elena sembrava aver perso il suo ascendente su Damon, o, perlomeno, lui l'aveva tagliata fuori dalla sua mente abbastanza deliberatamente, lasciandola a guardare un muro bianco. Nella stanza d'attesa del dottore, lui rivolse un gesto imperioso a Bonnie e Meredith.

«Aspettate in questa stanza», disse. Anzi, ordinò. «*Non* ve ne andate finché non esce il dottore. *Non* fate entrare nessuno dalla porta d'ingresso, chiudetela e lasciatela chiusa. Bene. Elena viene con me in cucina, che è la porta sul retro. Non voglio essere disturbato da *nessuno* a meno che una folla infuriata non minacci di incendiare la casa, avete capito? Tutte e due?».

Elena vide che Bonnie era sul punto di dire senza riflettere, "Ma Elena sanguina ancora!" e Meredith stava richiamando con gli occhi e le sopracciglia alla necessità o meno di tentare una immediata ribellione della sorellanza di velociraptor. Conoscevano tutte il Piano A per quello: Bonnie si sarebbe lanciata fra le braccia di Damon, piangendo appassionatamente o baciandolo appassionatamente, a seconda di quel che richiedeva la situazione, mentre Elena e Meredith l'avrebbero accerchiato ai fianchi e avrebbero fatto... be', qualunque cosa fosse necessario fare.

Elena, con una rapida occhiata, lo aveva categoricamente bocciato. Damon era arrabbiato, sì, ma percepiva che ce l'aveva più con Drohzne che con lei. Il sangue lo aveva eccitato, ma si era abituato a controllarsi in situazioni cruente. E lei aveva bisogno di aiuto per le ferite, che avevano cominciato a far male sul serio, da quando aveva sentito che la donna che aveva salvato sarebbe sopravvissuta, e che avrebbe persino avuto il suo bambino. Ma se Damon aveva qualcosa in mente, voleva saperlo, subito.

Con un'ultima confortante occhiata a Bonnie, Elena seguì Damon in cucina. C'era una serratura sulla porta. Damon la guardò e le fece cenno; Elena chiuse a chiave. Poi guardò il suo "padrone".

Era appoggiato al lavello della cucina, e lo riempiva metodicamente d'acqua, con una mano poggiata sulla fronte. I capelli, ricadendogli sugli occhi, si ricoprivano di schizzi. Non sembrava farci caso.

«Damon?», disse con tono incerto. «Va... tutto bene?».

Non rispose.

Damon?, provò con la telepatia.

Ho lasciato che ti facesse del male. Sono abbastanza veloce. Avrei potuto uccidere quel bastardo di Drohzne con una scintilla di Potere. Ma non immaginavo che ti facesse del male. La sua voce telepatica si era riempita, a un tratto, del tipo di minaccia più cupo immaginabile e di una calma strana, quasi gentile. Come se stesse cercando di tenere tutta la ferocia e la rabbia sotto chiave, lontano da lei.

Avrei potuto parlargli... avrei potuto mandargli un messaggio per dirgli cos'era. Non riuscivo a pensare. Era telepatico, poteva sentirmi. Ma non avevo parole. Riuscivo solo a urlare, nella mia mente.

Elena si sentiva stordita, più stordita di quanto si fosse mai sentita prima. Damon stava provando questa angoscia... per lei? Non era arrabbiato perché lei aveva palesemente infranto le regole di fronte alla folla, compromettendo forse la loro copertura? Non si preoccupava di essere così fradicio e *in disordine*?

«Damon», disse. Lui fu sorpreso di sentirla parlare ad alta voce. «Non... non ha importanza. Non è colpa tua. Tu non me l'avresti mai lasciato fare...».

«*Ma avrei dovuto sapere che non me l'avresti chiesto!* Ho pensato che avessi intenzione di attaccarlo, di saltargli sulle spalle e strozzarlo, ed ero pronto ad aiutarti a farlo, a tirarlo giù come due lupi fanno con un grosso cervo. Ma tu non sei una spada, Elena. Qualunque cosa pensi, sei uno scudo. Avrei dovuto sapere che avresti preso tu stessa il colpo successivo. E a causa mia, tu sei stata...». Lasciò vagare lo sguardo sul suo zigomo e rabbrividì.

Poi sembrò riprendere il controllo. «L'acqua è fredda, ma pulita. Dobbiamo disinfettare quei tagli e fermare subito l'emorragia».

«Non credo ci sia un po' di Black Magic qua in giro», disse Elena, tra il serio e il faceto. Stava cominciando a far male.

Damon, comunque, cominciò subito ad aprire le credenze. «Eccolo». Disse dopo averne controllate solo tre, trovando trionfante una bottiglia mezzo piena di Black Magic. «Molti dottori lo usano come medicinale e anestetico. Non preoccuparti, lo pagherò bene».

«Allora penso che dovresti prenderne un po' per te», disse Elena sfacciatamente. «Andiamo, farà bene a entrambi. E non sarà la prima volta».

Sapeva che l'ultima frase sarebbe stata decisiva per Damon. Poteva essere un modo per riavere qualcosa che Shinichi aveva preso da lui.

Riavrò indietro tutti i suoi ricordi da Shinichi in qualche modo, decise Elena, facendo del suo meglio per schermare i suoi pensieri da Damon con del rumore bianco. *Non so come fare, e non so quando ne avrò l'opportunità, ma giuro che lo farò*. Lo giuro.

Damon aveva riempito due calici con il ricco vino dall'odore inebriante, e ne stava porgendo uno a Elena. «Bevilo a piccoli sorsi all'inizio», disse, non riuscendo a evitare di cadere nel ruolo dell'istruttore. «È una buona annata».

Elena lo sorseggiò, poi bevve avidamente. Era assetata e il vino Clarion Loess Black Magic era analcolico. Certamente non aveva il sapore di un normale vino. Somigliava al sapore di un'acqua sorgiva eccezionalmente fresca ed effervescente, aromatizzata da uve dolci, scure e vellutate.

Damon, notò Elena, aveva dimenticato del tutto di bere a piccoli sorsi, e quando le offrì un secondo bicchiere per pareggiare il suo, lei accettò volentieri.

La sua aura, di sicuro, si era calmata molto, pensò, quando lui prese un panno bagnato e cominciò a pulire delicatamente il taglio che seguiva quasi esattamente la linea del suo zigomo. Era quello che aveva smesso di sanguinare per primo, ma a lui serviva che il sangue riprendesse a scorrere, per disinfettarlo. Con due bicchieri di Black Magic al culmine di un digiuno che durava dalla colazione, Elena si ritrovò a rilassarsi sulla spalliera della sedia, lasciando ricadere un po' la testa all'indietro, e chiudendo gli occhi. Perse la cognizione del tempo, mentre lui accarezzava dolcemente le ferite. E perse lo stretto controllo della sua aura.

Quando aprì gli occhi non fu in risposta a un suono o a uno stimolo visivo. Fu per una vampata nell'aura di Damon, di improvvisa determinazione.

«Damon?».

La sovrastava. Le sue tenebre si espandevano dietro di lui come un'ombra, alta, immensa, quasi ipnotizzante. Decisamente spaventosa.

«Damon?», disse di nuovo, con tono incerto.

«Non stiamo procedendo bene», disse, e i suoi pensieri andarono immediatamente alla sua disobbedienza come schiava, e alle infrazioni meno serie di Meredith e Bonnie. Ma la sua voce era come velluto nero, e il suo corpo reagì in modo più accurato della sua mente. Rabbrividì.

«Come… dovremmo procedere?», chiese, e poi fece l'errore di aprire gli occhi. Scoprì che era chino su di lei da quando si era seduta sulla sedia, ad accarezzarle, anzi, a sfiorarle appena i capelli, così delicatamente che non l'aveva neanche sentito.

«I vampiri sanno come occuparsi delle ferite», disse in tono confidenziale, e i suoi grandi occhi, che sembravano contenere il loro personale universo di stelle, la catturarono e la tennero avvinta. «Possiamo pulirle. Possiamo farle sanguinare di nuovo, o cicatrizzarle».

Mi sono già sentita così, pensò Elena. *Mi ha già parlato in questo modo, anche se non lo ricorda. E io… io ero troppo spaventata. Ma era stato prima…*

Prima del motel. La notte in cui le aveva detto di correre, e lei non l'aveva fatto. La notte che Shinichi gli aveva rubato, così come aveva gli aveva rubato la prima volta che avevano bevuto insieme il Black Magic.

«Mostramelo», sussurrò Elena. E sapeva che qualcos'altro nella sua mente stava sussurrando, ma sussurrava parole diverse. Parole che non avrebbe mai detto, se avesse per un momento pensato a se stessa come a una schiava.

Sussurrando, *sono tua…*

Fu quando sentì la bocca di Damon carezzare leggermente la sua.

E poi pensò soltanto, *Oh!* e *Oh, Damon…* finché lui prese a toccarle delicatamente la guancia con la sua lingua di morbida seta, dirigendo prima gli agenti chimici a disinfettare il flusso sanguigno, e infine, quando le impurità erano state tutte così delicatamente spazzate via, a fermare il sangue e a guarire la ferita. Riusciva a sentire il suo Potere, il Potere oscuro che lui aveva usato in migliaia di battaglie, per infliggere centinaia di ferite mortali, tenuto strettamente sotto controllo per concentrarlo su quel semplice, modesto compito, pulire il segno di una frustata dalla guancia di una ragazza. Elena pensò che era come essere accarezzata dai petali di quella rosa Black Magic, i suoi petali freschi e lisci che dolcemente spazzavano via il dolore, fino a farla rabbrividire di piacere.

E poi smise. Elena sapeva di aver bevuto ancora una volta troppo vino. Ma quella volta non ebbe la nausea. Quella bevanda ingannevolmente leggera le era salita alla testa, rendendola brilla. Ogni cosa aveva preso una consistenza onirica e irreale.

«Finirà di guarire bene, adesso», disse Damon, toccandole di nuovo i capelli così delicatamente che riuscì appena a sentirlo. Ma quella volta lo sentì, perché inviò dita di Potere a incontrare la sensazione e a godere di ogni momento. E ancora una volta lui la baciò, leggermente, le labbra che appena carezzavano le sue. Quando la sua testa si rovesciò indietro, comunque, lui non la seguì, anche quando, delusa, lei cercò di fare pressione dietro il suo collo. Semplicemente aspettò finché Elena ricominciò a riflettere sulle cose... lentamente.

Non dovremmo baciarci. Meredith e Bonnie sono proprio nella stanza accanto. Come faccio a mettermi in queste situazioni? Ma Damon non stava neanche cercando di baciarla... e noi dovremmo...oh!

Le sue altre ferite.

Facevano male davvero. Che razza di persona crudele aveva escogitato una frusta come quella, pensò Elena, sottile come un rasoio, che provocava tagli così profondi che non facevano nemmeno male all'inizio, o non più di tanto... ma che peggioravano sempre di più col passare del tempo? E continuavano a sanguinare... *dovremmo fermare le emorragie prima che il dottore mi visiti...*

Ma l'altra ferita, quella che bruciava come il fuoco, attraversava diagonalmente la clavicola. E la terza era vicino al ginocchio...

Damon fece per alzarsi, prendere un altro straccio dal lavandino e ripulire il taglio con l'acqua.

Elena lo trattenne. «No».

«No? Sei sicura?»

«Sì».

«Voglio solo pulirla...».

«Lo so». Lo sapeva. La mente di lui era aperta alla sua, tutto il suo turbolento potere scorreva sereno e tranquillo. Non sapeva perché lui si fosse aperto a lei in quel modo, ma l'aveva fatto.

«Ma lascia che ti dia un consiglio, non andare a donare il tuo sangue a qualche vampiro morente, non permettere che qualcuno lo assaggi. È peggio del Black Magic...».

«Peggio?». Sapeva che le stava facendo un complimento, ma non lo capiva.

«Più ne bevi, più ti vien voglia di berlo», rispose Damon, e per un istante Elena vide la turbolenza che aveva provocato in quelle quiete acque. «E più ne bevi, più Potere riesci ad assorbire», aggiunse con serietà. Elena si rese conto di non aver mai neppure pensato che potesse essere un problema, ma lo era. Si ricordò che agonia era stata cercare di assorbire la propria aura, prima di imparare a tenerla in movimento nel suo flusso sanguigno.

«Non preoccuparti», aggiunse, ancora serio. «So a chi stai pensando». Fece di nuovo per prendere uno straccio. Ma senza saperlo, aveva detto troppo, presunto troppo.

«*Tu* sai a chi sto pensando?», disse Elena a bassa voce, e fu sorpresa da come potesse suonare pericolosa la propria voce, come i soffici cuscinetti dei piedi robusti di una tigre. «Senza chiedermelo?».

Damon cercò di raddrizzare il tiro. «Be', ammettevo per ipotesi».

«*Nessuno* sa a cosa sto pensando», disse Elena. «Finché non glielo dico». Si mosse e lo obbligò a inginocchiarsi per guardarla, dubbiosamente. Avidamente. Poi, così come era stata lei a farlo inginocchiare, fu lei ad attirarlo sulle sue ferite.

18

Elena tornò lentamente al mondo reale, combattendolo in tutti i modi. Affondò le unghie nella pelle della giacca di Damon, ritrovandosi a chiedersi se toglierla avrebbe facilitato le cose, e poi il suo umore fu di nuovo rovinato da quel suono, un imperioso, deciso bussare.

Damon alzò la testa e ringhiò.

Siamo una coppia di lupi, vero?, pensò Elena. *Che lottano con le unghie e con i denti.*

Ma un'altra parte della sua mente suggerì che non stavano smettendo di bussare. Lui aveva avvisato quelle ragazze...

Quelle ragazze! Bonnie e Meredith! E lui aveva detto di non interromperli a meno che la casa non andasse a fuoco!

Ma, il dottore, oh, Dio, era successo qualcosa a quella povera donna sventurata! Stava morendo!

Damon stava ancora ringhiando, una traccia di sangue sulle sue labbra. Era solo una traccia, perché la sua seconda ferita era stata curata a fondo come la prima, quella sullo zigomo. Elena non sapeva quanto tempo fosse passato da quando aveva tirato Damon a sé per baciare quel taglio. Ma in quel momento, con il suo sangue nelle vene e il piacere interrotto, era, fra le sue braccia, come una pantera nera non domata.

Non sapeva se poteva fermarlo o almeno frenarlo senza usare del puro Potere su di lui.

«Damon!», disse ad alta voce. «Là fuori... ci sono i nostri amici. Ricordi? Bonnie, Meredith e il guaritore?»

«Meredith», disse Damon, e tirò di nuovo indietro le labbra, mostrando i canini spaventosamente lunghi. Non era ancora tornato alla realtà. Se avesse visto Meredith in quel momento, non ne sarebbe stato spaventato, pensò Elena, e, oh sì, sapeva quanto mettesse a disagio Damon la sua logica, riflessiva amica. Vedevano il mondo con occhi troppo diversi. Lei lo infastidiva come un sassolino nella scarpa. Ma, in quella circostanza, avrebbe affrontato il disagio in un modo che avrebbe ridotto Meredith a un cadavere brutalizzato.

«Fammi andare a vedere», disse, quando il bussare ricominciò... non potevano *smettere*? Non aveva già abbastanza da fare?

Le braccia di Damon semplicemente si strinsero intorno a lei. Sentì una vampata di calore, perché sapeva che, anche se la stava imprigionando fra le sue braccia, stava trattenendo molta della sua forza. Non voleva stritolarla, come avrebbe fatto se avesse usato solo un decimo della potenza dei suoi forti muscoli.

L'ondata di sensazioni che la pervase la costrinse a chiudere brevemente gli occhi, ma sapeva che doveva rappresentare la voce della ragione in quella circostanza.

«Damon! Potrebbero essere qui per avvisarci... o Ulma potrebbe essere morta».

La *morte* lo convinse. I suoi occhi erano due fessure, la luce rosso sangue filtrata dalle persiane della cucina lanciava fasci rossi e neri sulla sua faccia, facendolo apparire più attraente e più demoniaco che mai.

«Resta qui». Damon lo disse in tono neutro, senza l'intenzione di essere un "padrone" o un "gentiluomo". Era un animale feroce che stava proteggendo la sua compagna, l'unica creatura al mondo che non era sua rivale o cibo.

Non si poteva discutere con lui, non in quello stato. Elena sarebbe rimasta lì. Damon sarebbe andato a fare qualunque cosa andasse fatta. Ed Elena sarebbe rimasta lì il tempo che lui avesse ritenuto necessario.

Elena non sapeva proprio di chi fossero quegli ultimi pensieri. Lei e Damon stavano ancora tentando di districare le loro emozioni. Decise di osservarlo e solo se avesse davvero perso il controllo...

Non vuoi davvero vedermi fuori controllo.

Sentirlo scattare dal puro istinto animale al freddo, perfetto controllo mentale, la spaventò ancora di più della precedente furia. Non sapeva se Damon fosse la persona più equilibrata mai incontrata o solo una bestia abile a nascondere la propria natura selvaggia. Tenne insieme i lembi della sua blusa strappata e lo osservò muoversi con grazia disinvolta verso la porta e poi, improvvisamente, violentemente, tirarla quasi fuori dai cardini.

Non cadde nessuno; nessuno aveva origliato la loro conversazione privata. Ma Meredith stava in piedi, con una mano a trattenere Bonnie e con l'altra pronta a bussare di nuovo.

«Sì?», disse Damon in tono glaciale. «Credevo di avervi detto…».

«L'hai detto, e c'è», disse Meredith, osando interrompere un Damon in quello stato, andando incontro al suicidio. «*C'è cosa?*», ringhiò Damon.

«C'è una folla fuori che minaccia di bruciare l'intero edificio. Non so se sono infuriati per Drohzne o perché abbiamo preso Ulma, ma sono arrabbiati per qualcosa, e hanno delle torce. Non volevo interrompere la… terapia di Elena, ma il dottor Meggar dice che non lo ascolteranno. È un umano».

«È abituato a essere uno schiavo», aggiunse Bonnie, divincolandosi dalla stretta di Meredith. Guardò Damon con gli occhi castani grondanti lacrime, le mani protese. «Solo tu puoi salvarci», disse, traducendo ad alta voce il messaggio del suo sguardo, il che significava che le cose erano davvero serie.

«Va bene, va bene. Mi occuperò io di loro. Voi prendetevi cura di Elena».

«Naturalmente, ma…».

«No». Damon era reso temerario dal sangue, o dai ricordi che ancora impedivano a Elena di formulare una frase coerente, oppure aveva in qualche modo superato tutta la sua paura di Meredith. Mise le mani sulle sue spalle. Era solo quattro, cinque centimetri più alto di lei, così non aveva problemi a guardarla negli occhi. «Tu, prenditi cura di Elena, personalmente. Le tragedie accadono a ogni minuto del giorno: imprevedibili, orrende, *mortali* tragedie. Io *non* voglio ne accada una a Elena».

Meredith lo guardò a lungo e, per la prima volta, non consultò Elena con lo sguardo, prima di rispondere a una questione che la riguardava. Semplicemente disse: «La proteggerò», con una voce bassa che si fece comunque sentire. Dalla sua postura, dal suo tono, si sarebbe quasi potuta udire la tacita aggiunta, "con la mia vita", e non sarebbe parsa melodrammatica.

Damon la lasciò andare, uscì dalla porta e, senza voltarsi indietro, scomparve alla vista di Elena. Ma la sua voce mentale fu cristallina nella sua mente: *sarai al sicuro se c'è un modo per salvarti. Lo giuro.*

Se c'era un modo per salvarla. *Fantastico*. Elena cercò di rimettere in moto il cervello.

Meredith e Bonnie la stavano fissando. Elena inspirò profondamente, automaticamente risucchiata, per un istante, ai vecchi tempi, quando una ragazza di ritorno da una serata bollente poteva aspettarsi un lungo e dettagliato interrogatorio.

Ma tutto quel che Bonnie disse fu: «La tua faccia… sta molto meglio ora!».

«Sì», disse Elena, usando i due capi della blusa per fare un top improvvisato. «Il problema è la mia gamba. Non avevamo ancora… finito».

Bonnie aprì la bocca, ma la richiuse immediatamente, cosa che per Bonnie era una manifestazione di eroismo simile alla promessa di Meredith a Damon. Quando la aprì di nuovo, fu per dire: «Prendi la mia sciarpa e legala intorno alla gamba. Possiamo stringerla ai lati e poi fare un nodo sulla parte che ti fa male. Eserciterà pressione sulla ferita».

Meredith disse: «Penso che il dottor Meggar abbia finito con Ulma. Forse può visitarti».

Nell'altra stanza, il dottore si stava ancora una volta lavando le mani, servendosi di una pompa larga per immettere più acqua nel lavabo. C'era una pila di stracci completamente macchiati di rosso e un odore che Elena fu grata al dottore di aver camuffato con delle erbe. Su una sedia larga e dall'aspetto confortevole, era seduta una donna che Elena non riconobbe.

La sofferenza e il terrore possono cambiare una persona, Elena lo sapeva, ma non aveva mai capito quanto; né quanto il conforto e l'assenza di dolore possono cambiare una faccia. Aveva portato con sé una donna che si era rannicchiata fino ad assumere la statura di una bambina nel ricordo di Elena, e la cui faccia magra e devastata, contorta dall'agonia e da un irrefrenabile terrore, era sembrata quasi una specie di ritratto astratto di una strega maligna. La sua pelle aveva avuto un colorito grigiastro e malato, i suoi capelli sottili non sembravano sufficienti a coprirle la testa, e pendevano a ciocche simili alle alghe marine. Tutto in lei dichiarava a gran voce che era una schiava, dalle catene di ferro intorno ai polsi, alla nudità del suo corpo sfregiato e insanguinato, ai piedi nudi e color ruggine. Elena non avrebbe potuto dire neanche di che colore fossero i suoi occhi, perché le sembravano grigi come tutto il resto.

Elena si trovava di fronte a una donna che forse aveva da poco superato i trent'anni. Aveva una faccia magra, attraente, con qualcosa di aristocratico, con un naso pronunciato e nobile, occhi scuri e penetranti, e bellissime ciglia simili alle ali di un uccello in volo. Era rilassata sulla poltrona, con i piedi su una ottomana, a spazzolarsi lentamente i capelli, neri con rade striature di grigio che davano un'aria di dignità alla semplice vestaglia turchina che indossava. La sua faccia aveva delle rughe che le conferivano carattere, ma soprattutto si percepiva in lei una sorta di bramosia di tenerezza, forse a causa del lieve rigonfiamento all'addome, sul quale posò dolcemente una mano. Quando lo fece le sue guance fiorirono e il suo aspetto divenne raggiante.

Per un istante Elena pensò che doveva essere la moglie del dottore o la domestica e fu tentata dal chiedere se Ulma, quel misero relitto di una schiava, era morta.

Poi vide quel che il polsino della vestaglia non riusciva a nascondere del tutto: il lampo di un braccialetto di ferro.

Quella donna snella e bruna dall'aria aristocratica era Ulma. Il dottore aveva operato un miracolo.

Un guaritore, si era definito. Era ovvio che, come Damon, sapeva sanare le ferite. Nessuno che fosse stato frustato come Ulma poteva ritornare in quello stato senza qualche potente intervento magico. Tentare di ricucire l'ammasso insanguinato che Elena aveva portato era senza dubbio impossibile, tuttavia il dottor Meggar l'aveva guarita.

Elena non aveva mai vissuto una situazione come quella, così fece ricorso alle buone maniere cui era stata educata in quanto ragazza della Virginia.

«Piacere di conoscerla, signora. Io sono Elena», disse, e le tese la mano.

La spazzola cadde sulla sedia. La donna tese entrambe le mani per prendere quella di Elena fra le sue. Sembrava divorare la faccia di Elena con quegli occhi scuri e penetranti.

«Sei tu!», disse, e poi, sollevando i piedi in pantofole dall'ottomana, cadde in ginocchio.

«Oh, no, signora! La prego! Sono certa che il dottore le ha detto di riposare. È meglio che si sieda tranquilla ora».

«Ma tu *sei* quella». Per qualche ragione, la donna sembrava aver bisogno di una conferma. Ed Elena era disposta a fare tutto il possibile per calmarla.

«Sono io», disse Elena. «E ora penso che debba sedersi di nuovo».

L'obbedienza fu immediata, eppure c'era una sorta di luce gioiosa in tutto quel che faceva Ulma. Elena l'aveva compreso dopo appena due ore di schiavitù. Obbedire quando si aveva una scelta era completamente diverso dall'obbedire perché la disobbedienza significava la morte.

Ma anche quando Ulma si fu seduta, continuò a tendere le braccia. «Guardatemi! Cari serafini, dee, Guardiani, chiunque voi siate: guardatemi! Dopo tre anni vissuti come una bestia sono diventata umana di nuovo, per merito tuo! Sei venuta come un angelo dei fulmini e ti sei messa fra me e la frusta». Ulma cominciò a piangere, ma sembravano lacrime di gioia. I suoi occhi cercarono il viso di Elena, indugiando sullo zigomo sfregiato. «Ma non sei un Guardiano; loro usano la magia per proteggersi e non intervengono mai. Per tre anni non sono mai intervenuti. Ho visto tutti i miei amici, i miei compagni di schiavitù, soccombere alla *sua* frusta e alla *sua* collera». Scosse la testa, come se fosse incapace di pronunciare il nome di Drohzne.

«Mi dispiace… mi dispiace così tanto…», farfugliò Elena, in cerca delle parole giuste. Si guardò alle spalle e vide che Meredith e Bonnie erano altrettanto affrante.

«Non importa. Ho sentito che il tuo compagno l'ha ucciso in strada».

«Gliel'ho detto io!», disse Lakshmi con orgoglio. Era entrata nella stanza senza che nessuno la notasse.

«Il mio compagno?», balbettò Elena. «Be', lui non è il mio… voglio dire, lui e io… noi…».

«È il nostro padrone», tagliò corto Meredith, dietro a Elena.

Ulma stava ancora guardando Elena con il cuore negli occhi. «Ogni giorno, pregherò che la tua anima ascenda da qui».

Elena trasalì. «Le anime posso ascendere da qui?»

«Naturalmente. Il pentimento e le buone azioni possono farlo accadere, e le preghiere degli altri sono sempre prese in considerazione, credo».

Di sicuro non parli come una schiava, rifletté Elena. Cercò di pensare al modo di dirlo con delicatezza, ma era confusa e la gamba le faceva male e le sue emozioni erano in subbuglio. «Tu non sembri come… be', come quello che ci si aspetterebbe da una schiava», disse. «Oppure sono io che non capisco più nulla?».

Vide le lacrime formarsi negli occhi di Ulma.

«Oh, Dio! Per favore, dimentica quello che ho detto. Per favore».

«No! Non c'è nessun altro cui preferirei raccontarlo. Se desideri sentire come mi sono ridotta in questo umiliante stato…». Ulma attese, osservando Elena, ed era chiaro che il più piccolo desiderio di Elena era, per Ulma, un ordine.

Elena guardò Meredith e Bonnie. Non sentiva più il rumore degli schiamazzi all'esterno, in strada, e l'edificio certamente non stava andando a fuoco.

Fortunatamente, in quel momento, il dottor Meggar rientrò dal suo girovagare. «Vi siete presentati tutti?», chiese, le sopracciglia che lavoravano sempre in contrasto, una su, una giù. Aveva in mano i resti della bottiglia di Black Magic.

«Sì», disse Elena, «ma mi stavo solo chiedendo se dovremmo tentare di evacuare o qualcosa del genere. A quanto pare c'era una folla che…».

«Il compagno di Elena sta per dargli qualcosa a cui pensare», disse

Lakshmi con evidente piacere. «Sono andati tutti al Meeting Place per risolvere la faccenda delle proprietà di Drohzne. Scommetto che *lui* sfonderà qualche testa e tornerà in un batter d'occhio», aggiunse allegramente, senza lasciar dubbi su chi fosse *lui*. «Avrei voluto essere un ragazzo per poterlo vedere».

«Sei stata più coraggiosa di qualsiasi ragazzo; sei tu che ci hai portate qui», le disse Elena. Poi consultò con lo sguardo Bonnie e Meredith. Sembrava fosse scoppiata una sommossa là fuori, e Damon era un maestro nel tenersi lontano dalle sommosse. Poteva forse... aver *bisogno* di combattere, di liberarsi dell'eccesso di energia accumulato dal sangue di Elena. Una sommossa, effettivamente, poteva essere una buona cosa per lui, pensò Elena.

Guardò il dottor Meggar. «Il mio... il nostro padrone ce la farà, non crede?».

Le sopracciglia del dottr Meggar andarono su e giù. «Probabilmente dovrà pagare ai parenti di Drohzne un prezzo di sangue, ma non dovrebbe essere troppo alto. Poi potrà fare quello che preferisce delle proprietà del vecchio bastardo», disse. «Direi che il posto più sicuro per voi sia proprio qui, lontano dal Meeting Place».

Continuò a sostenere quella opinione riempiendo loro dei bicchieri – bicchieri da liquore, notò Elena – di vino Black Magic. «Buono per i nervi», disse e ne prese un sorso.

Ulma gli rivolse il suo bellissimo, confortante sorriso, quando lui fece girare il vassoio. «Grazie... e grazie a te... e anche a te grazie», disse. «Non voglio annoiarvi con la mia storia...».

«No, raccontacela, raccontacela, per favore!». Non essendoci un pericolo immediato per le sue amiche o per Damon, Elena era ansiosa di sentire la storia. Anche gli altri stavano annuendo.

Ulma arrossì un poco, ma iniziò pacatamente. «Sono nata nel regno di Kelemen II», disse. «Sono sicura che non significa nulla per le nostre ospiti, ma significa molto per coloro che conobbero lui e le sue... stravaganze. Ho studiato con mia madre, che diventò una stilista di tessuti molto famosa. Mio padre era un creatore di gioielli famoso quasi quanto lei. Avevano una tenuta alla periferia della città e potevano permettersi una casa raffinata quanto quella di molti dei loro clienti più ricchi, benché fossero accorti nel non mostrare la reale estensione della loro ricchezza. Ero la giovane Lady Ulma allora, non Ulma la strega. I miei genitori fecero del loro meglio per tenermi nascosta, per la mia sicurezza. Ma…».

Ulma – *Lady Ulma*, pensò Elena – si fermò e bevve una profonda sorsata di vino. I suoi occhi erano cambiati; stava vedendo il passato, e stava cercando di non turbare i suoi ascoltatori. Ma proprio quando Elena fu sul punto di chiederle di fermarsi, almeno finché non si fosse sentita meglio, continuò.

«Ma, malgrado tutte le loro attenzioni… qualcuno… mi vide e chiese la mia mano. Non Drohzne, lui era solo un pellicciaio delle Province, e non l'ho mai visto prima di tre anni fa. Era un nobile, un Generale, un demone con una terribile reputazione, e mio padre rifiutò la sua richiesta. Ci attaccarono di notte. Avevo quattordici anni quando accadde. E quello fu il modo in cui diventai una schiava».

Elena si trovò a percepire il dolore emotivo direttamente dalla mente di Lady Ulma. Oh, mio Dio, l'ho fatto di nuovo, pensò, cercando di attutire in fretta i suoi sensi psichici. «Non è necessario che ce lo racconti. Magari un'altra volta…».

«Mi piacerebbe raccontarlo *a te*, così saprai cosa hai fatto. E preferirei dirlo solo una volta. Ma se non desideri più ascoltare…».

La cortesia era in guerra con altra cortesia. «No, no, se vuoi… continua pure. Io… desidero solo che tu sappia quanto mi dispiace». Elena diede uno sguardo al dottore, che la stava pazientemente aspettando vicino al tavolo con una bottiglia marrone in mano. «E, se non ti disturba, potrei farmi… guarire la gamba?».

Era consapevole di aver pronunciato "guarire" con tono dubbioso, chiedendosi come potesse una persona avere il potere di far guarire Ulma in quel modo. Non fu sorpresa quando lui scosse la testa. «O farla ricucire, magari, mentre parli, se non ti dispiace», disse.

Ci vollero parecchi minuti per superare lo shock e l'afflizione di Lady Ulma per aver fatto aspettare la sua salvatrice, ma alla fine Elena fu sul tavolo, col dottore che la incoraggiava a bere dalla bottiglia, che odorava di sciroppo per la tosse alla ciliegia.

Ebbene, avrebbe anche provato la versione di anestetico della Dimensione Oscura, specialmente perché pareva che la sutura le avrebbe fatto sicuramente male. Prese un sorso dalla bottiglia e sentì la stanza girarle intorno. Con un cenno, rifiutò l'offerta di un secondo sorso.

Il dottor Meggar slacciò la sciarpa rovinata di Bonnie, e cominciò a tagliar via i jeans intrisi di sangue al di sopra del ginocchio.

«Be', sei una ascoltatrice troppo buona», disse Lady Ulma. «Ma che eri buona lo sapevo già. Risparmierò a entrambe i penosi dettagli della mia schiavitù. Forse basterà dire che sono stata passata da un padrone all'altro nel corso degli anni, sempre come schiava, cadendo ogni volta più in basso. Alla fine, per gioco, qualcuno ha detto: "Dalla al Vecchio Drohzne. La spremerà fino all'ultimo come nessun altro sa fare"».

«Dio!», disse Elena, e sperò che tutti lo attribuissero alla storia e non al morso della soluzione disinfettante che il dottore stava passando con un tampone sulla sua carne tumefatta. *Damon era molto più abile in questo*, pensò. *Non mi ero resa conto di quanto fossi fortunata prima*. Elena cercò di non trasalire quando il dottore cominciò a usare l'ago, ma la sua presa sulla mano di Meredith si strinse al punto che Elena temette di spezzarle le ossa. Cercò di allentare la stretta, ma Meredith ricambiò con vigore. Le sue mani lisce e affusolate erano forti quasi quanto quelle di un ragazzo, ma più morbide. Elena era felice di saper stringere così forte quando voleva.

«Le forze mi abbandonarono negli ultimi tempi», disse sommessamente Lady Ulma. «Credevo fosse quello...», usò un'espressione particolarmente cruda per il suo padrone, «che mi stava conducendo alla morte. Poi compresi la verità». All'improvviso un'espressione radiosa cambiò la sua faccia, così tanto che Elena poté vedere come doveva essere apparsa nella sua adolescenza, talmente bella che un demone l'aveva chiesta in sposa. «Seppi che una nuova vita si muoveva dentro di me, e seppi che Drohzne l'avrebbe uccisa se ne avesse avuto l'opportunità...».

Sembrò non rendersi conto dell'espressione di incredulità e orrore sulle facce delle tre ragazze. Elena aveva la sensazione di brancolare in un incubo, sui margini di un oscuro crepaccio, e che avrebbe dovuto cercare a tentoni nel buio, fra le insidiose, invisibili fenditure nel ghiaccio della Dimensione Oscura, fino a raggiungere Stefan e liberarlo da quel posto. Quella disinvolta menzione di un abominio non era il primo passo intorno al crepaccio, ma era il primo che aveva riconosciuto e messo in conto.

«Voi ragazze siete nuove di qui», disse Lady Ulma, quando il silenzio si fece sempre più teso. «Non intendevo dir nulla di fuori luogo...».

«Siamo schiave qui», rispose Meredith, prendendo un pezzo di corda. «Penso che più sappiamo meglio è».

«Il vostro padrone... non ho mai visto nessuno così pronto a lottare con il Vecchio Drohzne prima d'ora. Molti schioccavano la lingua, ma era il massimo che osassero fare. Ma il vostro padrone...».

«*Noi* lo chiamiamo Damon», puntualizzò Bonnie.

Era al di là delle possibilità di comprensione di Lady Ulma. «Padron Damon... pensate che possa tenermi? Dopo aver pagato il prezzo di sangue ai... parenti di Drohzne, avrà diritto alla prima scelta di tutte le proprietà di Drohzne. Sono una dei pochi schiavi che lui non abbia ucciso». La speranza negli occhi della donna era troppo dolorosa da guardare per Elena.

Fu solo allora che si rese conto del tempo passato dall'ultima volta che aveva visto Damon. Quanto gli ci sarebbe voluto ancora per sistemare la faccenda? Guardò ansiosamente Meredith.

Meredith comprese esattamente il significato dell'occhiata. Scosse la testa, impotente. Anche se si fossero fatte accompagnare da Lakshmi al Meeting Place, cosa avrebbero potuto fare?

Elena frenò un sussulto di dolore e sorrise a Lady Ulma.

«Perché non ci racconti di quando eri ragazza?», disse.

19

Damon non avrebbe mai creduto che un sadico vecchio pazzo che frustava a morte una donna perché non era capace di trainare un carro destinato a un cavallo potesse avere degli amici. E il Vecchio Drohzne, invero, poteva non averne avuto nessuno. Ma non era quello il punto.

Né, stranamente, era l'omicidio il punto. Gli omicidi erano eventi quotidiani nei bassifondi e, infatti, che Damon avesse iniziato e vinto un combattimento non era nulla di sorprendente per gli abitanti di quei pericolosi vicoli.

Il punto era aver rubato una schiava. O, forse, era ancora più a fondo. Il punto era come Damon trattava le sue schiave.

Una folla di uomini – solo uomini, nessuna donna, notò Damon – si era davvero raccolta di fronte all'abitazione del dottore, e, in effetti, avevano delle torce.

«Pazzo di un vampiro! Pazzo da legare!».

«Staniamolo perché sia fatta giustizia!».

«Bruciamo tutto se non vogliono buttarlo fuori!».

«Gli anziani dicono di portarlo da loro!».

Questo sembrò avere l'effetto che la folla desiderava, sgombrando la strada dalla gente per bene e lasciando solo il genere di persone assetate di sangue che erano solite ciondolare sfaccendate, e che erano ben felici di venire alle mani. Naturalmente erano in gran parte vampiri. Molti erano vampiri *in forma*.

Ma nessuno di loro, pensò Damon, lanciando un sorriso brillante come un diamante al cerchio che si chiudeva intorno a lui, era motivato dalla consapevolezza che la vita delle tre ragazze umane dipendesse da lui, e che una di loro era il gioiello sulla corona dell'umanità, Elena Gilbert.

Se lui, Damon, fosse stato fatto a pezzi in quello scontro, le tre ragazze avrebbero condotto vite di inferno e degradazione.

Comunque, quella logica non sembrò aiutarlo ad avere la meglio mentre veniva preso a calci, a pugni, a testate, morso e pugnalato con daghe di legno, del tipo che tagliava la carne dei vampiri. All'inizio pensò di avere qualche possibilità. Molti dei vampiri più giovani e in forma caddero preda dei suoi rapidi colpi da cobra e delle improvvise mitragliate di Potere. Ma la verità era che ce n'erano semplicemente troppi, pensò Damon, spezzando il collo di un demone le cui lunghe zanne gli avevano già sfregiato il braccio quasi fino al muscolo. E a quel punto arrivò un enorme vampiro, evidentemente molto ben allenato, con un'aura che fece sentire a Damon la bile in fondo alla gola. Lo mandò a terra con un calcio in faccia, ma quello si rialzò aggrappandosi alla gamba di Damon, permettendo a parecchi vampiri più piccoli di colpirlo con le daghe di legno e immobilizzandolo. Damon provò un tetro sgomento quando le sue gambe scomparirono sotto di lui. «Che la luce del sole vi danni», biascicò attraverso un boccone di sangue, quando un altro dalla pelle rossa e con le zanne scoperte gli diede un pugno sulla bocca. «Che vi danni al più basso degli inferni...».

Non andava per niente bene. Lentamente, senza smettere di lottare, senza smettere di usare grandi falciate di Potere per mutilarne e ucciderne più che poteva, Damon se ne rese conto. E poi ogni cosa divenne confusa e simile a un sogno, non come il suo sogno di Elena, che – con la coda all'occhio gli sembrava di vedere costantemente in lacrime. Ma simile a un sogno causato dalla febbre o a un incubo. Non riusciva più a muovere bene i muscoli. Il suo corpo era devastato dai colpi, e anche quando rimarginò le ferite alle gambe, un altro vampiro gli aprì un grande squarcio sulla schiena. Si sentiva sempre più come in un incubo in cui non poteva muoversi se non al rallentatore. Allo stesso tempo, qualcosa nel suo cervello gli mormorava di fermarsi. Doveva solo fermarsi... e sarebbe tutto finito.

Fu sopraffatto dai suoi assalitori e qualcuno si fece avanti con un paletto.

«Che liberazione dalla nuova spazzatura», disse il tizio con il paletto, l'alito puzzolente di sangue stantio, la faccia grottesca dallo sguardo maligno, mentre armeggiava con le dita lebbrose per aprire la camicia di Damon, così da non fare un buco nella raffinata seta nera.

Damon gli sputò addosso e per tutta risposta ebbe la faccia violentemente calpestata. Perse i sensi per un attimo e poi, lentamente, ritornò al dolore. E al rumore. L'allegra folla di vampiri e demoni, ebbra di crudeltà, stava facendo una danza improvvisata intorno a Damon, battendo pesantemente il ritmo coi piedi, ridendo fragorosamente nel conficcare immaginari paletti, in un crescendo di frenesia. Allora Damon si rese conto che stava davvero per morire.

Fu una scioccante consapevolezza, anche se sapeva quanto fosse più pericoloso quel mondo rispetto a quello recentemente lasciato, e proprio nel mondo degli umani era sfuggito solo per un pelo alla morte più di una volta. Ma in quel momento non aveva amici potenti, non c'era nessuna debolezza da sfruttare nella folla. Ebbe la sensazione che i secondi si fossero improvvisamente allungati in minuti, ognuno dei quali di incalcolabile valore. Cosa era importante? Dire a Elena…

«Accecalo prima! Dai fuoco al paletto!».

«Io mi prendo le orecchie! Qualcuno mi aiuti a tenergli la testa!».

Dire a Elena… qualcosa. *Qualcosa… mi dispiace…*

Si arrese. Un altro pensiero stava cercando di far breccia nella sua coscienza.

«Non dimenticare di fargli cadere i denti! Ho promesso alla mia ragazza una collana nuova!».

Pensavo di essere preparato a questo, pensò Damon lentamente, scandendo ogni parola nella sua mente. *Ma… non così presto.*

Pensavo di rappacificarmi… ma non con quella persona che conta… sì, che conta più di tutti.

Non si concesse il tempo di approfondire l'argomento.

Stefan, lanciò il più potente, ma clandestino, getto di Potere che riuscì a produrre nel suo stato di confusione. *Stefan, ascoltami! Elena sta arrivando per te… è qui per salvarti! Ha dei Poteri che la mia morte lascerà uscire. E mi… mi… dis…*

In quel momento la danza intorno a lui si inceppò. Il silenzio discese sui festaioli ubriachi. Alcuni di loro chinarono rapidamente il capo o guardarono altrove.

Damon restò immobile, chiedendosi cosa potesse aver fermato la folla impazzita al culmine dell'euforia.

Qualcuno avanzava verso di lui. Il nuovo arrivato aveva lunghi capelli color bronzo che pendevano in distinti grovigli di ciocche ribelli lunghi fino alla cintola. Era nudo dalla vita in su, rivelando un corpo da far invidia al più forte dei demoni. Un torace che sembrava scolpito da un lucente blocco di bronzo. Bicipiti perfettamente scolpiti. Addominali da urlo. Non c'era un filo di grasso nell'intero imponente fisico leonino. Indossava semplici pantaloni neri con i muscoli che vi guizzavano dentro a ogni passo.

Lungo un braccio nudo aveva il nitido tatuaggio di un drago che divorava un cuore. E non era solo. Non lo teneva al guinzaglio, ma al suo fianco c'era un bellissimo cane nero dall'aria straordinariamente intelligente, che si metteva vigile sull'attenti ogni volta che lui si fermava. Doveva pesare circa novanta chili, ma anche in lui non c'era un filo di grasso.

E su una spalla portava un grosso falco.

Non era incappucciato come molti uccelli da caccia nelle incursioni fuori dalle loro gabbie. Non stava neanche su una imbottitura. Era aggrappato alla nuda spalla del bronzeo giovane, con i tre artigli frontali conficcati nella carne, segnata quindi da sottili rivoletti di sangue lungo tutto il torace. Lui non sembrava farci caso. C'erano simili rivoletti essiccati dietro quelli freschi, provenienti senza dubbio dalle uscite precedenti. Sulla schiena, un solo artiglio provocava una rossa scia solitaria.

Un silenzio assoluto era caduto sulla folla e gli ultimi pochi demoni fra l'uomo imponente e l'insanguinata, inerte figura a terra, schizzarono via facendosi da parte

Per un istante, l'uomo leonino restò immobile. Non disse niente, non fece niente, non emise alcuna traccia di Potere. Poi fece un cenno del capo al cane, che andò avanti con passo felpato e annusò la faccia e le braccia sanguinanti di Damon. Dopo prese ad annusargli la bocca e Damon vide i peli rizzarsi sul suo corpo.

«Bravo cane», disse con aria trasognata mentre il muso freddo e umido gli solleticava la guancia.

Damon conosceva quel particolare animale e sapeva anche che non coincideva con lo stereotipo diffuso del "bravo cane". Piuttosto, era un cerbero abituato a prendere i vampiri per la gola e a scuoterli finché dalle loro arterie non zampillava sangue a fiotti per due metri d'altezza.

Quel genere di cosa poteva tenerti così occupato, che un paletto infilato nel cuore sembrava un pensiero secondario a confronto, rifletté Damon, restando perfettamente immobile.

«*Arrêtez-le!*», disse il giovane dai capelli di bronzo.

Il cane indietreggiò obbediente, senza distogliere i neri occhi scintillanti da Damon, che a sua volte non smise di guardarlo finché non si fu allontanato di qualche metro.

Il giovane dai capelli di bronzo lanciò un rapido sguardo alla folla. Poi disse, senza particolare veemenza, «*Laissez-le seul*». Ai vampiri non serviva una traduzione, e incominciarono a disperdersi immediatamente. Sfortunati furono quelli che non si erano defilati abbastanza velocemente e che erano ancora nei paraggi quando il bronzeo giovane lanciò un'altra tranquilla occhiata intorno a sé. Dovunque guardasse, incontrava occhi bassi e corpi rannicchiati per la paura, congelati nell'atto di defilarsi, ma apparentemente trasformati in pietra nel tentativo di non attirare l'attenzione.

Damon si trovò a rilassarsi. Il Potere stava tornando, permettendogli di rimettersi in sesto. Si accorse che il cane stava andando da persona a persona e stava annusando ognuno con interesse.

Quando fu in grado di alzare di nuovo la testa, sorrise debolmente al nuovo venuto. «Sage. Mi ricordi il diavolo».

Il rapido sorriso dell'uomo di bronzo fu un ghigno. «Mi fai un compimento, *mon cher*. Lo vedi? Sto arrossendo».

«Avrei dovuto immaginare che potevi essere qui».

«Ci sono infiniti spazi per vagabondare, *mon petit tyran*. Anche se devo farlo da solo».

«Ah, che dispiacere. Sento suonare i violini...». All'improvviso Damon non poté più continuare. Semplicemente non poteva. Forse per quel che c'era stato prima con Elena. Forse perché quel mondo orrendo l'aveva depresso oltre ogni dire. Ma quando parlò di nuovo, la sua voce era completamente diversa. «Non immaginavo di potermi sentire così grato. Hai salvato cinque vite, senza saperlo. Nonostante il modo in cui ti sei imbattuto in noi...».

Sage si accovacciò, guardandolo con preoccupazione. «Cosa è successo? Non è che hai sbattuto la testa? Sai, le notizie viaggiano veloci qui. Ho sentito che sei arrivato con un harem...».

«È vero! È arrivato così!». Le orecchie di Damon catturarono un esile bisbigliare al margine della strada in cui era caduto nell'imboscata. *«Se prendiamo le ragazze in ostaggio... le torturiamo...»*.

Gli occhi di Sage incrociarono brevemente quelli di Damon. Chiaramente, aveva udito altrettanto bene i bisbigli. «Saber», disse al cane. «Solo quello che ha parlato». Fece un rapido cenno del capo in direzione del bisbiglio. All'istante, il cane nero balzò in avanti, e più velocemente di quanto ci volesse a Damon per descriverlo nella propria mente, affondò i denti nella gola del bisbigliatore, lo lanciò in aria, provocando un sonoro schiocco, e tornò indietro con un balzo, trascinando il corpo fra le sue zampe.

Le parole: *Je vous ai informé au sujet de ceci!*, esplosero con un'ondata di Potere che fece trasalire Damon. E Damon pensò che era pur vero che li aveva avvertiti, ma non aveva detto quali sarebbero state le conseguenze.

Laissez lui et ses amis dans la paix! Nel frattempo, Damon si era lentamente alzato in piedi, ben lieto di accettare la protezione di Sage per se stesso e le sue amiche.

«Be', questo deve certamente aver sistemato la faccenda», disse. «Perché non vieni con me e non andiamo a berci qualcosa insieme, come vecchi amici?».

Lo scrutò come se fosse diventato matto. «Sai che la risposta è no».

«Perché no?»

«Te l'ho già detto: no».

«Quello non è un motivo».

«Il motivo per cui non verrò con te a bere qualcosa, come vecchi amici... *mon ange*... è che non siamo amici».

«Abbiamo combinato certe belle truffe insieme».

«*Il y a longtemps*». All'improvviso, Sage prese una delle mani di Damon. C'era un taglio profondo e sanguinante, che Damon non aveva trovato il tempo di rimarginare. Sotto lo sguardo di Sage si rimarginò, la carne diventò rosa, e guarì.

Damon lasciò che Sage continuasse a tenergli la mano per un momento, e poi, rudemente, la ritrasse.

«Non così *tanto* tempo fa», disse.

«Lontano da te?». Un sorriso sarcastico si formò sulle labbra di Sage. «Calcoliamo il tempo in maniera diversa, tu e io, *mon petit tyran*».

Damon era colmo di una stordita gaiezza. «Che ne dici di andare a bere qualcosa?»

«Insieme al tuo harem?».

Damon cercò di immaginare Meredith e Sage insieme. La sua mente si rifiutò. «Ma ti sei reso responsabile per loro in ogni caso», disse in tono piatto. «E la verità è che nessuna di loro è mia. Do la mia parola su questo». Sentì una fitta di rimpianto, pensando a Elena, ma le cose stavano così.

«Responsabile per loro?». Sage sembrò ragionarci. «Ti sei preso l'impegno di salvarle, quindi. Ma io erediterò il tuo impegno solo se tu muori. Ma se muori...». L'uomo imponente fece un gesto di impotenza.

«Tu devi vivere per salvare Stefan, Elena e le altre».

«Direi di no, ma ti renderebbe infelice. Quindi dirò di sì...».

«E se non manterrai l'impegno, giuro che tornerò a darti la caccia».

Sage lo soppesò un attimo con lo sguardo. «Non penso di essere mai stato accusato di non essere in grado di mantenere un impegno, prima d'ora», disse. «Ma, naturalmente, era prima che diventassi *un vampire*».

Sì, pensò Damon, l'incontro fra "l'harem" e Sage sarebbe stato interessante. Almeno lo sarebbe stato se le ragazze avessero scoperto chi era realmente Sage.

Ma forse nessuno l'avrebbe detto loro.

20

Elena di rado aveva provato il sollievo che sentì quando udì Damon bussare alla porta del dottor Meggar.

«Cosa è successo al Meeting Place?», chiese.

«Non ci sono mai arrivato». Damon raccontò dell'imboscata, mentre gli altri studiavano segretamente Sage con varie sfumature di ammirazione, gratitudine o puro desiderio. Elena si rese conto di aver bevuto troppo Black Magic quando si sentì lì lì per svenire in diversi punti del racconto, benché fosse sicura che il vino avesse aiutato Damon a sopravvivere all'attacco della folla che avrebbe, altrimenti, potuto ucciderlo.

Loro, in cambio, illustrarono la storia di Lady Ulma il più brevemente possibile. La donna appariva pallida e scossa verso la fine.

«Spero davvero», disse timidamente a Damon, «che quando erediterà le proprietà del Vecchio Drohzne», si fermò per deglutire, «decida di tenermi. So che le schiave che lei porta con sé sono giovani e belle... ma posso rendermi molto utile come sarta o per faccende del genere. È solo la mia schiena che ha perso la sua forza, non la mia mente...».

Damon restò perfettamente immobile per un momento. Poi avanzò verso Elena, che era quella più vicina a lui. Si protese, slacciò l'ultimo pezzo di corda che pendeva dai suoi polsi, e lo lanciò per la stanza. La corda sferzò l'aria e si attorcigliò come un serpente. «Chiunque ne indossi uno può fare la stessa cosa, per quel che mi riguarda», disse.

«Eccetto il lancio», aggiunse subito Meredith, vedendo le sopracciglia del dottore unirsi mentre guardava i tanti fragili bicchieri di vetro ammassati lungo le pareti. Ma lei e Bonnie non persero tempo a sciogliere ogni residuo di corda che ancora pendeva dai loro polsi.

«Temo che le mie siano... permanenti», disse Lady Ulma, tirando indietro il tessuto dai polsi per mostrare le catene di ferro saldate. Sembrava imbarazzata di non poter obbedire al primo ordine del nuovo padrone.

«Riesci a sopportare un po' di freddo? Ho abbastanza Potere per congelarli fino a mandarli in frantumi», disse Damon.

Lady Ulma emise un debole sospiro. Elena pensò di non aver mai sentito tanta disperazione in un suono umano. «Potrei restare nella neve alta fino alla ginocchia per un anno pur di togliermi queste orribili cose», disse.

Damon mise le mani su entrambi i lati di una catena ed Elena poté sentire il soffio di Potere che emanava da lui. Ci fu il sonoro rumore di qualcosa che si spezzava. Damon spostò le mani e tirò via due pezzi separati di metallo.

Poi lo fece di nuovo, dall'altra parte.

Lo sguardo negli occhi di Lady Ulma fece sentire Elena più umile che orgogliosa. Aveva salvato una donna da una terribile degradazione. Ma quanti ne restavano? Non avrebbe mai potuto saperlo, o essere in grado di salvarli tutti, se li avesse trovati. Non con il suo Potere nello stato in cui era allora.

«Penso che Lady Ulma dovrebbe davvero riposare un po'», disse Bonnie, massaggiandosi la fronte sotto gli scompigliati riccioli color fragola. «E anche Elena. Avresti dovuto vedere quanti punti hanno messo sulla sua gamba, Damon. Ma cosa facciamo, cerchiamo un albergo?»

«Servitevi pure di casa mia», disse il dottor Meggar, un sopracciglio su e uno giù. Senza dubbio, era rimasto intrappolato in quella storia, trascinato dal suo puro potere e dalla sua bellezza... e brutalità. «Chiedo solo che non distruggiate nulla e che, se vedete una rana, non la baciate o non la uccidiate. Ci sono abbastanza coperte, poltrone e sofà».

Non volle accettare nemmeno un anello della pesante catena d'oro che Damon aveva per usarla come merce di scambio.

«Io... di regola dovrei aiutarvi tutti a prepararvi per dormire», mormorò debolmente Lady Ulma a Meredith.

«Sei tu quella messa peggio; dovresti prendere il letto migliore», rispose tranquillamente Meredith. «E *noi* ti aiuteremo a metterti a letto».

«Il letto più comodo... dovrebbe essere quello nella vecchia camera di mia figlia». Il dottor Meggar armeggiò con un anello di chiavi. «Ha sposato un facchino... quanto mi ha addolorato vederla andar via! E questa giovane signora, Miss Elena, può prendere la vecchia stanza nuziale».

Per un istante il cuore di Elena fu dilaniato da emozioni contrastanti. Aveva paura, sì, era abbastanza certa che fosse paura quella che sentiva, che Damon potesse prenderla in braccio e dirigersi alla suite nuziale con lei. E d'altra parte...

Proprio allora Lakshmi la guardò esitante. «Volete che vada via?», chiese.

«Hai un posto dove andare?», chiese Elena subito dopo.

«La strada, suppongo. Di solito dormo in una botte».

«Resta qui. Vieni con me; un letto matrimoniale dovrebbe essere abbastanza grande per due persone. Tu sei una di noi, adesso».

Lo sguardo che le rivolse Lakshmi fu di pura, attonita gratitudine. Non per averle dato un posto in cui restare, comprese Elena. Ma per l'affermazione, "*Tu sei una di noi, adesso.*" Elena percepì che Lakshmi non era mai stata "una di" un qualsiasi gruppo, prima di allora.

Le cose furono tranquille fino a poco prima che "spuntasse" il nuovo "giorno", come lo chiamavano gli abitanti della città, benché la luce non fosse cambiata per tutta la notte.

Un nuovo tipo di folla si era radunato fuori dal complesso residenziale del dottore. Era composta soprattutto da uomini anziani che indossavano abiti logori, ma puliti, e c'erano anche alcune donne. Erano guidati da un uomo dai capelli d'argento che emanava una insolita aria di dignità.

Damon, con Sage come scorta, uscì dal complesso del dottore e parlò con loro.

Elena era vestita, ma ancora di sopra nella tranquilla suite nuziale.

Caro Diario,

Oh, Dio, ho bisogno di aiuto! Oh, Stefan... ho bisogno di te. Ho bisogno che mi perdoni. Ho bisogno che mi tenga sana di mente. Troppo tempo in giro con Damon e io sono completamente in preda alle emozioni, lì lì per ucciderlo o per... o per... non lo so. Non lo so!!! Siamo come miccia e stoppino insieme... Dio! Siamo come benzina e lanciafiamme! Per favore, ascoltami, e aiutami e salvami... da me stessa. Basta che lui pronunci il mio nome e ogni volta io...

«Elena».

La voce alle sue spalle la fece sobbalzare. Chiuse violentemente il diario e si voltò.

«Sì, Damon?»

«Come ti senti?»

«Oh, alla grande. Bene. Anche la mia gamba è ... Voglio dire, sto bene dappertutto. Tu come ti senti?»

«Io... abbastanza bene», disse, e sorrise... e fu un vero sorriso, non un ghigno che si distorceva in qualcos'altro all'ultimo minuto, o un tentativo di raggirarla. Era solo un sorriso, anche se un po' triste e preoccupato.

Elena non fece caso alla tristezza, finché non se lo ricordò in seguito. Si sentì semplicemente e improvvisamente senza peso; sentì che, se avesse perso la presa su se stessa, poteva volare su per chilometri, prima che qualcuno riuscisse a fermarla... per chilometri, forse anche più lontano di quel folle posto con più lune.

Riuscì a fare per lui uno dei suoi deboli sorrisi. «Bene».

«Sono venuto per parlarti», disse, «ma... prima...».

Il momento dopo, senza sapere come, Elena era fra le sue braccia.

«Damon, non possiamo continuare...». Tentò di respingerlo gentilmente. «Davvero non possiamo continuare così, lo sai».

Ma Damon non la lasciò andare. C'era qualcosa nel modo in cui la teneva che da una parte la terrorizzava, dall'altra le faceva venir voglia di piangere dalla gioia. Ricacciò indietro le lacrime.

«Va tutto bene», disse Damon dolcemente. «Piangi pure. Teniamo la situazione in pugno».

Qualcosa nella sua voce spaventò Elena. Non nel modo semi-gioioso in cui aveva provato timore qualche minuto prima, ma le fece provare vero spavento.

Perché lui *ha paura*, pensò con improvviso stupore. Aveva visto Damon arrabbiato, pensieroso, freddo, beffardo, seducente – persino depresso, imbarazzato – ma non l'aveva mai visto aver paura di *qualcosa*. A fatica riusciva ad afferrare il concetto. Damon… spaventato… per *lei*.

«È per quello che ho fatto ieri, non è vero?», chiese. «Vogliono uccidermi?». Si sorprese della tranquillità con cui l'aveva detto. Non sentiva altro che un vago disinteresse e il desiderio di tranquillizzare Damon.

«No!». L'allontanò da sé, tenendole le braccia e guardandola negli occhi. «Almeno non prima di uccidere me e Sage, e tutte le persone in questa casa, se li conosco bene». Si fermò, come senza fiato, il che era impossibile, rammentò Elena. *Sta guadagnando tempo*, pensò.

«Ma è quello che vogliono fare», disse. Non sapeva perché ne fosse così sicura. Forse stava captando qualcosa telepaticamente.

«Loro hanno… fatto delle minacce», disse Damon lentamente. «In realtà non è per il caso del Vecchio Drohzne; presumo si compiano omicidi in continuazione qua attorno e il vincitore prende tutto. Ma pare che, nel corso della notte, si sia diffusa la voce di quel che hai fatto. Gli schiavi dei poderi vicini si rifiutano di obbedire ai loro padroni. L'intero quartiere dei bassifondi è in subbuglio… e loro hanno paura di quel che accadrà se lo vengono a sapere anche altri settori. Deve essere fatto qualcosa al più presto, o l'intera Dimensione Oscura esploderà come una bomba».

Mentre Damon parlava, Elena sentiva l'eco di quel che lui doveva aver detto all'assemblea che si era formata davanti alla porta del Dottor Meggar. Anche *loro* avevano paura.

Forse quello poteva essere l'inizio di qualcosa di importante, pensò Elena, la mente che si innalzava al di sopra dei piccoli problemi personali. Persino la morte non sarebbe stato un prezzo troppo alto da pagare per liberare quelle sventurate persone dai loro demoniaci padroni.

«Ma questo non succederà!», disse Damon, ed Elena si rese conto di star proiettando i suoi pensieri. C'era una genuina angoscia nella voce di Damon. «Se potessimo pianificare le cose, se ci fossero dei leader che potessero restare qui a guidare una rivoluzione, se trovassimo dei leader abbastanza forti per farlo, allora ci sarebbe una possibilità. Invece, stanno punendo *tutti* gli schiavi, dovunque si sia diffusa la voce. Vengono torturati e uccisi al solo sospetto di simpatizzare con te. I loro padroni stanno infliggendo punizioni esemplari in tutta la città. E sta andando sempre peggio».

Il cuore di Elena, che si era librato nel sogno di poter davvero fare la differenza, si schiantò al suolo e lei guardò, sconvolta, negli occhi neri di Damon. «Dobbiamo fermare tutto questo. Anche se devo morire…».

Damon la trattenne vicino a sé. «Tu… e Bonnie e Meredith». La sua voce suonava rauca. «Un sacco di gente vi ha viste insieme. Un sacco di gente ora vede tutte e tre come sobillatrici».

Elena si sentì gelare il cuore. Forse la cosa peggiore era che riusciva a vedere la situazione dal punto di vista dell'economia schiavistica, se un episodio di tale insolenza restava impunito e la voce si diffondeva… la storia sarebbe cresciuta mano a mano che la si raccontava…

«Siamo diventate famose in una sola notte. Domani saremo delle leggende», mormorò, osservando, nella propria mente, una casella di domino che ne faceva cadere un'altra, che colpiva la successiva finché una lunga fila cadeva formando la parola "eroina".

Ma non voleva essere un'eroina. Era andata lì per avere indietro Stefan. E mentre poteva accettare di dare la propria vita perché gli schiavi smettessero di essere torturati e uccisi, avrebbe ucciso di persona chiunque avesse osato toccare Bonnie e Meredith.

«Loro si sentono allo stesso modo», disse Damon. «Hanno sentito quel che la congregazione aveva da dire». Le strinse le braccia, come se cercasse di farle forza. «Una ragazza di nome Helena è stata picchiata e impiccata questa mattina perché aveva un nome simile al tuo. Aveva solo quindici anni».

Elena si sentì mancare le gambe, come spesso accadeva quando era fra le braccia di Damon… ma mai per quella ragione. Lui cadde con lei. Era una conversazione da fare sulle nude assi del pavimento. «Non è stata colpa tua, Elena! Tu sei fatta così! Le persone ti amano per come sei!».

Il cuore le martellava freneticamente. Era tutto così brutto… e lei l'aveva reso peggiore. Non ragionando. Pensando che la sua vita fosse l'unica in gioco. Agendo prima di valutare le conseguenze.

Ma nella stessa situazione l'avrebbe fatto di nuovo. *Oppure…* pensò con vergogna, *avrei fatto qualcosa di simile. Se avessi saputo di mettere tutti coloro che amo in pericolo, avrei implorato Damon di mercanteggiare con quel verme di uno schiavista. Di comprarla a qualsiasi prezzo… se avessimo avuto i soldi. Se lui avesse ascoltato… Se un altro colpo di frusta non avesse ucciso Lady Ulma nel frattempo…*

D'improvviso divenne lucida e fredda.

Quello è il passato.

Questo è il presente.

Affrontalo.

«Cosa possiamo fare?». Cercò di liberarsi e scuotere Damon; era lei quella disperata. «Ci deve essere qualcosa che possiamo fare! Non possono uccidere Bonnie e Meredith… e Stefan morirà se non lo troviamo!».

Damon si limitò a stringerla forte. Stava tenendo la mente schermata da lei, si rese conto Elena. Poteva essere sia un bene che un male. Poteva significare che c'era una soluzione che lui era riluttante a proporle. O poteva voler dire che la morte di tutte e tre le "schiave ribelli" era l'unica cosa che i capi della città avrebbero accettato.

«Damon». La stava tenendo molto stretta ed Elena non poteva guardarlo in faccia. Ma poteva visualizzarlo, e cercò di parlargli mente a mente.

Damon, se c'è un modo, un qualsiasi *modo per salvare Bonnie e Meredith, me lo devi dire. Devi. Te lo* ordino!

Nessuno dei due era dell'umore per trovare divertente che la "schiava" desse ordini al "padrone", né per notarlo a dire il vero. Ma finalmente Elena udì la voce telepatica di Damon.

Dicono che se adesso ti porto dal Giovane Drohzne e ti scusi, potrai cavartela solo con sei colpi di questo. Da qualche parte Damon tirò fuori una flessibile verga fatta di un legno molto chiaro. Frassino, probabilmente, pensò Elena, sorpresa di essere così calma. Era l'unico materiale egualmente efficace su tutti: anche sui vampiri – persino sugli Antichi, che indubbiamente dovevano essere là intorno.

Ma deve essere fatto in pubblico così che la voce possa circolare. Pensano, inoltre, che il tumulto si fermerà se tu, colei che ha dato il via alla disobbedienza, ammetti il tuo status di schiava.

I pensieri di Damon erano pesanti, e così il cuore di Elena. Quanti dei suoi principi avrebbe tradito se l'avesse fatto? Quantie persone avrebbe condannato a una vita di schiavitù?

D'improvviso la voce di Damon fu adirata. *Non siamo venuti qui per riformare la Dimensione Oscura*, le ricordò, in un tono che fece indietreggiare Elena. Damon la scosse leggermente. *Siamo venuti a prendere Stefan, ricordi? Inutile dirlo, non avremo l'opportunità di farlo se facciamo gli eroi. Se cominciamo una guerra che* sappiamo *di non poter vincere. Nemmeno i Guardiani possono vincerla.*

Una luce si accese nella mente di Elena.

«Naturalmente», disse. «Perché non ci abbiamo pensato prima?»

«Pensato prima a cosa?», chiese Damon esasperato.

«Noi non cominciamo la guerra… adesso. Io non padroneggio nemmeno i miei Poteri di base, figuriamoci i Poteri delle mie Ali. In questo modo loro non ci faranno neanche caso».

«Elena?»

«Torniamo qui», gli spiegò Elena eccitata. «Quando potrò controllare tutti i miei Poteri. E portiamo degli alleati con noi, potenti alleati che troveremo nel mondo umano. Potrebbero volerci anni e anni, ma un giorno torneremo e finiremo quel che abbiamo incominciato».

Damon la guardava come se fosse impazzita, ma non aveva importanza. Elena riusciva a sentire il Potere scorrere dentro di sé. Era una promessa, pensò, che avrebbe mantenuto a costo di farsi uccidere.

Damon deglutì. «Possiamo parlare del… presente ora?», chiese.

Il presente. Ora.

«Sì. Sì, naturalmente», Elena guardò sdegnosamente la verga di frassino. «Naturalmente, lo farò, Damon. Non voglio che nessun altro si faccia male a causa mia prima che io sia pronta a lottare. Il dottor Meggar è un buon guaritore. Se mi permetteranno di tornare da lui».

«Onestamente non lo so», disse Damon, sostenendo il suo sguardo. «Ma so una cosa. Non sentirai un singolo colpo, te lo prometto», disse velocemente e ardentemente, gli occhi neri più grandi che mai. «Me ne occuperò io; sarà tutto canalizzato all'esterno. E non vedrai nemmeno l'ombra di una cicatrice entro la fine della mattinata. Ma», concluse molto più lentamente, «dovrai inginocchiarti per chiedere scusa a me, in quanto tuo padrone, e a quel sudicio, scrofoloso, abominevole vecchio...», le imprecazioni gli fecero perdere il controllo per un istante, così che passò all'italiano.

«A chi?»

«Al capo dei bassifondi, e possibilmente anche al fratello del Vecchio Drohzne, il Giovane Drohzne».

«D'accordo. Di' loro che chiederò scusa a tutti i Drohzne che vogliono. Diglielo presto, caso mai perdiamo la nostra opportunità».

Elena notò l'occhiata che le aveva dato, ma ormai la sua mente era rivolta all'interno. Avrebbe lasciato che lo facessero Bonnie e Meredith? No. Avrebbe permesso che accadesse a Caroline se, con ogni mezzo, avesse potuto fermarlo? Ancora, no. *No, no, no.* I sentimenti di Elena riguardo alla brutalità verso le ragazze e le donne erano sempre state estremamente forti. I suoi sentimenti riguardo alla cittadinanza mondiale di seconda classe delle donne erano diventati notevolmente chiari sin da quando era tornata dall'aldilà. Se era tornata al mondo per uno scopo, aveva deciso, in parte era per contribuire a liberare donne e ragazze da una schiavitù che molte di loro non riuscivano neanche a vedere.

Ma quello che le stava accadendo non riguardava solo un vizioso proprietario di schiavi e gli anonimi uomini e donne oppressi. Riguardava Lady Ulma, e tenere lei e il suo bambino al sicuro... e riguardava Stefan. Se si consegnava, sarebbe stata solo un'impudente schiava che aveva provocato un piccolo scandalo per strada, ma che era stata messa severamente al suo posto dalle autorità.

Altrimenti, se il loro gruppo veniva messo sotto controllo... se qualcuno si accorgeva che erano lì per liberare Stefan... o che Elena era quella che, in futuro, poteva far dare l'ordine: "Mettetelo sotto stretta sorveglianza... e liberatevi di quella stupida chiave kitsune...".

La sua mente era in fiamme per le immagini di tutti i modi in cui Stefan poteva essere punito, poteva essere portato via, poteva essere *perduto* se quell'incidente nei bassifondi avesse preso proporzioni eccessive.

No. Non avrebbe abbandonato Stefan per combattere una guerra che non poteva essere vinta. Ma nemmeno avrebbe dimenticato.

Tornerò per tutti voi, promise. *E allora la storia avrà un finale diverso.*

Si rese conto che Damon non era ancora andato via. La stava osservando con occhi acuti come quelli di un falco. «Mi hanno mandato a prenderti», disse tranquillamente. «Non hanno mai pensato a un no come risposta». Elena percepì per un attimo l'aspra ferocia della sua ira per loro, gli prese le mani e le strinse.

«Tornerò qui con te, in futuro, per gli schiavi», disse lui. «Lo sai, non è vero?»

«Naturalmente», disse Elena, e il suo rapido bacio divenne un bacio più lungo. Non aveva realmente assimilato quel che Damon aveva detto riguardo al canalizzare il dolore all'esterno. Sentiva che le era dovuto almeno un bacio per quel che stava per sopportare, e poi Damon le carezzò i capelli e il tempo perse significato finché Meredith non bussò alla porta.

La luce rosso sangue aveva assunto un aspetto bizzarro, quasi onirico quando Elena fu condotta in una struttura all'aperto dove i capi dei bassifondi in carica in quell'area erano seduti su pile di cuscini un tempo raffinati, ma ormai logori. Si passavano avanti e indietro bottiglie e fiaschette di pelle ingioiellate piene di Black Magic, l'unico vino apprezzato dai vampiri, fumando narghilè e sputando, di tanto in tanto, nelle ombre più fitte. Tale era la scena, senza tenere in conto il vasto pubblico attratto vertiginosamente dall'annuncio della punizione pubblica di una giovane, bellissima donna.

Elena era stata ben allenata per il suo discorso. La fecero marciare, imbavagliata e ammanettata, davanti alle autorità che continuavano a scatarrare e sputare. Il Giovane Drohzne sedeva con sgradevole magnificenza su una poltrona dorata e Damon, che appariva teso, era in piedi fra lui e le autorità. Elena non era così propensa a improvvisare una parte dalla recita delle medie, quando aveva lanciato un vaso di fiori a Petruccio e aveva suscitato un'esplosione di applausi nell'ultima scena di *La bisbetica domata*.

Ma quella era una faccenda mortalmente seria. La libertà di Stefan, la vite di Bonnie e Meredith potevano dipendere da lei. Elena si passò la lingua all'interno della bocca, che era terribilmente secca.

E, stranamente, incrociò lo sguardo di Damon, l'uomo con il bastone, che la incoraggiava. Sembrava dirle *coraggio e indifferenza* senza aver bisogno di usare la telepatia. Elena si chiese se lui stesso si fosse mai trovato in una situazione simile.

Ricevette un calcio da uno della scorta e ricordò dov'era. Aveva preso in prestito un costume "appropriato" dal guardaroba di abiti scartati della figlia sposata del dottor Meggar. Era color perla all'interno, che significava malva nella perpetua luce cremisi del sole. Per di più, indossato senza la sottoveste di seta, la parte posteriore cadeva sotto la vita di Elena, lasciandole la schiena completamente scoperta. Conformemente all'usanza, si inginocchiò di fronte agli anziani, chinando il capo fino ad appoggiare la fronte sul tappeto riccamente decorato e molto sporco ai loro piedi, ma parecchi gradini più in basso. Uno di loro le sputò addosso.

C'era eccitazione nell'aria, chiacchiere soddisfatte e commenti osceni, oggetti lanciati, in gran parte spazzatura. La frutta era troppo preziosa lì per pensare di sprecarla. Gli escrementi secchi, comunque, non lo erano, ed Elena sentì le prime lacrime scenderle dagli occhi quando comprese con che cosa la stavano colpendo.

Coraggio e indifferenza, si disse, non osando neppure guardare Damon negli occhi.

A un tratto, quando la folla ritenne di aver avuto la dovuta ora di ricreazione, uno degli anziani della comunità, smise di fumare il narghilè e si alzò. Lesse delle parole incomprensibili per Elena da una sgualcita pergamena. Sembrava infinita. Elena, in ginocchio, con la fronte sul tappeto polveroso, si sentì soffocare.

Finalmente la pergamena fu messa via e il Giovane Drohzne balzò in piedi e descrisse, con una voce acuta, quasi isterica, e un linguaggio fiorito, la storia della schiava che aveva aggredito il suo padrone (Damon, prese mentalmente nota Elena) per sottrarsi alla sua sorveglianza, e poi aveva attaccato il suo capofamiglia (il Vecchio Drohzne, pensò Elena) e i suoi poveri mezzi di sostentamento, il suo carro e la sua pessima, impudente, pigra schiava, e raccontò come tutto questo avesse causato la morte di suo fratello. A Elena sembrò, all'inizio, che lui incolpasse Lady Ulma dell'intero incidente per essere caduta sotto il suo carico.

«Voi tutti sapete che genere di schiava intendo, quella che non si preoccuperebbe di scacciare una mosca che le passa davanti agli occhi», urlò, facendo appello alla folla, che rispose con nuovi insulti e rinnovati lanci su Elena, dal momento che Lady Ulma non era lì perché potesse maltrattarla.

Infine, il Giovane Drohzne concluse raccontando come quella sfacciata sgualdrina (Elena), indossando dei pantaloni come un uomo, aveva preso la schiava buona a nulla di suo fratello (Ulma), trascinando via di peso quella preziosa proprietà (tutto da sola?, si chiese Elena ironicamente) e l'aveva portata a casa di un guaritore altamente sospetto (il dottor Meggar), che si era rifiutato di restituirla.

«Sapevo, quando fui informato di tutto ciò, che non avrei rivisto mai più mio fratello e la sua schiava», urlò, col tono lamentoso e stridulo che era riuscito a mantenere per tutto il racconto.

«Se la schiava era così pigra, dovresti esserne felice», gridò un burlone nella folla.

«Ciononostante», disse un uomo molto grasso, con una voce che ad Elena ricordava terribilmente quella di Alfred Hitchcock: il lugubre modo si esprimersi e le stesse pause prima delle parole importanti, che servivano a rendere tutto più macabro e far sembrare l'intera faccenda molto più seria di quanto chiunque avesse pensato fino a quel momento. *Questo è un uomo autorevole*, realizzò Elena. Le oscenità, i lanci, persino lo scatarrare e gli sputi erano caduti nel silenzio. L'uomo grasso era indubbiamente l'equivalente locale di un "padrino" per quegli sventurati e miseri abitanti dei bassifondi. La sua parola sarebbe stata quella decisiva per il destino di Elena.

«Da allora», stava dicendo lentamente, sgranocchiando ogni due, tre parole dei confetti dorati dalla forma irregolare, che prendeva da una ciotola cui attingeva solo lui, «il giovane vampiro Damon ha dato un risarcimento, anche troppo generoso, per tutti i danni alle proprietà». Ci fu una lunga pausa, mentre fissava il Giovane Drohzne. «Di conseguenza, la sua schiava, Aliana, che ha provocato tutti questi guai, non sarà confiscata e messa all'asta, ma farà qui atto di umile obbedienza e resa, e, di propria volontà, riceverà la punizione che sa esserle dovuta».

Elena si sentì intontita. Non sapeva se era per tutto il fumo che si depositava, fluttuando, al suo livello, prima di scomparire in lente spirali, ma le parole "messa all'asta" le avevano provocato un tale shock da farle quasi perdere i sensi. Non aveva idea che potesse accadere *quello* e le immagini che evocò erano estremamente sgradevoli. Notò anche il suo nuovo pseudonimo e quello di Damon. In effetti era stata abbastanza fortunata, pensò, visto che sarebbe stato meglio se Shinichi e Misao non fossero mai venuti a sapere di quella piccola avventura.

«Portateci la schiava», concluse l'uomo grasso, e si adagiò di nuovo sulla grande pila di cuscini.

Elena fu obbligata ad alzarsi e rudemente costretta a marciare finché poté vedere i sandali dorati dell'uomo e i suoi piedi notevolmente puliti, pur tenendo gli occhi bassi alla maniera di una schiava obbediente.

«Hai ascoltato le accuse?». Il Padrino stava ancora sgranocchiando le sue squisitezze e una zaffata d'aria portò un odore paradisiaco al naso di Elena, di modo che, all'istante, tutta la saliva che stava cercando di produrre inondò le sue labbra secche.

«Sì, signore», disse, non sapendo quale titolo dargli.

«Rivolgiti a me come Vostra Eccellenza. Hai qualcosa da aggiungere in tua difesa?», chiese l'uomo, con gran stupore di Elena. La risposta istintiva: "Perché me lo chiede, visto che è stato tutto stabilito prima?" rimase sulle sue labbra. Quell'uomo aveva qualcosa *in più* rispetto a tutti quelli che aveva incontrato nella Dimensione Oscura e, forse, nella sua intera vita. Ascoltava le persone. *Mi ascolterebbe se gli parlassi di Stefan*, pensò improvvisamente Elena. Ma poi, recuperando la sua normale assennatezza, si chiese cosa avrebbe potuto fare quell'uomo. Niente, a meno che non avesse potuto fare qualcosa di buono *per* trarne profitto, o accrescere il suo potere o sconfiggere un nemico.

Tuttavia, poteva diventare un alleato quando sarebbe tornata a sistemare quel posto e a liberare gli schiavi.

«No, Vostra Eccellenza. Non ho niente da aggiungere», disse.

«E sei disposta a prostrarti e implorare il mio perdono e quello di Padron Drohzne?».

Quella era la prima battuta non improvvisata di Elena. «Sì», disse e riuscì a sciorinare l'apologia che aveva preparato con chiarezza e con appena l'ombra di un singulto alla fine.

Molto da vicino, riuscì a vedere granelli d'oro sulla grossa faccia dell'uomo, sul suo grembo e sulla barba.

«Molto bene. Si stabilisce una pena di dieci colpi con una verga di frassino per questa schiava come esempio per altri attaccabrighe. La punizione sarà somministrata da mio nipote Clewd».

21

Pandemonio. Elena sollevò bruscamente la testa, perplessa riguardo a quanto tempo ancora si supponeva dovesse comportarsi da schiava contrita. I capi della comunità ciarlavano l'uno con l'altro, puntando le dita e alzando le mani. Damon stava trattenendo fisicamente il Padrino, che sembrava aver avuto la sua parte per il modo in cui si era conclusa la cerimonia.

La folla fischiava e applaudiva. A quanto pareva ci sarebbe stata un'altra lotta; questa volta fra Damon e gli uomini del Padrino, specialmente quello chiamato Clewd.

La testa di Elena vorticava. Riusciva a cogliere solo frasi sconnesse.

«...solo sei colpi e avevi promesso che *io* li avrei inflitti...», gridava Damon.

«...credi davvero che questi piccoli tirapiedi dicano la verità?», urlava in risposta qualcun altro, probabilmente Clewd.

Ma non era esattamente quel che era anche il Padrino? Solo un tirapiedi più grande, più spaventoso e, indubbiamente, più efficiente, che rispondeva a qualcuno più in alto e che non si annebbiava la mente fumando droghe?, pensò Elena; e poi chinò di colpo la testa appena l'uomo grasso guardò nella sua direzione.

Riuscì a sentire di nuovo Damon, nitidamente al di sopra del baccano. Stava in piedi vicino al Padrino. «Credevo che persino qui ci fosse un po' di senso dell'onore una volta raggiunto un accordo». Il suo tono di voce comunicava chiaramente che non pensava fosse ancora possibile negoziare e che era sul punto di andare all'attacco. Elena si contrasse, atterrita. Non aveva mai sentito un tono di minaccia così palese nella sua voce.

«Aspetta», disse il Padrino in tono indolente, provocando un momento di silenzio nel confuso vocio. L'uomo grasso, dopo essersi tolto la mano di Damon dal braccio, girò di nuovo la testa verso Elena.

«Rinuncerò, per quanto mi riguarda, alla partecipazione di mio nipote Clewd. Diarmund, o chiunque tu sia, sei libero di punire la tua schiava con i tuoi strumenti».

D'improvviso, inaspettatamente, il vecchio prese a spazzar via briciole d'oro dalla sua barba e rivolgersi direttamente a Elena. I suoi occhi erano antichi, stanchi e straordinariamente perspicaci. «Clewd è un maestro della fustigazione, sai. Ha una sua piccola invenzione personale. La chiama "baffi di gatto" e un solo colpo può scorticare la pelle dal collo all'anca. La maggior parte degli uomini muore con dieci colpi. Ma temo che oggi resterà deluso». Poi, mostrando denti straordinariamente bianchi e regolari, il Padrino sorrise. Le porse la ciotola di confetti dorati che stava mangiando. «Dovresti proprio assaggiarne uno prima della tua fustigazione. Dai!».

Timorosa di provarne uno, timorosa di non farlo, Elena prese uno dei confetti irregolari e lo mise in bocca. I suoi denti lo masticarono piacevolmente. Un gheriglio di noce! Ecco cos'erano i misteriosi dolci. Deliziosi gherigli di noce immersi in una specie di sciroppo dolce al limone, miscelato con frammenti di peperoncino o qualcosa di simile, con della roba d'oro commestibile intorno. Ambrosia!

Il Padrino stava dicendo a Damon: «Procedi con la tua "fustigazione", ragazzo. Ma non dimenticare di insegnare alla ragazza come coprire i suoi pensieri. È troppo intelligente per essere sprecata qui in un bordello dei bassifondi. D'altra parte, perché penso che lei non desideri affatto diventare una famosa cortigiana?».

Prima che Damon potesse rispondere o Elena levare lo sguardo dalla sua genuflessione, era andato via, trasportato dai portatori del palanchino sull'unica carrozza trainata da cavalli che Elena avesse visto nei bassifondi.

Allo stesso tempo, i capi della comunità, gesticolando e bisticciando, istigati dal Giovane Drohzne, erano giunti a un cupo accordo. «Dieci frustate, senza bisogno di spogliarla, e puoi essere tu a dargliele», dissero. «Ma la nostra ultima parola è dieci. L'uomo che negoziava con te non può più controbattere».

Quasi con noncuranza, qualcuno sollevò per una ciocca di capelli una testa mozzata. Era assurdamente incoronata da una ghirlanda di foglie impolverate, in attesa del banchetto che avrebbe seguito la cerimonia.

Gli occhi di Damon divamparono di una pura collera che fece vibrare gli oggetti intorno a lui. Elena percepì il suo Potere come una pantera levatasi sulle zampe posteriori per liberarsi dalle catene. Le sembrò di parlare contro un uragano che le ricacciava in gola ogni parola.

«Sono d'accordo».

«Cosa?»

«È finita, Da-Padron Damon. Basta gridare. Sono d'accordo».

Quando si prostrò sul tappeto davanti a Drohzne, si levò l'improvviso lamento di donne e bambini e una raffica di escrementi rivolta, maldestramente, allo schiavista che sogghignava con aria compiaciuta.

Lo strascico del suo vestito si dispiegava dietro di lei come un velo da sposa, la gonna perlata che tingeva la sottoveste di uno scintillante color vinaccia nell'eterna luce rossa. I suoi capelli ricadevano sciolti dall'alto fiocco, formando una nuvola sulle spalle, che Damon dovette separare con le mani. Stava tremando. Di rabbia. Elena non osò guardarlo, sapendo che i loro pensieri fluivano impetuosi all'unisono. Lei era quella che aveva ricordato di dire il suo discorso formale davanti a lui e al Giovane Drohzne, perché tutta quella farsa non andasse sprecata.

Dillo con sentimento, la sua insegnante di teatro, la signora Courtland, aveva sempre criticato la classe. *Se non c'è sentimento in te, non ci sarà nel pubblico.*

«Padrone!» gridò Elena con un tono di voce abbastanza alto da essere udito al di sopra delle lamentazioni delle donne. «Padrone, io sono solo una schiava, non sono degna di rivolgermi a te. Ma ho peccato e accetto la mia punizione con ansia, sì, con ansia, se questo ti restituirà solo un briciolo della rispettabilità di cui godevi prima del mio inusitato misfatto. Ti imploro di punire questa schiava avvilita che giace come un rifiuto gettato sul tuo misericordioso cammino».

Il discorso, che lei aveva pronunciato ad alta voce nel costante tono inespressivo di chi ha imparato ogni parola a memoria, in realtà si sarebbe potuto ridurre a non più di tre parole, "Padrone, imploro perdono". Ma nessuno sembrò aver riconosciuto l'ironia che Elena ci aveva messo dentro, o averlo trovato divertente. Il Padrino l'aveva accettato; il Giovane Drohzne l'aveva già sentito una volta, e ora era il turno di Damon.

Ma il Giovane Drohzne non aveva ancora finito. Sorridendo compiaciuto a Elena, disse: «Ed eccoti accontentata, signorinella. Ma io voglio vedere quella verga di frassino prima che la usi!», aggiunse passando a Damon. Qualche prova di sferzate e colpi ai cuscini intorno a loro (che riempirono l'aria di polvere color rubino) lo convinse che la verga era proprio come voleva che fosse.

Inumidendosi vistosamente la bocca, sedette sulla poltrona dorata, squadrando Elena dalla testa ai piedi.

E infine arrivò il momento. Damon non poté più rimandarlo. Lentamente, come se ogni passo fosse parte di una recita che non aveva provato abbastanza, camminò fianco a fianco a Elena fino a raggiungere un angolo. Alla fine, quando la folla lì radunata divenne irrequieta e le donne mostrarono segni di volersi abbandonare alle bevute, piuttosto che ai lamenti, prese il suo posto.

«Chiedo perdono, mio padrone», disse Elena con voce inespressiva. Se lasciato a se stesso, pensò, non avrebbe nemmeno ricordato cosa doveva fare.

Era davvero il momento. Elena sapeva quel che Damon le aveva promesso. Sapeva anche che molte promesse erano state infrante quel giorno. Tanto per cominciare, dieci era quasi il doppio di sei.

Non era impaziente che cominciasse.

Ma quando arrivò il primo colpo, seppe che Damon non era uno di quei fedifraghi. Sentì un rumore sordo e ovattato e una sensazione di intorpidimento, seguita, curiosamente, da una sensazione di umidità che la spinse ad alzare il volto per guardare il cielo, attraverso i tralicci dell'impalcatura sopra le loro teste, in cerca delle nuvole. Fu sconcertante capire che sensazione di umidità veniva dal suo sangue, versato senza dolore, che le scorreva lungo il fianco.

«Falle contare i colpi», biascicò il Giovane Drohzne con un ringhio, ed Elena disse «Uno» automaticamente, prima che Damon potesse venire alle mani.

Elena continuò a contare con la stessa voce limpida e impassibile. Nella sua mente non era lì, in quella putrida, orribile fogna. Era sdraiata con i gomiti appoggiati a sostenerle il viso e guardava Stefan negli occhi, quegli occhi verdi come la primavera, che non sarebbero mai stati vecchi, non importava quanti secoli lui avesse accumulato. Stava contando per lui con voce sognante e *dieci* era il loro segnale per saltar su e cominciare la corsa. Pioveva leggermente, ma Stefan la stava mettendo in svantaggio e presto, presto l'avrebbe raggiunto e sarebbe scappata via nell'erba verde lussureggiante. Voleva che fosse una gara leale e ci stava davvero mettendo i muscoli, ma Stefan, naturalmente, l'avrebbe acchiappata. Poi sarebbero caduti insieme nell'erba, ridendo e ridendo ancora, come se avessero un attacco isterico.

In quanto ai suoni vaghi e remoti di ringhi ubriachi e occhiate da lupo, anche quelli stavano gradualmente cambiando. Aveva tutto a che fare con uno stupido sogno su Damon e una verga di frassino. Nel sogno, Damon la stava colpendo abbastanza duramente da soddisfare gli spettatori più esigenti, e i colpi, che Elena poteva sentire nel silenzio crescente, suonavano più che abbastanza duri, facendola sentire un po' nauseata quando rifletté che si trattava del suono della propria pelle che si spaccava, anche se non sentiva altro che leggeri schiaffi su e giù per la schiena. E Stefan stava tirando a sé la sua mano per baciarla!

«Sarò tuo per sempre», disse Stefan. «Siamo destinati a incontrarci ogni volta che sogni».

Sarò tua per sempre, gli disse silenziosamente Elena, sapendo che avrebbe ricevuto il messaggio. *Forse non riuscirò a sognarti ogni volta, ma sarò sempre con te.*

Sempre, angelo mio. Ti aspetto, disse Stefan.

Elena sentì la propria voce dire «Dieci», e Stefan le baciò di nuovo la mano e scomparve. Sbattendo le palpebre, confusa e disorientata dall'improvviso afflusso di rumori, si alzò cautamente a sedere, guardandosi attorno.

Il Giovane Drohzne era curvo su se stesso, accecato dalla furia, dalla delusione e da così tanto liquore che non riusciva neanche ad alzarsi. Le lamentatrici si erano da tempo zittite, sgomente. I bambini erano gli unici a fare ancora rumore, arrampicandosi su e giù per le impalcature, bisbigliando l'uno all'altro e scappando via appena Elena li guardava.

E poi, senza più l'ombra di un rituale, era tutto finito.

Quando Elena si alzò, il mondo fece un doppio giro completo intorno a lei e le cedettero le gambe. Damon l'afferrò e gridò ai pochi giovani ancora coscienti e disposti a guardarlo: «Datemi un mantello». Non era una semplice richiesta, e l'uomo meglio vestito, che sembrava essere lì solo per curiosare nei bassifondi, gli lanciò un pesante mantello nero, con righe acquamarina, e disse: «Tienilo. Lo spettacolo... meraviglioso. Era una finzione ipnotica?»

«Non era uno spettacolo», ringhiò Damon, con una voce che congelò gli altri turisti dei bassifondi nell'atto di porgergli i loro biglietti da visita.

«Prendili», sussurrò Elena.

Damon afferrò i biglietti con una mano, scortesemente. Ma Elena si costrinse a scrollarsi i capelli dalla faccia e a sorridere lentamente, con le palpebre pesanti, ai giovani signori. Loro abbozzarono un timido sorriso in risposta.

«Quando... ehm... lo rappresentate di nuovo...».

«Vi faremo sapere», li liquidò Elena. Damon la stava già riportando dal dottor Meggar, circondato dall'inevitabile codazzo di bambini aggrappati ai loro mantelli. Fu solo in seguito che a Elena venne in mente di chiedersi perché Damon avesse chiesto un mantello a degli estranei, quando lui, in effetti, ne stava già indossando uno.

«Stanno facendo dei rituali da qualche parte, in questo momento ce ne sono così tanti», disse la signora Flowers con affettata preoccupazione, mentre lei e Matt sorseggiavano una tisana nel salottino della pensione. Era ora di cena, ma fuori c'era ancora luce.

«Rituali per fare *cosa?*», chiese Matt. Non era ancora tornato a casa dei suoi da quando aveva lasciato Elena e Damon più di una settimana prima per tornare a Fell's Church. Si era fermato a casa di Meredith, che era in periferia, e lei l'aveva convinto ad andare dalla signora Flowers. Dopo una discussione cui aveva partecipato anche Bonnie, Matt aveva deciso che era meglio "restare invisibile". La sua famiglia sarebbe stata più al sicuro se nessuno avesse saputo che lui era ancora a Fell's Church. Sarebbe rimasto alla pensione, senza che nessuno dei bambini che stavano causando tutti quei problemi lo venisse a sapere. Inoltre, con Bonnie e Meredith al sicuro insieme a Damon e Elena, Matt poteva essere una specie di agente segreto.

In quel momento però, desiderava quasi essere andato con le ragazze. Cercare di fare l'agente segreto in un posto in cui tutti i nemici sembravano in grado di sentire e vedere meglio di lui, nonché di muoversi molto più velocemente, si era rivelato molto meno utile di quanto era parso all'inizio. Passava la maggior parte del tempo a leggere in Internet i blog che gli aveva segnalato Meredith, in cerca di indizi che avrebbero potuto portar loro qualcosa di buono.

Ma non aveva letto della necessità di nessun tipo di rituale. Si voltò verso la signora Flowers, intenta a sorseggiare pensosamente il suo tè.

«Rituali per cosa?», ripeté.

Con i soffici capelli bianchi, il viso gentile e gli occhi blu affettuosi, la signora Flowers sembrava la nonnina più innocua del mondo. Non lo era. Strega per nascita e giardiniera per vocazione, era esperta tanto di erbe velenose per la magia nera, quanto di impiastri curativi per la magia bianca.

«Oh, in genere stanno facendo cose spiacevoli», rispose tristemente, fissando le foglie di tè nella tazza. «In parte sono come cheerleader e studenti prima di una partita, capisci? Tutti a fomentarsi a vicenda. Probabilmente stanno anche facendo qualche piccola magia nera lì. In parte a mo' di ricatto e lavaggio del cervello... possono dire a ogni nuovo convertito di essere colpevoli a causa della partecipazione agli incontri. Sarebbe meglio per loro arrendersi e aspettare di essere completamente iniziati... quel genere di cose. Cose molto sgradevoli».

«Ma che tipo di cose sgradevoli?», insisté Matt.

«Davvero non lo so, mio caro. Non sono mai andata da uno di loro».

Matt meditò. Erano quasi le sette, ora del coprifuoco per le ragazze sotto i diciotto anni. Diciotto anni sembrava il limite oltre il quale una ragazza non veniva più posseduta.

Naturalmente, non era un coprifuoco ufficiale. Il dipartimento dello sceriffo sembrava non avere idea di come affrontare la strana malattia che si stava facendo strada fra le ragazzine di Fell's Church. Spaventarle per metterle sulla retta via? Era la polizia a essere spaventata. Un giovane sceriffo era venuto fuori in lacrime dalla casa dei Ryan per vomitare dopo aver visto come Karen Ryan aveva staccato a morsi le teste dei suoi criceti e quel che aveva fatto con il resto dei corpi.

Metterle sotto chiave? I genitori non ne volevano sentir parlare, non contava quanto fosse cattivo il comportamento dei loro bambini, quanto fosse ovvio che i loro figli avevano bisogno di aiuto. Quelli che venivano portati nei paesi vicini per una visita da uno psichiatra, sedevano schivi e parlavano con calma e senso logico… per tutti e cinque i minuti del loro appuntamento. Poi, sulla via del ritorno, si vendicavano, ripetendo tutto quel che dicevano i loro genitori con una mimica perfetta, facendo i versi degli animali in modo sorprendentemente verosimile, parlando in lingue dal suono asiatico, o anche ricorrendo a banali ma non meno raggelanti conversazioni di routine fatte con la testa girata al contrario.

Né le normali punizioni, né la normale scienza medica sembravano funzionare sui problemi dei bambini.

Ma quello che maggiormente spaventò i genitori fu quando i loro figli e le loro figlie scomparvero. All'inizio supposero che i bambini fossero andati al cimitero, ma quando gli adulti cercarono di seguirli a una delle loro riunioni segrete, trovarono il cimitero vuoto, persino giù alla cripta segreta di Honoria Fell's. I bambini sembravano semplicemente… svaniti.

Matt pensava di conoscere la risposta a quell'enigma. Quel bosco dell'Old Wood era ancora nei pressi del cimitero. Neppure i poteri di purificazione di Elena l'avevano raggiunto fino in fondo, oppure il posto era così maligno da riuscire a resistere alla sua purificazione.

E, come Matt ben sapeva, l'Old Wood era completamente sotto il controllo dei kitsune ormai. Bastava fare due passi nella boscaglia per passare il resto della vita a cercare di uscirne.

«Ma forse io sono abbastanza giovane da seguirli là dentro», disse alla signora Flowers. «So che Tom Pierler va con loro e ha la mia età. E poi ci sono quelli che l'hanno messo in moto: Caroline l'ha trasmesso a Jim Bryce, che l'ha trasmesso a Isobel Saitou».

La signora Flowers sembrava assorta. «Dovremmo chiedere alla nonna di Isobel qualcun'altra di quelle protezioni Shinto contro il male benedette da lei», disse. «Pensi di poterlo fare prima o poi, Matt? Presto avremo bisogno difenderli».

«È quello che dicono le foglie?»

«Sì, caro, e concordano con quel che dice anche la mia povera vecchia testa. Dovresti passare la voce anche alla dottoressa Alpert, così che possa portar via dal paese sua figlia e i suoi nipoti, prima che sia troppo tardi».

«Le farò avere il messaggio, ma credo che sarà piuttosto difficile separare Tyrone da Deborah Koll. È davvero cotto di lei... ehi, forse la dottoressa Alpert può convincere anche i Koll ad andar via».

«Può darsi. Significherebbe qualche bambino in meno di cui preoccuparsi», disse la signora Flowers, prendendo la tazza di Matt per guardarvi dentro.

«Lo farò». Era strano, pensò Matt. Aveva tre alleati a Fell's Church ed erano tutte donne ultrasessantenni. Una era la signora Flowers, ancora abbastanza in forze da alzarsi presto ogni mattina per fare una passeggiata e dedicarsi al giardinaggio; una era Obaasan, confinata a letto, minuta come una bambola, con i capelli neri raccolti in una crocchia, sempre pronta a dispensare consigli per gli anni che aveva passato come fanciulla del tempio; e l'ultima era la dottoressa Alpert, il medico di paese di Fell's Church, che aveva capelli grigi come l'acciaio, pelle scura e lucida e un modo di pensare assolutamente pragmatico su tutto, inclusa la magia. Diversamente dai poliziotti, rifiutava di negare quello che stava accadendo davanti ai suoi occhi, e faceva del suo meglio sia per aiutare ad alleviare le paure dei bambini che per dare consigli ai genitori terrorizzati.

Una strega, una sacerdotessa, un dottore. Matt immaginava di avere tutte le basi coperte, soprattutto perché conosceva anche Caroline, il paziente zero in quel caso, sia che fosse posseduta da volpi o lupi o da entrambi, più qualcos'altro.

«Andrò alla riunione stasera», disse con fermezza. «I ragazzi sono stati tutto il giorno a bisbigliare e a contattarsi l'un l'altro. Mi nasconderò, nel pomeriggio, in qualche posto dove possa vederli andare nel bosco. Poi li seguirò, purché Caroline o – Dio ci aiuti – Shinichi o Misao non siano con loro».

La signora Flowers gli versò un'altra tazza di tè. «Sono molto preoccupata per te, Matt caro. Mi sembra un giorno di cattivi presagi. Non proprio il tipo di giorno in cui assumere rischi».

«Tua madre ha qualcosa da dire a riguardo?», chiese Matt, sinceramente interessato. La madre della signora Flowers era morta più o meno intorno agli inizi del Novecento, ma ciò non le aveva impedito di continuare a comunicare con sua figlia.

«Be', è proprio questo il punto. Non ho sentito una parola da lei tutto il giorno. Ci provo ancora una volta». La signora Flowers chiuse gli occhi e Matt poté vedere la pelle crespa delle sue palpebre roteare mentre cercava probabilmente sua madre o cercava di andare in trance o qualcosa di simile. Matt bevve il suo tè e infine si mise a giocare col suo cellulare.

Alla fine la signora Flowers riaprì gli occhi e sospirò. «La cara mam*mà* (lo diceva sempre in quel modo, con l'accento sulla seconda sillaba) è capricciosa oggi. Non riesco proprio a farmi dare una risposta chiara. Si limita a dire che la riunione sarà molto rumorosa e poi molto silenziosa. Ed è chiaro che sente che sarà anche molto pericolosa. Penso che sarà meglio che io venga con te, mio caro».

«No, no! Se tua madre pensa che sarà pericoloso, non voglio nemmeno provarci», disse Matt. Le ragazze l'avrebbero scorticato vivo se fosse successo qualcosa alla signora Flowers, pensò. Meglio essere cauti.

La signora Flowers si adagiò sulla sedia, sollevata. «Bene», disse alla fine. «Suppongo sia meglio andare a ripulire un po' di erbacce.

Ho delle felci da potare e far seccare. E i mirtilli dovrebbero essere maturi ormai. Come vola il tempo».

«Be', stai cucinando per me e tutto», disse Matt. «Vorrei che mi lasciassi almeno pagare vitto e alloggio».

«Non me lo perdonerei mai! Sei mio ospite, Matt. Oltre che mio amico, almeno così spero».

«Certamente! Senza di te, sarei perduto. Allora farò solo una passeggiata ai margini della città. Ho bisogno di bruciare un po' di energia. Vorrei...». Tacque improvvisamente. Aveva cominciato a dire che avrebbe voluto fare qualche tiro a canestro con Jim Bryce. Ma Jim non avrebbe fatto più tiri a canestro... mai più. Non con quelle mani mutilate.

«Esco solo a fare una passeggiata», disse.

«Sì», disse la signora Flowers. «Per favore, Matt caro, stai attento! Ricorda di metterti una felpa o una giacca a vento».

«Sì, signora». Erano i primi giorni di agosto, caldi e umidi quanto bastava per andare in giro in pantaloncini corti. Ma Matt era stato educato a trattare le piccole vecchie signore in una certa maniera... anche se erano streghe e per molti aspetti taglienti quanto il coltello a serramanico che si era fatto scivolare in tasca uscendo dalla pensione.

Una volta fuori, proseguì, attraverso una strada secondaria, fino al cimitero.

Se si fosse messo lì, dove il terreno si inclinava a strapiombo sulla boscaglia, avrebbe avuto una buona visuale su chiunque fosse entrato in quel che restava dell'Old Wood, senza che nessun altro, nel sentiero a valle, potesse vederlo da qualsiasi angolazione.

Sgattaiolò silenziosamente verso il nascondiglio che aveva scelto, tuffandosi dietro le lapidi, stando allerta per ogni variazione nei versi degli uccelli che potesse indicare l'arrivo dei bambini. Ma l'unico verso era il rauco gracchiare dei corvi nella boscaglia e non vide proprio nessuno...

...finché non scivolò nel suo nascondiglio.

Poi si trovò faccia a faccia con una pistola puntata e, dietro quella, con lo sceriffo Rich Mossberg.

Le prime parole che uscirono dalla bocca dell'agente sembrarono venir fuori meccanicamente, come se qualcuno avesse tirato una corda su una bambola parlante del ventesimo secolo.

«Matthew Jeffrey Honycutt, sei in arresto per l'aggressione di Caroline Beula Forbes. Hai il diritto di rimanere in silenzio...».

«E pure lei», sibilò Matt. «Ma non per molto! Ha sentito quei corvi alzarsi in volo all'improvviso? I ragazzi stanno venendo all'Old Wood! E sono vicini!».

Lo sceriffo Mossberg era una di quelle persone che non smettono di parlare finché non hanno finito, così ormai stava dicendo: «Hai capito i tuoi diritti?»

«No, signore! *Mi ne komprenas* linguaggio da stupidi!».

Si formò una ruga fra le sopracciglia dello sceriffo. «Ci stai provando con me con qualche idioma italiano?»

«È esperanto! Non abbiamo tempo! Sono già...oh, Dio, c'è *Shinichi* con loro!». L'ultima frase fu detta nel più lieve dei bisbigli mentre Matt abbassava la testa, sbirciando attraverso l'erba alta ai margini del cimitero, cercando di non farla muovere.

Sì, c'era Shinichi, mano nella mano con una ragazzina di circa dodici anni. Matt la riconobbe vagamente: viveva dalle parti di Ridgemont. Come si chiamava? Betsy, Becca...?

Lo sceriffo Mossberg emise un debole suono d'angoscia. «Mia nipote», e il fatto che riuscisse a sussurrare sorprese Matt. «Quella è proprio mia *nipote*, Rebecca!».

«Ok, stia calmo e aspetti», bisbigliò Matt. C'erano dei bambini in fila dietro Shinichi, come se fosse una specie di diabolico pifferaio magico, coi suoi capelli neri dalle frange rosse scintillanti e gli occhi dorati ridenti alla luce del tardo pomeriggio.

I bambini ridacchiavano e cantavano, alcuni con dolci vocine da asilo, una versione decisamente stravolta di "Seven Little Rabbits". Matt sentì la bocca diventare secca. Era un'agonia vederli marciare nella fitta boscaglia, come agnelli che salivano sulla rampa di un mattatoio.

Aveva raccomandato allo sceriffo di non cercare di sparare a Shinichi. Avrebbe solo provocato un improvviso pandemonio. Ma poi, proprio quando Matt stava abbassando la testa per il sollievo, appena l'ultimo dei bambini fu entrato nella boscaglia, fu costretto a rialzarla di scatto.

Lo sceriffo Mossberg si apprestava ad alzarsi.

«No!», Matt gli afferrò il polso.

Lo sceriffo lo spinse via. «Devo entrare là dentro! Ha preso mia nipote!».

«Non la ucciderà. *Loro non uccidono i bambini.* Non so perché, ma non li uccidono».

«Hai sentito anche tu che razza di oscenità gli stava insegnando. Canterà in tutt'altro tono quando avrà una Glock semiautomatica puntata alla testa».

«Ascolti», disse Matt, «è qui per arrestarmi, giusto? Le chiedo di arrestarmi. *Ma non entri nel Bosco!*».

«Non vedo neanche un vero e proprio bosco», disse lo sceriffo con disdegno. «C'è appena lo spazio perché tutti quei bambini riescano a sedersi in quel gruppo di querce. Se vuoi fare qualcosa di utile nella tua vita, puoi afferrare uno o due di quelli piccolini appena scappano via».

«Scappano via?»

«Appena mi vedranno, si sparpaglieranno. Probabilmente schizzeranno in tutte le direzioni, ma alcuni prenderanno il sentiero da cui sono entrati. Ora, mi vuoi aiutare o no?»

«No, *signore*», disse Matt con voce lenta e ferma. «E... e... guardi..., la sto *pregando in ginocchio* di non andare là dentro! Mi creda, so di cosa sto parlando!».

«Non so che ti sei fumato, ragazzo, e comunque non ho neanche più tempo da perdere a parlare. E se cerchi di fermarmi nuovamente...», fece roteare la Glock puntandola su Matt, «ti citerò *anche* per aver ostacolato la giustizia. Hai capito?»

«Sì, ho capito», disse Matt, sentendosi stanco. Si lasciò cadere di nuovo nel nascondiglio, mentre l'agente, muovendosi in modo sorprendentemente silenzioso, sgusciava via e si faceva strada nella boscaglia. Infine lo sceriffo Rich Mossberg avanzò a grandi passi in mezzo agli alberi e scomparve dal campo visivo di Matt.

Matt rimase seduto nel nascondiglio a sudare freddo per un'ora. Stava avendo difficoltà a restare sveglio quando ci fu un po' di trambusto nella boscaglia e Shinichi venne fuori, avanzando in testa ai bambini che ridevano e cantavano.

Lo sceriffo Mossberg non venne fuori con loro.

(Continua con *L'ombra del male*)

INDICE

Di Lisa Jane Smith la Newton Compton ha pubblicato

Il diario del vampiro

Il risveglio
La lotta
La furia
La messa nera
Il ritorno
Scende la notte
L'anima nera
L'ombra del male
Mezzanotte
La genesi
Sete di sangue
Strane creature

La setta dei vampiri

Il segreto
Le figlie dell'oscurità
L'incantesimo
L'angelo nero
La prescelta
L'anima gemella
La cacciatrice
L'alba oscura

Dark Visions

Il dono
Il vampiro della mente
La passione

Il gioco proibito

La casa degli orrori
L'inseguimento
L'ultima mossa

I diari delle streghe

L'iniziazione
La prigioniera
La fuga
Il potere

La notte del solstizio

Nuova Narrativa Newton

FRANCO MATTEUCCI, *Il profumo della neve*
NAGIB MAHFUZ, *Il Settimo Cielo*
COLLEEN GLEASON, *Cacciatori di vampiri*
JAMES VANORE, *Il vangelo dei vampiri*
LISA JANE SMITH, *Il diario del vampiro. Il risveglio*
NAGIB MAHFUZ, *Karnak Café*
COLLEEN GLEASON, *La condanna del vampiro*
STUART MACBRIDE, *La casa delle anime morte*
WHITLEY STRIEBER, *2012 L'apocalisse*
NANCY KILPATRICK, *La rinascita del vampiro*
NAGIB MAHFUZ, *Autunno egiziano*
LISA JANE SMITH, *Il diario del vampiro. La lotta*
LISA JANE SMITH, *Il diario del vampiro. La furia*
La maledizione del vampiro, a cura di PETER HAINING
Vampiri!, a cura di STEPHEN JONES
LISA JANE SMITH, *Il diario del vampiro. La messa nera*
COLLEEN GLEASON, *La rivolta dei vampiri*
LISA JANE SMITH, *I diari delle streghe. L'iniziazione*
LISA JANE SMITH, *Il diario del vampiro. Il ritorno*
CHRISTOPHER LINCOLN, *Billy Bones. L'armadio dei segreti*
GIULIO CASTELLI, *Gli ultimi fuochi dell'impero romano*
BINA SHAH, *Il bambino che credeva nella libertà*
VITO BRUSCHINI, *The Father. Il padrino dei padrini*
SIMON SCARROW, *Sotto l'aquila di Roma*
LISA JANE SMITH, *I diari delle streghe. La prigioniera*
COLLEEN GLEASON, *Il crepuscolo dei vampiri*
STUART MACBRIDE, *Il collezionista di occhi*
NANCY KILPATRICK, *Gli amori del vampiro*
LISA JANE SMITH, *Il diario del vampiro. Scende la notte*
AZADEH MOAVENI, *Viaggio di nozze a Teheran*
LISA JANE SMITH, *I diari delle streghe. La fuga*
Sul tetto del mondo, a cura di JON E. LEWIS
MASSIMO LUGLI, *Il Carezzevole*

HARRY SIDEBOTTOM, *Il guerriero di Roma. Il re dei re*
LISA JANE SMITH, *I diari delle streghe. Il potere*
COLLEEN GLEASON, *Il bacio del vampiro*
L'ultima scalata, a cura di HAMISH MACINNES
VERONICA Q, *Vietato ai minori*
DAVID IGNATIUS, *Attacco a Teheran*
ANDREA FREDIANI, *Dictator. L'ombra di Cesare*
CHRIS PRIESTLEY, *Le terrificanti storie di zio Montague*
GAILE PARKIN, *Africa Social Club*
SIMON SCARROW, *Il gladiatore*
LISA JANE SMITH, *Il diario del vampiro. L'anima nera*
FABIO DELIZZOS, *La setta degli alchimisti. Il segreto dell'immortalità*
MAHBOD SERAJI, *Le notti di Teheran*
CHRISTOPHER LINCOLN, *Billy Bones. Sulla strada per Maipiù*
Wolfmen. Storie di lupi mannari, a cura di STEPHEN JONES
FRANCO MATTEUCCI, *Lo show della farfalla*
ROBERTO GENOVESI, *La legione occulta dell'impero romano*
NAGIB MAHFUZ, *Per le strade del Cairo*
MICHELLE MORAN, *La regina eretica. Il romanzo di Nefertari*
STEPHANIE SALDAÑA, *La sposa di Damasco*
TOM HARPER, *La città dei libri proibiti*
RAYMOND KHOURY, *Il segno di Dio*
STEVE ALTEN, *2012 La resurrezione*
LISA JANE SMITH, *Il diario del vampiro. L'ombra del male*
OLLE LÖNNAEUS, *Il bambino della città ghiacciata*
SIMON SCARROW, *Roma alla conquista del mondo*
MICHAEL WHITE, *L'anello dei Borgia*
ELIZABETH ESLAMI, *Il mio matrimonio combinato*
VICTORIA COREN, *I love poker*
LAWRENCE ANTHONY con GRAHAM SPENCE, *L'uomo che parlava agli elefanti*
ANDREA FREDIANI, *Dictator. Il nemico di Cesare*
JENNIFER JORDAN, *La scalata impossibile*
MARTIN BOOTH, *The American*
MISCHA HILLER, *Fuga dall'inferno. Una storia palestinese*
TORSTEN PETTERSSON, *A L'alfabetista*
PIERO DEGLI ANTONI, *Blocco 11. Il bambino nazista*
ÀLEX ROVIRA - FRANCESC MIRALLES, *L'ultima risposta di Einstein*
ROXANA SABERI, *Prigioniera in Iran*
SCARLETT THOMAS, *Il nostro tragico universo*
WHITLEY STRIEBER, *Omega point. Al di là del 2012*
PAOLO DI REDA - FLAVIA ERMETES, *Il labirinto dei libri segreti*
ANN FEATHERSTONE, *Il circo maledetto*

ANDREA FREDIANI, *Dictator. Il trionfo di Cesare*
GIULIO CASTELLI, *476 A.D. L'ultimo imperatore*
Alla fine del mondo. Le grandi avventure polari, a cura di JON E. LEWIS
ANN BRASHARES, *Grande amore*
FEDERICO GHIRARDI, *Bryan di Boscoquieto e la Maledizione di Morpheus*
VITO BRUSCHINI, *Vallanzasca*
CHRISTOFFER CARLSSON, *Lo strano caso di Stoccolma*
LORENZO BORGHESE, *I segreti di una principessa*
PATRICK WOODHEAD, *Il tempio degli eterni*
LOREDAN, *La spia del Doge. Leonora e i misteri di Venezia*
LORENZA GHINELLI, *Il Divoratore*
ROSS LECKIE, *Hannibal. Il conquistatore*
NAOMI RAGEN, *Una moglie a Gerusalemme*
LISA JANE SMITH, *Il diario del vampiro. La genesi*
GRAHAM BROWN, *La profezia della pioggia maya*
LAURA J. SNYDER, *Il club dei filosofi che hanno cambiato il mondo*
CHARLENE LUNNON - LISA HOODLESS, *Le bambine silenziose*
JESSICA JIJI, *Il profumo dei fiori in Iraq*
NELSON JOHNSON, *Boardwalk Empire*
SIMON SCARROW, *La spada di Roma*
MASSIMO LUGLI, *L'adepto*
DANIEL DEPP, *La città dei senza nome*
KENIZÉ MOURAD, *La principessa ribelle*
PHIL RICKMAN, *I pilastri di Camelot*
CHRISTIAN CAMERON, *Il tiranno*
KATIE ALENDER, *Le cattive ragazze non muoiono mai*
STUART MACBRIDE, *Sangue nero*
OLLE LÖNNAEUS, *Cuore nazista*
FABIO DELIZZOS, *La cattedrale dell'anticristo*
GERARD O' DONOVAN, *Il crocifisso*
HARRY SIDEBOTTOM, *Il guerriero di Roma. Sole bianco*
UNNI LINDELL, *La trappola di miele*
ANDREA FREDIANI, *Marathon*
LISA JANE SMITH, *Il diario del vampiro. Sete di sangue*
FRANCESCO FIORETTI, *Il libro segreto di Dante*
BASHARAT PEER, *Il sogno del soldato bambino*
RAYMOND KHOURY, *L'eredità dei Templari*
LARS RAMBE, *Il mosaico di ghiaccio*
NAGIB MAHFUZ, *Il viaggio di Ibn Fattouma*
FRANCESCA BERTUZZI, *Il carnefice*
ANTONIO SALAS, *L'infiltrato*
LISA JANE SMITH, *Il diario del vampiro. Strane creature*

DAVID GIBBINS, *Il vangelo proibito*
JON TRACE, *La profezia vaticana*
SIMON RICH, *Il compagno di banco*
DOUGLAS JACKSON, *Il segreto dell'imperatore*
ANNA JANSSON, *Il sacrificio*
DANA STABENOW, *CSI Alaska. Primavera di ghiaccio*
RAZAN MOGHRABI, *Le donne del vento arabo*
SIMON SCARROW, *La legione*
CHRIS PALING, *Il pittore che visse due volte*
LEE MARTIN, *Che fine ha fatto Miss Baby?*
JOHN UNDERWOOD, *Il libro segreto di Shakespeare*
MARCELLO SIMONI, *Il mercante di libri maledetti*
ADAM JAY EPSTEIN – ANDREW JACOBSON, *The Familiars*
SCARLETT THOMAS, *Il giro più pazzo del mondo*
ANN FEATHERSTONE, *La giostra degli impiccati*
TORSTEN PETTERSSON, *B Il burattinaio*
LISA JANE SMITH, *Il diario del vampiro. Mezzanotte*
CHRISTOFFER CARLSSON, *La casa segreta in fondo al bosco*
Millennium Thriller, a cura di J. ELLROY e O. PENZLER
JOSS WARE, *I diari delle tenebre. Il bacio della notte*
FRANCISCO J. DE LYS, *Il labirinto sepolto di Babele*
LIN ANDERSON, *L'incendiario*
CHARLES DE LINT, *La mappa del dragone*
TED DEKKER, *Il cimitero dei vangeli segreti*
JULIET GREY, *Il diario proibito di Maria Antonietta*